多佳子幻影

安田 満
Yasuda Mitsuru

文芸社

目次

この作品は、フィクションであり、登場する人物・団体は実在するものとは関係ありません。

本文中に今日の人権擁護の見地に照らして不適切と思われる語句や表現がありますが、当時の時代状況を語る上で、どうしても置き換えることが困難な歴史的用語として、また作品の価値を考え合わせ、そのままとしました。

原則として新字体の漢字と現代仮名遣いを用いました。ただし「満洲」などは当時の表記を使用しました。またマレーシアの言葉や外国語の表記は当時著者が記憶したものを使用しています。

多佳子幻影

櫓山荘は、私が通勤に乗る電車の窓から見える。俳人橋本多佳子が、かつて住んだ邸宅だ。温帯性の樹林がこんもりと茂った櫓山の東側斜面を拓いて建てられている。大きな煙突がある木造洋風二階建ての櫓山荘は、私が知っている昭和の初期と変っていない。だが、櫓山の周囲の様相は、すさまじい変りようをみせている。

むかしの櫓山は、玄界灘に突き出た小さな岬山であった。北は荒海の玄界灘。山のふもとは風浪に洗われて黒い地肌をみせた岩壁であった。その急斜面に、櫓山荘から海へ下りる石段が刻まれていた。

裏門の石段しづむ秋の潮

窓の海今日も荒れゐる暖炉かな

昭和三年に多佳子が詠んだのは、この櫓山の北の海のことだ。

東は岩場つづきの荒磯であったが、西には小さな砂浜があり、その先は豊前と筑前をわかつ堺川の川口で、豊前領側に従之東豊前国と深く彫りつけた花崗岩の大きな境界標柱が立っていた。堺川を越すと、白砂青松の美しい筑前中原の砂浜があった。

南は国鉄鹿児島本線と、西鉄北九州電車線とが並行して東西に走り、岬の櫓山を内陸部からくぎっていた。

このようなかつての櫓山の四周で、変っていないのは南側だけで、残りの三方はすっかり様子が変っている。

櫓山が小さな岬となって突出していた海は埋め立てられて工場地帯になった。櫓山に荒波を打ちつけていた玄界灘は、いまでは櫓山からはるかな距離に遠ざけられてしまっている。もう櫓山荘の窓からは、多佳子が見たように、海を望むことはできないであろう。それほど遠くまで、玄界灘は埋め立てられている。

筑前中原の、夏は海水浴の人出でにぎわい、秋は松露がそこかしこで砂のなかから頭をもたげていた老松の防風林がつらなった砂浜も跡形がなくなっている。その浜を、鉄をとったあとの鉱滓で埋めつぶして建ったのは巨大な火力発電所であったが、建設から三十年とは経たぬというのに、すでに時代おくれの廃物としてとりこわされ、かつては玄海海岸に威容をほこった数本の大煙突も姿を消した。

広大な滄海が工場地帯と変り、巨大な発電所がスクラップとなって、時世の移り変りにしたがう櫓山周辺の転変はめまぐるしい。

昭和のはじめのころ、そこに橋本多佳子という俳句をつくる才たけた美女が住んでいたことなど、いま櫓山の周囲の人たちは知らない。そのひとはいまでは人々の記憶からまったく消えた過去のひとになっているのであるが、私は、そのひとと多少の縁があったがために、いまもそのひとを忘れることができないでいる。

私がそのひとにはじめて会ったのは、昭和七年であった。私は十七歳、大学の予科一年生で、夏休みを郷里で過ごしていた。そのひとは三十をふたつ三つ越していたはずだ。四人の娘をつれて、大阪から櫓山荘に避暑にきていたのである。

すでに筑前中原の砂浜では、八幡製鉄の鉱石滓による埋め立てがはじまっていて、市民の浜遊びの場所であった渚は、かなくその無残な堆積場となっており、私のような、夏を海なしではおれぬ少年たちは、堺川を越えて櫓山の下の小さな砂浜を新しい泳ぎ場にしていた。

梅雨があけて、早い台風がとおりすぎたあとの、急に暑さの加わった日であった。私はおぼれていた小学生を助けた。

堺川の川尻は、左岸の筑前中原側は埋め立ての都合のためか、捨て石の堤防が沖に突き出して築かれていた。そのせいで、川が運ぶ土砂は右岸の豊前中原側、私たちが新しい泳ぎ場にした小さな砂浜の地先にたまった。海底にはやわらかい浮き泥が一尺も二尺も積っていて足をとる危険な場所があちこちにあった。一人の小学生がそんな泥の深みにはまっておぼれ、台風のあとに残ったうねりに引かれて沖へ流されていたのである。その小学生がかぶっていた赤い水泳帽が波間に浮き沈みするのを私が見つけて変事に気づいた。

私が、水を飲んで気を失っていた小学生を抱きかかえ、大きなうねりに逆らって死に物狂で渚に泳ぎつくと、その子の父親が待ち構えていて、水を吐かせた。浜辺は人だかりで大騒ぎであったが、私は疲れて砂浜に身体を投げ出したまま、騒ぎの輪からはずれていた。

そんな私のところへ、明るい色のパラソルをさした背の高い、美しい中年の女が近づいた。

「あなた、えらいわね。わたくし見ていましたのよ」

そのひとは私のかたわらに来ると、着物の裾を手で押さえながらかがんで、私の顔をのぞきこむようにして話しかけてきた。

私は不意に声をかけられ、おどろいて砂まみれの上半身を起こした。私はそのひとの言葉に、すぐには答えることができなかった。といって、答えぬこともはじらわれ、言葉にならぬ言葉を口のなかでもごもごとつぶやいたにすぎなかった。

「あなた、お疲れになったでしょ。わたくしのうちにいらっしゃいな。すぐそこなの。コーヒーをいれますわ」

そのひとは、気さくにそんなことを話しかけると、私の返事を待たずに、さ、元気出してお立ちなさいな、とせかした。

そのひとは、私には未知の人であった。さそわれたからといって、その言葉にしたがえるものではない。私は、はにかんで、いいです、と拒んだ。だが、そのひとのやわらかい微笑みは、私のこだわった気持を、ふんわりとほぐしてしまう、おおらかさがあった。そのひとが二度目に、遠慮なさらなくともいいのよ、そのままで結構よ、さあ、いらっしゃいな、とさそったとき、私はもう拒む言葉を失っていた。そのひとの美貌も私を圧迫して、思うがままの素直な言葉を私の唇から封じるのであった。

私はそのひとのまなざしにうながされて、あたかもあやつり人形が糸にあやつられて起きあがるように、身体を起こした。肩や腕の砂をはらうと、私はそのひとの後についてあるいた。

「わたくし、海を見にきましたの。そしたらあなたがあの坊やを助けるところを見たのですわ」

そんなことを私に話しかけながら、そのひとは革の草履でさくさくと砂をふんだ。

私はそのひとの言葉にどう答えたらいいのかわからず、黙っていたが、そのひとが櫓山荘へのぼる石段道に私をみちびいたとき、私はいぶかしんでそのひとに問いかけた。

「ここは橋本別荘ですが、奥さんはここの人ですか」

そのひとは私をふりむいてかすかにわらってみせた。

「そうなの、わたくしはここのものなの、ご心配いらないわ」

——このひとは橋本別荘の奥さんか。

そう思いながら、私ははだしで陽に焼けた石段を踏んだ。

石段はまがりくねってつづいた。尽きたところに芝生の広場があり、その向うに櫓山荘があった。

「あなた、おあがりなさいといってもご遠慮なさるかもしれないわね。それに家のなかは暑いからここにいらして下さいな。すぐコーヒー持たせますわ」

そのひとは私にテラスの籐の椅子をすすめ、私はいわれるままに砂の身体を椅子のひとつに沈めた。シイやセンダンやネズミモチの木立ちのあいだに、あおい玄界灘が見え、水平線に六連島や彦島が浮かんでいるのが見えた。

あけはなたれたひろい玄関からそのひとは家のなかへはいっていったが、それきりあたりに人の気配はなくなり、私ひとりだけが取り残され、海風に鳴る木立ちの音をきいていると、お伽話の世界にまぎれ入ったような時間がながれ、私は眠ってしまった。

どれだけのときが経ったあとであろうか、人の気配に目がさめると、そのひとが四人の少女といっしょに立っていた。

少女は四人ともそろいのセーラー服を着ていて、一つか二つずつしか年にちがいがないように見えた。一番年かさの少女は、私より、三つ四つ年下で、女学生のようであった。四人とも、そのひとに面差しの似た美少女で、私はまぶしいものを見たように目を伏せた。

「娘たちですのよ。これが——」

そのひとがいいかけたのをひき取って、一番の年かさの少女が、都会育ちらしい社交なれた仕ぐさで、

「わたくし、橋本淳子です、どうぞよろしく」

と私にあいさつした。それにつづいて、おさない少女もつぎつぎに自己紹介したが、水着をまとうだけの私は、美少女たちの明るく素直な視線をまともにあびて気押されてしまい「僕、——」とうわずった声で自分の名を告げるのが精いっぱいだった。

「このかた、それはとてもおえらいの」

四人の少女がそれぞれの籐椅子に腰をかけると、そのひとはさきほどの、私が小学生を救った話をした。

「まあ——」

少女たちの感動の視線が私の顔にそそがれ、私は羞恥と興奮で、顔がほてった。

女中が冷たいコーヒーと果物鉢を運んで来て、そのひとがすすめてくれたとき、私はその場の身

ごなしの格好をつけようとコーヒーを大口に飲み、思わずむせたが、四人の少女たちは、そんな私をわらいもしなかった。

二度目にそのひとに会ったのも、同じ浜辺であった。

筑前中原の美しい砂浜の海水浴場を失った人たちが、暑い日がつづくと意外にたくさん豊前中原側の小さな砂浜にやってくるのを見て、私と友人のTとが、その小さな砂浜に、小さなコーヒー屋を出すことを思いついた。

板壁を張った小屋は、Tの兄の建設会社の作業員が建てた。壁にはTが集めていた自慢のハリウッドの映画ポスターを張りならべて、コーヒー飲み場所のムード作りに手抜かりはなかった。コーヒーは、私の友人に小倉の大きな西洋料理店のマネージャーをしている男がいて、彼の店ではコーヒーを一度いれたら捨てるということだったので、その出しがらをもらって、二度出しして使う算段であった。

小屋ができて、Tが鼻唄をうたいながら、横文字で屋号のフランス名前を板壁にペンキで塗っていると、ドンという地まわりが子分をつれてきた。ドンは五体は陽に焼けて赤銅色、がに股に六尺をしめただけの格好で界隈をのしあるいている大男で、いつだかの市会議員選挙に立候補して「おれは大丈夫当選する手筈になっておる、あいつがあぶないからおれの票はあいつに入れる」と自分の票を他人に入れ、あけてみたら得票ゼロだったという男だ。

そのドンが来て、Tに文句をつけた。だれにことわりをいうて小屋を建てた、ここをだれの縄張りと思うとるか、というのだ。

Tは向う意気が強く、腕っ節にも自信があるので、負けておらずに大きな声を出してドンとやりあった。

Tがなかなかへこまぬと見ると、ドンは顔見知りの私にむかって「お前も仲間か、俺の顔をどうする気だ」とすごんでみせた。

ハリウッドのポスターをならべ、流行歌の蓄音機を鳴らしてにぎやかにやり、一杯十銭のロハのコーヒーで丸もうけ、とそんなことを考えていた私たちに、ドンの出現は思いがけぬ誤算であった。若い私たちが、地まわりをうまくあしらう方法を知ろうはずがなく、ドンが威丈高に出てくると、こちらも張り合って気色ばむばかりであった。声高にやりあっていると、たちまち物見高い人だかりができ、私たちはきまりがわるくて気勢をそがれた。すると分がよくなったとみてドンがいっそういきりたち、こんな小屋はたたきつぶすぞ、とわめき散らしているとき、人だかりのなかから突然、そのひとが姿をみせた。

「まあ、――さん、これ、どうしたことなの」

そのひとはひどく親しげな口ぶりで私に問いかけた。私は人とあさましいいさかいをしている場面に突如としてそのひとがあらわれたことに驚愕し、羞恥で脚がふるえるほどで、ドンが無体な難題を吹きかけてきてもめごとがおこったのだと説明するどころではなかった。だがそのひとは、私に問いかけながら、私の返答を待たずに、真正面にドンを見すえて向きなおると、きびしい声音でドンにいった。

「ドンさん、どうしたというの、これ」

私は美しいそのひとが、地まわりのドンにそんな詰問をするのに驚いた。しかし、それよりもなお驚いたことは、そのひとから声をかけられたドンが、たちまちしおれた物腰になってしまったことであった。ほんのいまさきまでの、私たちに迫っていた高飛車で横柄な態度は、ドンの五体のどこにも残っていなかった。ドンはすっかり恭順してしまっているのであった。

「へえっ」

ドンはひとこえのどからしぼりだしただけで、両の掌をひざがしらにそろえて深深と腰をかがめているのであった。

「およそのことはわかってよ。ドンさん、あなたおとなげなくてよ」

そのひとはまたピシリとたしなめた。

ドンは「へえっ」とうなって角刈りの頭をつづけざまに下げた。

「ドンさん、お引き取りなさいな」

そのひとがそうきめつけたとき、ちらりともたげたドンの顔には、じっとりとあぶら汗がういているのを私は見た。

「へえっ、そういたしやす」

ドンは人目もはばからぬ卑屈さで答えると「ご免なすって、ご免なすって」とそのひとに頭を下げ、ついでに私とTにもていねいなあいさつをすると、小腰をかがめたまま、人垣をかきわけて素早く立ち去った。赤銅色の裸体に、白木綿の六尺をしめこんだ威勢のいい格好のドンが、ひろい背中を丸めてあたふたと去っていくうしろ姿は、しっぽを後脚のあいだに巻きこんで逃げる負け犬のように意気地がなかった。

「あら、これ『私の殺した男』のあちらのポスターなのね」

そのひとは板壁を見まわすと、おもしろいものを見つけたようにすこしはずんだ声でいった。たったいま地まわりを威圧した豪気さはみじんもなく、くったくなげな風情であった。私は悶着にあざやかなさばきをつけてもらった礼をいうことを忘れて、小屋のほの暗さのなかからそのひとの美しい顔を盗み見していた。そのひとが去ったあとで、Tが「あのひと、だれだ」とふしぎでならぬという表情で私にきいた。


ユーカリの並木路で、そのひとと会ったことがある。

中原の電停近くから、堺川にかかる木橋まで一町あまりの路は、両側に丈の高いユーカリが並木になっていた。その路で、そのひとと出会ったのは、いつの年であろうか。季節は真夏であったが、私がおぼれた少年を救った小さな砂浜も、埋め立ての影響で泥浜になって海水浴の人は見られなくなっていたから、筑前中原の海岸を八幡製鉄の鉱滓が埋めはじめて三、四年は経った昭和十年ごろであったろう。

私が並木路の真ん中に三脚を立てて、澄み切った夏空をくっきりとくぎるユーカリの木末のつらなりを遠くながめやる構図でカンバスに絵具を塗っていると、――さんじゃありません、と女のこえで呼びかけられた。絵筆をくわえたままで振り向くと、パラソルの翳にそのひとの親しげに微笑を見せた白い顔があった。そして、一、二歩おくれて、背の高いお下げ髪の美しい少女がいて、私を見ていた。私はいたずらをみつけられたこどものようにはにかんだ。

「——さん、絵をおかきになるのね。お上手じゃないの」

そのひとはカンバスをのぞいていった。そのひとが私に近づいたとき、花のように香《かぐわ》しい匂いがすると私の頬は火照った。

「ユーカリの緑がよく出てるわ。緑は平和の色ね」

そんなことも、そのひとはいった。

「わたくしも小さいとき画学生だったことがあるの。途中でやめちゃったけど」

肩をすくめてみせるようないたずらっぽい様子でそうもいったが、そのときそのひとは少女をかえりみ、少女はかすかに微笑んで母にこたえた。母娘が、母娘だけの叙情を微笑でかよわせあうのを、私はうっとりとした思いでながめた。少女は私が櫓山荘の庭で見たときよりすっかり大人びていて、黒い大きな眸をうるませていた。

その翌年、私は八幡のM・Tから絵を売ってくれ、と頼まれたとき、すぐそのひとを心に浮かべてM・Tの頼みをひきうけた。

あのひとなら僕が頼めば買ってくれる——なぜとはなしに、そんな自信のようなものを私は持つことができていた。ユーカリの並木路で絵をかいているところをそのひとに見られていること、そのおりそのひとが自分も昔は画学生だったと述懐するのをきいたこと、が私に自信めいたものをいだかせたのであったろうか。

私の「友人の絵を買ってほしい」という手紙に、そのひとから折り返すようにして返事がきた。絵を見たいので持ってきて下さい、というただそれだけの文面であったが、私は美しい料紙に、美しい筆で書きつけられたそのひとの手紙を、得がたい宝物を手に入れたようなよろこばしい思いで、いくどもいくども読みかえした。

私はM・Tの絵をかかえて櫓山荘を訪れた。M・Tの絵は、向日葵を描いていた。バックには白を厚く塗り、中央に大きく、ヘラを使ってカドミウム・イエロウで花片を盛りあげ、燃え立つような向日葵を一輪、力をこめて描き出したものであった。

応接室の壁に絵を立てかけて、そのひとは視点を二度、三度と変えながら見た。じいっと絵に見入るそのひとの細っそりとした背姿は、ふしぎにすきのない身構えになっていて、きびしい気迫を見せた。

私はそのひとの緊迫した態度に気押され、そのひとの口からどんな言葉をきくことができるかと、こぶしを堅く握って待った。

「いい絵ね。いただくわ。この絵描きさんにお礼いって下さいな」

そのひとがそういったとき、私は緊張から解放され、思わず肩の力を抜いてほっと小さな息をついた。

私はM・Tの期待にむくいることができたのがうれしかったが、それよりも、そのひとの鑑賞に及第した絵を推薦した自分がほこらしくてならなかった。

その次に、そのひとに会ったのは、昭和十三年の八月の末だ。その日を私はよく覚えている。私には忘れることのできぬ日だからである。

その日の朝、私は兵士として召集令状を受けたのだ。九月一日に小倉の歩兵第十四聯隊に入隊せよ、との赤紙である。私はそのころ、いつかは自分に召集令状が来るであろうと覚悟をしていた。中国との戦争はその前年の昭和十二年夏にはじまり、局面は日に日に深刻を加えた。翌十三年の五月、補充兵の大量召集があり、多くの学友が応召した。私は残されたが、この次は俺に来る、と覚悟せぬわけにはいかなかった。それが来たのである。

覚悟をしていたこととはいえ、やはり現実に赤紙を手にしたとき、私の心はみじめに動揺した。私は自分の心の動揺を親や弟妹たちに気取られまいとした。母は私が召集令状を市役所の兵事課の吏員から受け取ったあとで、とうとうお前にも来たのかえ、とひとことといった。そのただのひとことに、私は母がどれだけ心を痛めているかを知ることができた。それだのに、当の私がうろたえてみせたのでは、母の心を余計に疼かせるだけのことではないか、と私は思った。平静であらねばならぬ、虚勢であっても平静をよそおわねばならぬ、と私は自分にいいきかせた。

「浜にいく」

私は母に告げると、ハゼつりざおを肩にして、堺川じりに出かけた。

秋ちかい川の流れは澄明で、ハゼの子たちは川底の砂のくぼみにひそみ、イナの群れがちりめん波をたてて、水面にうつる白い雲の影をくだいて泳いでいた。

私は川岸の捨て石に腰かけて、糸を水に垂らし、朝の陽光が水面に揺らぐのを見ていた。

魚を釣ろうという心ではない。何かの目的ありげな振舞をすることで自分をだまし、赤紙を得て否応なしに現在を思い、行く末をかんがえ、乱れがちな心をまぎらわせようとしたのである。それをするのに、釣りの姿勢を私はえらんだだけのことである。

あたりに人影はなかった。あるのはまぶしいほど明るい晩夏の午前の陽光だけだった。その光のなかにぽつんとうずくまっている私は、赤紙を与えられているのである。旬日ののちには兵士となり、さらに何カ月かののちには硝煙の戦地に赴く。生きて帰れるかどうかはひとえに武運次第だ。あるいは、ふるさと中原海岸の景色も、これが見納めとなるかもしれぬ、そう私は思っている。それだのにあたりの風物は、そんな私の胸のうちの粛条とした思いごととはまったく無縁に、明るい光を空間いっぱいにあふれさせ、平穏な光景を目路の際限まで展開させている。天地自然の悠久にくらべて、私は自分のいのちの卑小さを思わずにはおれないのであった。

「――さんじゃなくって」

だいぶ離れたところから女の声で呼びかけられたとき、私は水面を見ているのではなく、自分の思念をみつめているのであった。

顔をあげるとそのひとがチョコレート色のドイツポインターをつれて私のほうへ近づいていた。私が捨て石から立ちあがると、犬がはげしく吠えかかった。そのひとは手をあげて犬をたしなめ、私のそばへ来た。

「なにしていらっしゃるの」

そのひとにきかれたとき、私は自分がやがて兵士になる運命にあるのだと告げずにはおれぬひたむきな心の昂ぶりにあった。

「僕にけさ召集令状が来ました」

私は、告げた。努力して、感情を押さえた抑揚のない声で、ひといきに告げた。

「まっ」

そのひとはいきをつめた。そのひとの張りのある瞳がながいまつげのかげに翳り、明るかった表情が、きびしくひきしまるのを私は見た。このひとは僕の応召に驚いてくれた、このひとの心のなかに、僕はまんざら無縁ではなかったのかもしれぬ、と思うと、私の胸のうちを熱いものがこみあげた。私たちは黙ったままで向いあって立っていた。ほんのひといきのあいだにすぎなかったのだが、私にはずいぶんながい時間のように思われた。

「あなたも、兵隊にいらっしゃるのね」

ひくい声音でそのひとはつぶやくようにいった。

「おさしつかえなかったら、お寄りになって下さいません。娘たちもいますわ」

そのひとにさそわれたとき、私は自分がそのひとに告げねばならぬ大切な話を持っているような心になっていた。私は目をあげてそのひとを見、そのひとの言葉を受けた。

私は手に持っていたつりざおの糸を切り、さおを水面に投げた。さおはゆっくりと流れて、私から遠ざかっていった。

櫓山荘の客間で、そのひとは私にビールをすすめた。壁にはM・Tの絵がかかっていた。M・Tには会えぬが、彼の絵には会えたな、などと思いながら、私はそのひとからすすめられるままに、ビールのコップをあけた。

「ふしぎな御縁だったわ」

そのひとも、わずかのビールに頬のあたりをうすくれないに染めていたが、私がM・Tの絵を見ていると、おなじようにその花の絵を見やっていて、ふいとそういった。自分自身にいいきかせているような、沈んだ物の言い方であった。そのひとの、その沈んだ声調は、なぜか私の胸の奥までしみとおった。私はそのひとの眼に私の眼をあわせた。

「わたくしどもも、ここに来るのはこの夏が最後になりそうですの」

そのひとの瞳は、わずかのアルコールにうるみを加えていた。

「ことしここに来てみたら、苦しい思いをすることが多かったのですわ」

そう、そのひとはいった。私は前の年の秋に、そのひとの夫が亡くなったことを知っていた。櫓山荘ははたち前のそのひとが嫁いだとき、新婚の住いとして建てられたのだときいていたので、夫を失ったあと、いつもの夏のように大阪の暑さを避けて来てみて、思い出に苦しんだのであろうと察することができた。だが、そんなことを、世なれた人のように慰めの言葉として口にのぼすことは私にはできなかった。私が黙っていると、そのひとが言葉をついだ。

「それに中原も来る夏ごとに変りますのね。あなたも兵隊にいらっしゃるというし――」

そのひとはさびしげなまなざしをふと空間に投げた。それを見たとき、私の心緒は荒く波立ち、もうそのひとに会うことのないのをさとった。

召集令状を受けて、なぜとなく堺川じりに来たのも、心の底の深いところで、あるいはこのひとに会いたい、と望んだからだったかもしれぬ――そんなことも、私は思っていた。

私が別れを告げたとき、そのひとは「どんなときにでも命は粗末にしてはならないのですわ」とさとすようにいった。私はことさらに堅い口調で「はい」と答えた。その単純な一言に、私は訣別の重い想いをこめた。


それきり私はそのひとに会うことがなかった。しかし、そのひとの消息は絶えずきいた。そのひとは俳句作家として高名であった。新聞や雑誌でそのひとの作品を見ることが多かった。あるときはそのひとの美しい横顔を大写しにした写真が新聞に載っているのを見つけ、切り抜いて手帳にはさんだこともある。

だが何の触れ合いもなく歳月を経れば、ひとがひとを偲ぶ心も淡淡しくなる。

ましてそのひとと私とは、行きずりに見かえりあったほどのうすいえにしにすぎなかったのだ。

そのひとと私は、いくたびかめぐりあったが、いずれもそのおりおりの偶然がそのひとと私をおなじ時と所に立たせたのにすぎない。

そのひとの別荘暮らしの物憂い退屈が、たまたま機縁となって私たちの接触が生れたのだということを私は知っている。そしてそれは、戦争によって断ち切られた。

そのひとの心に、私の印象が記憶されているであろうと思うほどの思いあがりは私にはなかった。

昭和二十七年の夏、そのひとの住んでいる奈良を私は訪れたことがあるが、そのおりも、私はついぞそのひとに会おうとはしなかった。

私は正倉院事務所長の和田軍治博士に会うために奈良を訪れたのであるが、東京を発つときに、文化財保護委員会事務局の美術工芸品課で課長補佐をしていた坂元正典氏から、奈良のお寺まわりをする人は日吉館に泊るものですよ、ときかされ、おしえられたとおりに私は奈良公園横の日吉館に宿をとったが、その日吉館では、そのひとが主宰する句会がしばしば開かれることを、私は俳句の雑誌をみて知っていた。

私は日吉館に泊ったが、旅館の人に、そのひとの様子をたずねてみることもしなかった。そのひとがあやめヶ池に住んでいるのを知っていたが、訪ねて行こうともしなかった。

すでにそのひとと私とは、無縁となっていると、私は思っていたからである。

だが、そのとき私がそのひとに会う心を持たなかったのは、私たちが路傍の人間となりおわせたと思ったばかりではない。私はそのとき、そのひとの齢を指折りかぞえてみて、老いたであろうそのひとをまのあたりに見ることをおそれたのでもあった。

私がそのひとに、折りにふれて会うことがあったのは、そのひとの女盛りの三十代のころだ。そのころそのひとはまだ若く美しかった。娘たちと並んでいると、まるで姉妹のようにさえ見えた。

だが、私が奈良を訪れたのは、それから十余年を経たのちである。

その十余年の歳月は、戦争時と戦後のくるしい日日にわたっているのである。そのかみの、美しかったそのひとを歳月がどのように変えているかを思ったとき、私はそのひとに会おうという心を起こすことがなかった。

色白で、頬は豊か、眉はきりりと濃く、まなじりながく、唇は一顆の茱萸をふくんだかにちいさく紅く、遠い世の王朝びとに似たたおやめであったかつてのそのひとの花の顔も、五十路をふたつ三つ越しては、老いのくまどりをかくすことはできぬであろう。

ほっそりと白いうなじのあたりで短くカットしたそのひとの髪はつややかで、ひとすじのおくれ毛もなかったが、その黒髪にも白いものが見えておろう。

奈良の宿で、私はそのひとの齢をかぞえて、そう気づかわずにはおれなかった。

私の胸の裡にあって、老いることのないそのひとの典雅の面輪に、いまさら歳月の修正を私は加えたくなかった。

私は青春の日のかたみとして、そのひとのうつくしい面影を私自身のために大切にしておきたかった。

夜、宿の日吉館を出て、興福寺の五重の塔のあたり、猿沢の池のほとり、東大寺の古い杉木立の路などを、あてどない拾いあるきをするとき、私は、そのひとのことを思ってみた。

一燈なく唐招提寺月明に

心にのこるそのひとの奈良の句など、ふと声に出して口ずさんでみたりしながら、昼間とはうってかわって人気のない暗い奈良の夜の路を、私は宿の下駄を鳴らして、しみじみと、しみじみと歩いた。

奈良に数夜をすごしながら、心を堅くしてそのひとに会わず、古い思い出をまもることができたというのに、そのひとの奈良の日日の模様をきかねばならぬ仕儀となったのは、その翌年の晩春のころであった。そのひとのことを私につたえたのは松本清張である。

いまでは年賀状のやりとりさえ絶えているが、そのころ彼とはよく会った。彼が「ある小倉日記伝」を書いたときも、私はたびたび彼が下書きの原稿を読むおりの聞き役になった。小倉の朝日新聞西部本社の前を電車道を越して北へ行くと人気のない古電柱の置場があったが、最初はそこで向いあって古電柱に腰かけて、彼がしゃがれたひくい声で読むのをきいた。読みおわると彼は「気がついたことがあったらきかしてくれ」と私を促した。私が意見を出すと、彼はうなずいてきいた。そして数日ののちには、書き直したからもう一度きいてくれ、といって私をまたも人気のないところに連れ出し、情緒をこめた声音で抑揚をつけながら、はじめから終りまであらためて読むのであった。そんなことをいくたびか繰返した。

その「ある小倉日記伝」が木々高太郎氏の推挽を得て「三田文学」に載り、合評会が新宿の紀伊国屋で開かれたとき、私は桜菊書院の漱石賞を受けた直方《ひらかた》出身の野田開作と連れ立って参会した。和田芳恵氏らがきていて、「ある小倉日記伝」をほめるのをきいたとき、私は自分がほめられているようにうれしかった。

その「ある小倉日記伝」が芥川賞を受けたあと、彼は杉田久女に取材した「菊枕」を書くため、久女に俳句の手ほどきを受けたことのあるそのひとの話をききに、奈良にそのひとを訪れた。奈良の旅からかえってくると、彼は私のところにやってきていった。

「橋本多佳子に奈良で会ってきたよ」

彼にいきなりそう告げられたとき、私は不意の平手打ちをくらったようにおどろいた。私は彼の口からそのひとの名をきこうなどとは思ってもいなかった。

「橋本多佳子に、会ったのか――」

私はやっとの思いでそのひとの名を彼にききかえした。

「うん、久女のことは多佳子が一番よく知っているからな」

こともなげに、彼はそのひとの名を口にした。私がどのような気持でそのひとの名をきいているかは、彼は知らない。彼はそのひとから久女のことを十分聞き出せたことで満足している様子であった。作品にとりかかるまえに、そのひとのこと、そのひとからきいた久女のことを話すことで、彼は印象の整理をしていたのであったかもしれない。

よほど鮮やかな印象を彼はそのひとから受けたようであった。ちいさなことにまで、彼の流儀の観察と解釈を加えて熱っぽくそのひとのことを私に物語った。

「客間に通されて、しばらく待たされたあとで多佳子が入ってきた。襖をあけしめする立居がなかなか優雅だった。それに、もう相当の齢のはずなのに、若いのにおどろいたよ。昔はさぞかしずいぶんの美人だったろうと思ったな」

彼は感にたえたように、そんなことを私に告げた。私は黙って彼がそのひとについて語るのをきくだけであった。いや、耳では彼の話をきいていたかもしれぬが、私の心は、遠い昔の、そのひととめぐりあった折りごとの、馥郁とかおるがごときそのひとのうつくしくやさしい思い出を呼びかえしているのであった。

彼はしきりにそのひとの端麗な容姿を語った。しかしそれは、老年にはいろうとしているそのひとの、齢相応の洗練された美しさのことなのである。私の胸のうちにあるそのひとの面影は、花の盛りの美しさのままであったから、彼の語るそのひとのいまの容姿の美しさと、私のいだくそのひとのかつての面輪の美しさとのあいだには、大きなへだたりがある。その相違が、彼の感覚的な描写の巧みな話術をきいているうちに、いつとはなしに喪《うし》なわれていくような心持がするのであった。つまり私の胸にあるそのひとの面輪がだんだん色香をあせさせて、現し身の老女へと変身していくのであった。それは私には悲しいことであった。しかし私は、彼をさえぎりはしなかった。悲しみは悲しみのままに、私は私の知らぬそのひとの現し身の姿形、挙措を彼の話から想像してみるのであった。

そのとき私は終始だまって彼の話をきいていただけで、そのひとがまだ若かったころ、櫓山荘のあたりでたびたび会ったことがあるとは彼に告げなかった。また彼の話をきいて、私が心をみだされたことも、その場の素振りにあらわすことはしなかった。

だから彼は、私がどんな心で彼がそのひとについて語るのをきいているかを顧慮することなく、そのひとの印象を鮮やかな描写とこだわりない説明とで私につたえ、私はゆくりなくきくそのひとの消息に、ただなつかしい思いにふかい吐息をつくのみであった。

さらに十年の歳月が流れた。ある朝、新聞がそのひとの死を伝えた。

そのひとの死亡記事を見つけたとき、私は思わず小さな叫びをあげて息をのんだ。小指の爪ほどの顔写真の添えられた短い記事を、私は食い入るように二度、三度と読みかえしたが、私の気持はすっかり動転して、その短い記事は読んでも読んでも、しっくりとは腑に落ちぬのであった。

私の様子をいぶかしんで、妻が「なにかありましたの」ときいた。私は黙って新聞を妻に渡し、そのひとの死亡記事を教えた。妻は、読んだ。かすかに気息を緊張させた様子が私には感ぜられた。

「あのかた、お亡くなりになったのね。お気の毒なことだわ。六十四といえば、そうお年というほどではありませんのにね」

妻はそういいながら、ちらと視線をあげて私を見た。その妻の瞳の奥に情感が揺らいでいるのを私は気づいた。私は、妻はながいあいだの心の翳りをいま晴らしているのかもしれぬ、と思った。

妻は、私の妻となったとき、私がかつてそのひとと淡い交際を持ったことがあることは知らなかった。

それだのに、そのひとが高名となり、新聞や雑誌にそのひとの名が登載されることが繁くなるにつれて、私は誇らしげにそのひととの交際をしばしば妻に語った。有名人とのつきあいをおれは持っていたのだ、ということを人に告げたいあさはかな気持が若い私にはあった。その相手に、私は手近な妻を選んで自慢の心を満たそうとしただけのことだったのである。それがどれほど妻の心を傷つけるかなど、私は推しはかってみることはできなかった。

いくたび私は妻にむかってそのおろかしい自慢話を繰返したろう。妻はいつもただ黙ってきいているだけであった。それが私には物足りぬのであった。「それは素晴らしいことだわ」とでも妻が合槌を打ってさえくれれば、私の単純な虚栄心は癒されたのであったろうが、妻は押し黙っており、それが私の心を逸らせて、かつてそのひとと私が心を通わせあったかのような絵空事を次第につくりあげさせるまでになった。

私の虚構がそこまで成長したころのことであった。痴愚のごとき私の自慢話が終ると、妻がいった。

「多佳子さんのことは耳にたこができるほどきかされましたから、もう十分にわかりましたわ。だけど多佳子さんとあなたが心を通わせあったというお話は信じられませんわね。あなたが片想いをしたかもしれぬとは思うことができます。あなたのお話の語り口にはたしかに慕情がにおっていますもの」

そう妻は、私の心を突きはなすようにいったのである。永い歳月を倶に暮らしていれば、亭主の言葉のどの部分は本音、どの部分はうそでかためたこしらえものかは、妻にはたやすく見分けることができるのであろう。妻は見事に私の衒《てら》い心を読んでいた。

私はそのとき、私の心の虚しさ卑しさを妻に隈なく知られていたことを恥じるよりも、そのひとに私がみのることのない想いを寄せたと妻が知っていることに、むしろ安心に似たくつろぎを感じていた。

そして私は妻に対してそのとき以来、おれはそのひとへの思慕と憧憬をいまでも捨ててはいないのだぞ、と自分の気持を居直らしたのである。

そのひとは遠い存在だというのに、そのひとの幻の影を中において、私たち夫婦は他愛もなくそんな葛藤をおりおりには演じていたのである。

そのひとの突然の死が、そんな私たち夫婦の想念のもつれを、その場にひき出した。私が妻の瞳に、情感の揺曳《ようえい》を見たと思ったのは、そのことなのであった。

私は妻がそのひとの死を気の毒だといった言葉には答えずに、腕組みしたまま、窓から見える雲ひとつない晩春の空をながめていた。

そうしていると、そのひとが亡くなったことが次第に確かな悲しみとなっておもたく私の胸にのしかかってくるように思われるのであった。

私が黙りこんでいると、妻も卓子のうえにそろえた指先に視線を落としたまま、いつまでも黙っているのであった。その姿勢には私の沈黙を、その沈黙の底でうねっている私の感情を恐れていきをつめてでもいるかのような風情があった。

そんな妻を哀れと思った。私はしみじみと思い入った語調で妻に語りかけた。

「あのひとは久女のことを『青芦原をんなの一生透きとほる』と悼んでいるけど、あのひと自身の一生もそんな一生じゃなかったかと思うよ」

私の、いたわりをひそめた気持は妻に通い、妻はうなずきかえした。

「おれもあのひとをしのぶ句を作ってみたい。作ってもいいだろ」

許しをもとめて私は妻をかえりみた。

「それはよいことですわ。亡くなった方に供養するのは、あとに残ったもののつとめですもの」

妻は素直な微笑をみせた。私はいいことに気づいて、妻の沈みがちな心を明るますことができたとよろこんだ。

その晩、私は妻に、これはどうだろうな、とその日仕事の合間に手帳に走り書きした三つ四つの句をみせた。

「あなたのお気持はどの句にも出てるわね。ひとつだけ取るなら、わたしはこれを取るわ」

妻が指でその句をさした。

春尽きて赤き椿の花落ちぬ

という句であった。

かつて櫓山荘に招かれた虚子が、花瓶から落ちた椿の花をそのひとが暖炉に投げるのをみて「落椿投げて煖炉の火の上に」と即興の句を示したのが、そのひとの俳句への開眼の機縁となった、という話を私は知っていたが、妻にはその話はしたことがなかった。だが、いつか妻はそれを知っていて、私の手帳のいくつかの句のなかから、落椿の挿話をふまえた句をえらんだのを私は知った。そして私は、どうして妻がそのひとにまつわるそんな挿話を知っているのであろうかといぶかしんだ。

妻は、おそらく私がそのひとの面影を胸中に蔵しているのを知ると、そのひとへの特別な関心を育てて、いつかそんな挿話すら知るようになったのであろう。

妻は、自分が夫を知るよりも前に、夫がひそかに思慕したひととして、そのひとに妬心をいだかずにはおれなかったのかもしれない。妻は、私がそのひとへの思慕をいだきつづけていることを、私から受けた心の傷として、その痛みに永年を耐えていたのであったか――そんなことを私は妻が落椿の追悼句をえらんだとき、あわただしく胸のうちで思いめぐらしたのであった。

そのとき私はつくづく妻をいとおしいと思った。

「おい」

いつも妻を呼ぶときの、ぞんざいな亭主の口調で私は妻を呼んだ。

妻が私を見た。その瞳をのぞきこむようにして私は見た。そのひとの死を知ったあと、その瞳に揺曳していた冷たい情緒の翳は消えていた。

「ばかだよ、お前。橋本多佳子さんはおれには遠いひとにすぎぬ。遠いひとだからこそいつまでも美しいし、なつかしがってもおれるのじゃないか」

私は妻の瞳に見入りながら告げていた。

「そのひとも、生涯を閉じた。花の生涯だった。紅椿のような華麗な一生だったとおれは思う。なんでおれになど、縁のある人なものか」

私が語調を強めて告げると、妻はかすかにうなずいたようであった。

私は妻が選んだ句を残して、ほかの句は鉛筆で塗り消し、はたりと音をさせて手帳を閉じた。私はその音で、妻をただ一人の相手役として、また観客として演技しつづけてきた私のおろかしい茶番も、ついにおわったことを妻と私自身に告げたのである。

そのひとが亡くなったのは、昭和三十八年の春がおわる五月二十九日のことであった。早いもので、もう六年の歳月が過ぎ去ったことになる。

だが、私の胸に宿るそのひとの面影は、そのひとの生き死にとはかかわりなく、昔日のままにいまも若く美しく生きている。

通勤の電車の窓に、櫓山荘を見るごとに、そのひとの面影はなおもあざやかにいきづく。おそらく私の生命がおわる日まで、私はそのひとの面影を失うことはないのかもしれぬ。

私は今年の夏、櫓山荘を訪ねようと思っている。そのおりは妻を伴うことを心にきめている。私の胸にそのひとの面影が消えることがないからといって、三十年の半生涯を倶にした私と妻とのあいだにいまさら何の障碍となろう。

私の青春の追憶の場所は、妻もなつかしんでくれるであろうと私は信じることができる。

夏の陽の照りつける櫓山荘の庭で、私は妻のために在りし日のそのひとの姿を描こうと思っている。そしてともどもに過ぎ去ったわれらの青春を惜しもうと思っているのだ。

ドスキンの服

鹿児島では赤毛のあざやかな猫をやすと呼ぶ。やすという呼び名には、秀吉の朝鮮出兵に従軍した島津軍の勝ち戦にまつわる伝説がある。赤毛の猫の働きで敵の夜襲を迎え撃って勝ったという話で、猫にはそのときの島津軍主将の殿の名の一字があたえられて、やす、と呼ばれ、以来赤毛の猫を鹿児島ではやすと呼ぶようになったというのが由来話である。鹿児島の人は、何かにつけて話を武辺に引き当てるのを好み、やすという呼び名もそのひとつであるが、やすがほかの猫にくらべて怜悧であるということを疑う人はいない。

そのやす猫が、玄策の家のコンクリート作りの門柱のうえに、またきている。

三月になってからは陽射しが日増しに強くなり、コンクリートの門柱は陽を吸ってぬくいので、居心地がいいからやってくるのだろうと玄策は思っているが、それだけではなく、食べものがほしくてきているのだということも玄策にはわかっている。

やすは玄策が玄関の重い硝子戸をガラガラと大きな音をさせてあけて出たのを見ても、おどろいた気配をみせなかった。ひょいと目をあげた玄策と視線があったのに、身じろぎもせずに、背を丸めた姿勢を変えなかった。

玄策はしばらくやすを見ていたが、やすも玄策を見つづけて視線をそらさず、その目の色には、玄策の身体にすり寄るような、なつこい気分が浮かんでいるのを玄策は見てとった。玄策は、やすが食べものを期待しているのだと気づいて、いそいで茶の間にもどり、絹子に「また、やすがきている」と告げ、片掌いっぱいに煎子をもらった。

玄策が門柱のそばまでいくと、やすはさすがに本能的に警戒の身構えをみせ、さっと身体をひるがえしてブロック塀のうえを走ったが、三メートルほど遠ざかっただけで、そこでまた身体の向きを玄策の方に変えて、玄策の挙動を見守った。玄策は右掌につかんでいた煎子を、門柱のうえにおいて、門のそとにふた足み足しりぞいて、やすの様子をうかがった。やすはすぐ門柱に引き返してきて、ちらと玄策を見ると、警戒感を捨てて、煎子を食べた。

「その猫、お宅の猫ですか」

突然、玄策は背後から女の声で話しかけられて、振り向いた。はたちを出ていても、せいぜい一つか二つだろうと思われる、色の白い、丸ぽちゃの、愛くるしい女の顔が、煎子を食べるやすと玄策とを見ながら、肩幅ほどはなれたところに立っていた。胸に重たげな風呂敷包みを抱いていた。玄策の家の真向いにある木造の建材倉庫の二階に、三日前に引っ越してきた夫婦者の細君の方だった。

引っ越してきたその日に、タオルをのし紙に包んで、夫婦であいさつにきた。絹子が留守だったので玄策が玄関に出た。亭主の方が、こんど前の二階に住むことになった加治木です、よろしく、というふうなことをいった。物の言い方がぼそぼそしていて、土地の訛がつよかった。細君の方は、亭主が頭をさげるとき、いっしょにていねいに頭をさげただけで、物をいわなかった。ふたりの物腰から、どちらも律儀な人柄との印象を玄策は受けた。

その細君の方が、玄策の背中から声をかけたのである。玄策は振り向いて、片頬にえくぼがある、ぽってりした愛嬌のいい女の顔を見たが、咄嗟には返事ができなかった。

玄策は、ふしぎな声をきいたような心持がしていた。声をかけられたのも突然だったが、話しかけられた猫のことも唐突だった。それに、女の声は、若やいできれいなアルトだった。しかし玄策が、一瞬ふしぎな声のようにきいたのは、そんなことからではなくて、女が抑揚のはっきりした東京弁で話しかけてきたからである。玄策が住む鹿屋の町では、めったに歯切れのいい東京弁をきくことはなかった。ことに女の口からきくのはまれなことであった。そのあざやかな東京弁を、玄策は女の声で突然きいたとき、背後に立っていた女と、東京弁とが脈絡を生まなかった。引っ越しのあいさつにきた日、その女は亭主にだけ訛言葉でしゃべらせておいて、自分はひとことも物をいわなかったので、玄策は、細君も亭主とおなじように鹿児島弁しか話さぬので、ためらって物をいわぬのであろうと勝手にきめこんだのであった。そのひとりぎめが枷になって、振り向いてそこに見た加治木の細君が、いまきいた東京弁の主とは、玄策は咄嗟に信じかね、いぶかる心が働いたのであった。だがしばらくその女の、黒目の大きい、利発げな顔を見ていると、ああやはりこの女がいまの東京弁をしゃべったのだなと納得がいった。

「いや、うちの猫じゃありません」

　玄策は、無心なほど、近くに立つ彼に対して警戒心を解いて煎子を食べつづけているやすに視線をもどしながらいった。そのあと、やすの方を見て、女の方は見ずに言葉をつづけた。

「この猫は、あなたがお住まいになっている家に、あなたの前に住んでいた人が飼っていた猫なんですが、名古屋の方へいくといってお移りになるとき、おいていったんです。このごろあそこに姿を見せるようになったので煎子やかつおぶしの切れっぱしをやると、よく食べます。きっと腹をすかしているんでしょう」

玄策が話を区切ったとき、女は「道理で――」といった。女のその短い言葉の意味が腑に落ちず、玄策がふりかえると、それに促されたように、女が言葉をついだ。

「あの猫、きのうもきょうも、朝、うちの窓のところにきて、にゃあにゃあ鳴いては窓硝子を引っ掻くし、油断をすると家のなかにはいってくるので気味の悪い猫だと思っていましたの。主人は猫好きですので、うちで飼おうといいだすのじゃないかと思って、わたし、ひやひやしてますの」

女は東京弁をさわやかにあやつってそういいながら、胸の風呂敷をちょっと揺すって持ち直し、やすをすがめたような眼つきで見ていたが、不意に、

「あら、主人が――」

とちいさく緊張した声でいった。玄策が向いの倉庫の二階を見上げると、開いた窓に男が上半身を乗り出してこちらを見ていた。玄策と顔が合うと、男はつと姿勢を正して小腰をかがめ、ぺこりとお辞儀をした。いかにも人の好さそうな、へりくだったしぐさであった。玄策も、軽く頭をさげて応えた。

玄策が亭主にあいさつを返したのを見ると、女がいった。

「主人は洋服仕立て職ですの。本通の角の銀行から二軒目に加治木洋服店という店があるのをご存じでしょうか。あの店は主人の兄がやっていまして、主人はあそこの職人をしていますの。何でもいたしますからお仕立て物がございましたらおいいつけになって下さいまし」

女はそういうと、風呂敷を抱いた上体を深目にかがめて、ていねいな会釈をすると、目をあげて二階の窓の亭主を見て、倉庫の横手にしつらえられている幅広の木の階段の方へ歩いた。長目のス

カートの裾をゆらめかして、すこしばかり腰をひねるようにして歩くその身ごなしには、なまめいた風情があって玄策の視線を捉えた。

女がトントンと靴音をはずませながら階段をのぼりきるのを見送ってしまって、玄策は門柱のうえのやすにゆっくりと視線をもどした。やすは玄策があたえた煎子を食べつくして満腹し、ぐっと背中を盛りあげて背伸びをし、大きな口をあいて玄策に、にゃあ、と鳴いてみせたあとで、前脚を胸の下に折りこみ、陽射しを受ける香箱の姿勢にもどった。

玄策はしばらく腕を組んでやすを見ていたが、やすは心地よさそうに毛をふくらませ、目をつぶって身じろぎもしなかった。それを見定めると、玄策は家のなかにもどり、茶の間の、火を入れるのを早くからやめている掘りごたつに足を突っこみ、絹子に茶をいいつけた。

加治木夫婦の前に建材倉庫の二階の家に住んでいたのは、繁華街にあるレストランの板場夫婦で、四つぐらいの男の子が一人あった。

その子が子猫を抱いているのを見かけるようになったのは去年の春だった。

「親類の家でこの子が子猫を見て、いくらいいきかしてもはなさないので飼うことにしました」

その子の母親は玄策に子猫を飼うようになったいきさつを説明したあとで「これはやす猫で、やすはかしこいと昔からいわれていますが、子猫ながらこれが来てからは、ねずみがガサともさせなくなりました」といった。

やすの子猫は、亭主がレストランから料理の残り物を持ちかえってあたえるということで、わずかの日数のうちに大きくなった。夏の終りごろには玄策夫婦が「あんな大きな猫は見たことがないなあ」とおどろいて話し合ったほどの、毛なみのつやつやした巨猫になっていた。子どもが抱いておもちゃにするには手に負えぬほどにも大きくなったやす猫は、どういうわけか、二階の窓の外で、硝子を引っ掻きながら鳴き立てているのを玄策はよく見かけた。そのことを玄策が不審がると、絹子がすぐその謎をといた。

「やすは夜、坊やのお布団のうえで寝るんですって、それで坊やが重たくて寝苦しがるので、夜は部屋から追い出されているんですよ。だから朝になると、窓をあけてくれって、催促するんだって奥さんが話してましたわ」

それをきいたとき玄策は「ふーん」とうなって、「つまり夜と昼の飼い分けをやっているわけだな」と妙に感心した。

そのころは、やすは、倉庫のあたりで玄策と出会うと素早く逃げた。

板場一家はことしの正月がおわること引っ越していき、やすは置き去りにされた。締め切ったままの二階の窓の外で、硝子を引っ掻きながら、根気よく鳴きつづけている姿を一週間か十日ほどのあいだはよく見かけた。しかし、しばらくすると、やすはふっつり二階の家に寄りつかなくなっていた。それでも時たま近くで姿を見かけることがあったので、野良になっても元の家から遠くは離れずに暮しているにちがいなかった。

「前の家のやすを見かけたが、あんな巨猫だったのがすっかりやつれて毛のつやもなくなっている。飼い猫から野良になったんじゃあ、生きるのもきびしいだろうからなあ」

「ほんとうにそうでしょうね。あのやすはいままで美食してたんですものねえ」

玄策夫婦はやすのうわさをしてあわれがった。

そのやすが、三月になって玄策の家で掘りごたつにたどんの火を入れぬことにしたころから、門柱のうえにうずくまって、香箱をつくっているのを見るようになった。玄策が煎子をにぎって近づくと、さっと身体をひるがえして逃げたが、煎子をおいておくと、玄策の姿が見えなくなるのをまって食べていた。

四度、五度とそういうことがかさなると、やすは門柱のうえから玄策を見て一度はすこしばかり逃げても、姿を消すほどには逃げなくなり、ついには玄策が煎子や、かつおぶしのけずり身をおくと、彼が見ているのをはばからずに食べるようにさえなった。

そのころ、二階の家に、加治木夫婦がはいった。

玄策は茶をのみながら、絹子に加治木の細君からきいた話をした。

「やすがきのうもきょうも、加治木君の家の窓を引っ掻いたそうだよ。あの奥さんは、気味の悪い猫だといっていたが、やすにしてみれば、あそこにまた人が住んだので、前の飼い主が帰ってきたと思ったのかも知れんなあ」

「そうですね、猫は人につかずに家につくといいますからね。だけどそんな話をきくと、やすがいじらしくなりますね」

「このごろやすはおれになついたよ。もうちょっとなれれば、うちで飼うことができるのじゃないかと思う」

「もとが飼い猫だからやはり人恋しいのかも知れませんね」

「加治木君のご亭主の方は猫好きだと奥さんがいってたから、あのうちで飼われるのがやすにとっては一番いいのだろうが、奥さんはやすを飼う気は毛頭ないふうなことをいってたな」

　茶をのみながらそんな話をしていると、硝子戸のそとの濡縁を、さっと影が走った。

「あら、やすですよ」

「うん、やすだ」

　玄策はやすが去った方にぼんやりと顔を向けているうちに、加治木の細君が「洋服の仕事なら何なりといたしますから」といったことを思い出した。

「そうそう、加治木君は、あそこの銀行の横手の加治木洋服店のご主人の弟さんだそうだよ。いま奥さんから仕事があったらさせてほしいといわれた。仕立て直しを頼もうかな」

　玄策はそういって絹子の表情をうかがった。絹子が、仕立て直しって、何をなさるの、というような表情を返してきたので、玄策は「ほれ、あの黒い冬オーバーさ」といった。

「あの黒いオーバーは鹿屋に住みはじめていっぺんも着たことがない。もったいないからあれを背広にしてもらおう。そしたらこのごろだって、うそ寒い日には散歩に着れる」

　玄策が思いつきをしゃべると、絹子は「はじめてのお仕事に頼むのに、そんな仕立て直しは失礼よ」といい「四、五年前に叔父さんからいただいた生地がありますよ。赤や青のネップヤーン[注1]が派手だとおっしゃるので仕舞いこんでありますけど、あれ、散歩着にならなります」といった。玄策は「じゃ両方頼んでみてくれ」と絹子に命じた。

夕方、裏庭で玄策が苺を間引いて植えかえていると、絹子が「加治木さんが見えますよ」と知らせにきた。「お仕立て代、とてもお安いわ」ともつけくわえた。

玄策が手を洗って家にはいると、客間に加治木が細君を伴って椅子にかけて待っていた。

「変な仕事をお頼みして――」

玄策が会釈顔でいうと、夫婦とも立ちあがり、亭主の方はぴょこりと頭をさげ「ありがとうございました」と訛のつよい言葉を低い声で口のなかに飲みこむようにいい、すぐさま胸ポケットからメジャーを取り出した。いかにも仕事一途の職人気質の律儀さを思わせる物腰であった。

細君は、ぽっちゃりした頬にえくぼをたたえた笑顔を玄策に向けて、

「早速ご注文いただけてうれしゅうございますわ。もう、仕事は入念にいたしますから、これからもごひいきにお願い申します」

と見事なあいさつ振りで、亭主がメジャーをポケットから取り出すのにあわせて、手に持っていた黒い小さな手帳のまん中あたりをはらりと開いた。そこには芯を充分にとがらした細い、短い鉛筆がはさんであった。

玄策が姿勢を正した恰好で直立すると、亭主はさっと取りついて、なれた手つきでメジャーを肩にあてたり、胴に巻きつけたりしながら何センチ、何センチ、という。その声音は、玄策と向いあって物をいうときの、ぼそぼそしたしゃべり振りとはまるっきりちがった、鋭さのこもる、凛とした音声であった。

するとき細君は、亭主の言葉を受けて、何センチ、何センチ、とすずしい張りのあるアルトではき

はきと復誦しては、手帳に書きとめていくのであった。

夫婦の、いかにも息のピタリとあった、美しい呼応の情景であった。玄策は両の腕を水平にあげたり、亭主の掌につかまえられてくるりと前うしろに半身の回転をさせられたりしながら、うっとりするような心で、夫婦のきびきびした唱和を耳にきいていた。

夫婦が帰ったあと、茶の間で玄策は絹子と向いあって掘りごたつにすわると、ためいきでもつくような調子で、

「なんと、絵にかいたようなうらやましい若夫婦ぶりだったな」

と感想を口に出さずにはおれなかった。そのあとで、

「亭主は山出しの素朴そのものなのに、奥さんの方は愛らしくって、東京弁を器用に使いこなすし、どんなめぐりあわせであのカップルはできたのかなあ」

と感想つづきをつけ足したが、絹子は、

「ほんとに仲むつまじい似合いのご夫婦だわ」

とだけいって、玄策のすこし岡焼きのまじっているような感想にはまともに応えなかった。

三日たった夕方、また加治木夫婦がそろってやってきた。叔父からもらった生地でつくる背広の仮縫いを持ってきたのであった。

「袖口はこれでいいでしょうか」

「肩の着具合はいかがですか」

亭主の方は仮縫いのあちこちを軽くつまみあげたり、ピンを刺したりして玄策にきくのであった

が、その声調には、土地の訛はあったが、向きあって話すおりの、しりごみした様子はなく、自信にしっかり裏打ちされている力強い言葉づかいであった。細君の方は、亭主の動きにつれて、自分もすこし身体を移したり、首をかしげたりしながら、頼もしげなまなざしで亭主のきびきびした所作を見守っていた。

さらに三日ほどすると、背広は仕立てあがった。

道路ひとつ向いあっているだけの距離なのに、加治木は細君に新しい背広を収めたケースを風呂敷にきっちり包んで持たせ、うしろに従えてやってきた。

「着てみて下さいませんか」

加治木の言葉には確信があった。玄策が加治木に見守られて着試しした上衣は、すらりと腕がとおって、両の腕を大きくグルグル振りまわしてみたがゆったりしており、それでいて肩から胸にかけてピタリと着心地が落ち着いていた。

「着易い。楽な感じが実にいい」

玄策がほめると、夫婦は目をあわせ、亭主の方が「ありがとうございます」といったが、それはのどの奥に語尾がのみこまれてしまう、聞き取りにくい、はにかんだ物の言い方にもどっていた。

それからさらに三、四日すると、冬オーバーを仕立て直した上衣がとどいた。玄策は留守をしていたが、やはり夫婦そろってきて、亭主の方が、玄策に試し着をしてもらえないのが残念だといい残したと絹子からきかされた。

「へえ、仕立て直しだというのにそんなに身を入れてやってくれたのかなあ」

玄策はそんなことを絹子に向っていいながら着てみた。すんなりと楽に着れた。

「加治木君は上手だな」

玄策は襟をひっぱったり、ポケットに手を入れてみたりしながら、いい具合になったものだ、と感心した。すこし離れてながめていた絹子も、

「ほんと、新調のように見えますわよ」

とほめた。

「それにとっても仕事がていねいだわ。もとのボタン穴も上手にかがって、わからなくしてあるし、肩幅や腕まわりも縫い直してくれてるんだわ。お仕立て代にくらべたら、もったいないみたいに念を入れたお仕事ぶりよ」

絹子はしきりとほめた。

玄策は、加治木が作った二着の上衣は、どちらも窮屈さをまったく感じさせずに着させるのにほれこんだ。ことにオーバーの仕立て直しの方が気に入った。肩も胴もゆったりと寛いでいながら、適当な重さが背を締めてこころよかった。前の年に軽い五十肩に見舞われて左腕を肩より高くあげられなくなっている玄策には、ゆとりのあるオーバーの仕立て直しは、肩に力を入れずにすらりと軽く着れるのが重宝だった。

玄策は家から歩いて十分ほどのところにあるシラス台地の畑のなかの明るい路や、厚く積った落葉の朽ちるにおいのする竹やぶの湿った暗い路を、足の向くにまかせてさまようのを好んだが、オーバーの仕立て直しの服がとどいてからは、そればかりを着込んで歩いた。

三月から四月に移ろうとする季節の鹿屋では、厚ぼったいオーバー地の黒い服では、日中は額が汗ばんだ。

この陽気じゃ、昼間はこの服もだんだん着苦しくなるな、と陽盛りを気にしながら、玄策は畑のあぜに植え捨てられている低い茶の木に、まばらに白い花が咲き残っているのを、拾うようにして見ていくうち、台地のはしで路が尽き、目の下にぽっかりと幼稚園の園庭がひらけた。

赤や白や黄の花片をむしり散らしたように園児たちが駈けまわっている園庭を見下したとき、玄策はポケットからハンカチを取り出して顔に浮いた汗をのごったが、すると、まったく唐突に、三十年もの昔、ジャワの中部山地の町サラテガで同じような光景を、やはり同じように高みから見下した記憶が心によみがえった。そのとき玄策は黒のドスキン[注2]の背広を着て、南島の強い陽にあぶられていたのだが、いま似通った厚地の黒い服を着て、たけなわの春の正午の陽射しを満身に浴びながら幼い子らが群れ遊ぶ光景を見下したことが、ポケットから取り出したハンカチで顔の汗をのごう動作がきっかけとなって、突如として、何の前後の脈絡もなしに、埋もれていたはるけき記憶を意識の表面に浮かびあがらせる働きをしたのであった。

玄策は学校を卒業するとすぐ新聞社に就職した。二十四の年であった。洋服店を経営していた叔父がいて「社会人になる祝いに背広を作ってやろう。ちょいとばかり、しかつめらしくなるがドスキンがよかろう。こんな時世だから、人前でどんなときにでも着られる服を持っとらんと困ることがある」といってハリソンの生地でドスキンの三つ揃いを作ってくれた。そのころ、日本はすでに中国大陸での戦争に十分深入りしていた。

「職人には縫わさんぞ。おれが自分で縫ってやる」

叔父はそういって、仕立ててくれた。叔父は鉄道学校を出て、門鉄の駅につとめ、三十になるかならぬかの年で、赤線のはいった帽子をかぶる駅員になっていたが、列車に引きずられる老人を助けようとして脚に大怪我をし、歩くのに難儀をするので鉄道をやめた。洋服仕立ての職をおぼえ、十年あまりすると相当に構えた店を持ち、職人も何人かおいて、以前の縁故で鉄道の人たちを得意にして手堅く洋服店を経営していた。子どもがなかったので姉の子の玄策をかわいがり、玄策の就職をよろこんで自分の手で仕立てた服を着せてやる、といったのである。

叔父が手ずから作ってくれたドスキンの三つ揃いは、上衣のボタンは包みボタンになっていて、勤め着にするには気はずかしい思いがするほど、見栄えのする服であったが、奢った感じのするその服は、仕事のうえではずいぶんと役に立った。

駈け出し記者で、同僚がつぎつぎに召集されて軍隊にとられていくため人手が足りず、夜昼なしに玄策は追い使われたが、戦死者の遺族の家にいって話をきいてくるときとか、大陸帰りの将軍にインタビューするときとかには、格式張ったドスキンの服はうってつけの装いとなった。絹子との、産土神の八幡社で挙げた形ばかりの結婚式にも着た。

それらのときよりも、玄策がドスキンの服を有難いと思い、叔父の心遣いがわかったように思ったのは、玄策自身が補充兵としてはじめての召集令状を受け、歩兵聯隊に入隊することになったときである。

勤め先の新聞社でもいっしょに応召する何人かが講堂に集められて壮行会がもよおされ、自分の家の町内会でも、門出の朝は一段高いところから日の丸の小旗の波に向けて声高にあいさつをさせられたが、そんなとき玄策はドスキンの服を着て、応召兵と赤い字で書きこんだ幅広の白木綿のたすきをしてひとびとの視線の集中を浴びた。玄策はスフで作ったカーキ色の国防服を着た同じ応召者と肩を接しながら、心のうちで、叔父はおれにこんな日が来ることを考えてくれていたんだな、と気づいた。

玄策は三度召集されたが、三度目に小倉の聯隊に召集されたときは、勤め先の新聞社から陸軍報道員として南方地域に派遣がきまっていた。聯隊区司令部が出す召集令状の応召指定日が急であったので、新聞社の要請で陸軍省が聯隊にあてて出した、玄策の召集を解除せよという命令が応召当日までに間にあわず、玄策はいずれは召集解除になると見越してドスキンの服を着て応召した。

戦争はわが国の敗色がだんだんに見えはじめたころで、このときの召集は在郷の主戦力を根こそぎ狩り出し、たちどころに実戦に役立つ有力な一個聯隊の新編成をしようとしたもので、広い営庭に集合した三千人の古参応召兵は全員、カーキ色の在郷軍人服を着ていたが、そのなかにあって玄策だけが平服を着ており、その黒いドスキンの服はひどく目立った。入隊式で聯隊長は壇上から応召兵の大群を見下して告示するとき「この中に現下の時局をわきまえぬ不心得者がおる」と声をはげましたが、それをきくと玄策は、おれのことだな、と思って舌打ちした。

玄策の召集解除の命令が陸軍省から聯隊にとどいたのは、入隊して三日目であった。羽田出発の日から逆算すると、ギリギリの時間が残っているだけだった。

玄策は古軍服を脱ぎ捨てると、ドスキンの服に着替え、戦友の羨望の声に送られて営門を出た。その足で新聞社にいき、東京行きの絹子と二人分の汽車の切符を頼んだが、寝台車の切符は、手に入れるのが一般の国民にはもう困難になっていた。

その晩、玄策は二番目の子を身ごもっている絹子と、誕生をやっとすぎたばかりの長男をつれて旅立ち、東京には次の日の夜、着いた。出迎えの人と東京駅の食堂で食事をしたが、米の飯はなくてヒジキが主食だった。

次の日の早朝、宿の玄関で絹子と長男に見送られ、迎えの車で羽田に運ばれ、ジャカルタに向った。

昭和十八年の秋であった。ドスキンの服は内地では着頃の季節であったが、飛行機が台湾、フィリピン、セレベスと南に下るにつれて、暑苦しさを感じさせた。

ジャカルタでは、陸軍報道員は、濃緑色の、厚地の木綿で作った軍服まがいの、肩に吊皮押さえがついている防暑服が制服並みになっていて、上衣の左腕に、緑色に白字で「報」と書いてある円形の金属製記章をつけることにきめられていた。玄策はその服を二着あてがわれ、内地から着てきた黒いドスキンの服は、宿舎のバブ（女中）が洗濯して洋服箪笥に仕舞った。バブはアイロンをていねいにかけたドスキンの服を、生きものでもいとおしむように撫でさすりながら「バグース、スカリ。バグース、スカリ」と繰返しいっては玄策の表情を見た。玄策は、言葉はわからなかったが、バブが「いい品だ」という意味合いのことをいっていることは、その口調や手つきや表情から察しられたので、ウン、ウン、とうなずいてみせた。

玄策は、ドスキンの服を、熱帯のジャワで着る機会はあるまいと思っていた。しかし、だんだんにジャカルタでの生活になれてくると、そうでもなさそうだと思えるようになった。それは、華僑地区の盛り場に夜出かけてみると、濃い色物や、柄物の背広を着た男たちをよく見かけたからだ。その男たちは、華僑ばかりではなく、目つきから明らかに日本人とわかるものもいた。玄策は、人目を避けるときにドスキンを着る手があることを知った。

そのころ玄策は、チリウン運河北通りにある将校酒保[注3]の店員リッシイ・パウルと顔なじみになっていた。

リッシイはほっそりした身体つきで、色白、すこしおでこで、額にカールした短い髪をはらりと垂らしているのがよく似合い、顔立ちがどことなく絹子と似かよっていて、玄策は親しみを持つことになった。

日用の品を買いにちょいちょい行っているうちにお互いに顔をおぼえ、たどたどしいインドネシア語で、他愛のない話を交わすようになったという、ただそれだけの仲にすぎなかったが、玄策が毎月ガンビル広場の東京劇場でもよおされる飯田信夫のオーケストラにさそうようになってからは、リッシイはぐんと親しみをみせるようになった。飯田信夫は、若い娘たちのあいだで「ノブ」と呼ばれ、そのオーケストラはなかなか人気があった。リッシイは戦争になってからはめったに着るおりのない華やかな夜の服を、オーケストラの雰囲気のなかによそおえるのが楽しいふうであった。

玄策も、リッシイの装いにあわせて、丸報の報道員記章はポケットに突っ込んで、黒いドスキンの背広を着けて席をならべた。夜は、ジャカルタも、ドスキンを着ても汗ばむことはなかった。

ある夜、リッシイから「すぐに来てはくれないだろうか」という電話があった。玄策は制服の代りに白麻の背広を着て、ベチャ[注4]でタナ・ティンギのリッシイの家にいった。玄策は、リッシイを家に訪問することを、その両親から許されていたが、リッシイを訪ねるときは、近所の目をはばかって、制服を着ることはなかった。

リッシイの家で、玄策はイチエという、玄策と同じ年配の、リッシイの姉に引き合わされた。イチエは戦争になる前はジャワ政庁の財務長官ファン・モークの秘書をつとめていたが、いまは中部ジャワのサラテガに住んでバレエの教師をしているということであった。黒い髪と、黒い瞳をもっていたが、リッシイとくらべてひときわ彫りの深い顔立ちをしていて、ひとめでオランダ人の血が混っているハーフカスト[注5]とわかる美人であった。

「アキさんにお願いがあるの」

リッシイは玄策がソファにくつろぐのを待って、思い入った声音でいった。

「アキさんには大変ご無理なお願いとは承知しているのだけれど、考えあぐねたすえに、あなたのほかには頼れる人がいないので、お願いすることに決心したの」

そう玄策に告げるリッシイの瞳には、すがりつくような哀訴のいろが、にじんでいた。リッシイのたっての頼みというのは、イチエがサラテガに帰るおり、バンドンまで同行してほしい、ということだった。

一見してハーフカストとわかるイチエの旅行には困難が多い。しかし、かねてから高血圧で半身不随になっている父があいたがっていたので、こんどサラテガからバンドンまでカトリックの尼さんの道連れができたので思い立って帰ってきた。バンドンまではよかったが、一人身で旅をしたバンドン、ジャカルタの車中で、日本軍政が白眼視しているハーフカストとわかる容貌のせいで、ひどいいやがらせをされ、帰路をイチエはこわがっている。両親もしきりに心もとながるが、バンドンからはまた尼さんが道連れになってくれるものの、バンドンまでの道連れを頼めるものがいない。アキさんには迷惑なことはわかっているが、なんとかそれとなしにでも同行していただけないか、というのがリッシイの話であった。

玄策はリッシイの頼みをきくと、強いためらいを感じた。もし、ハーフカストのイチエと白昼連れ立っているところを憲兵にでもみつかったら、あるいは後日に露見でもしたら、どんな指弾を受けることになるか、あざやかに推測できたからである。

だが玄策は、そのためらい心を圧しつぶして、リッシイに承知したと答えた。玄策には、イチエが一人旅に難儀するということは容易に理解できたし、その難儀が日本軍政の民心誘導の仕方にもとづくこともわかるので、自分が日本人の一人であるという立場を考えると、人にみつかることが恐ろしいと怯えて、リッシイ一家が自分に托そうとしている切実な願望を拒むことはしてはならないのだと思われたからである。

イチエが帰る朝、玄策は黒いドスキンの服を着て、カントール（役所）の車を使ってタナ・ティンギに迎えにいき、コタのジャカルタ駅からバンドン行きの急行に乗った。ジャカルタの街を、車に女を乗せて走るということは、大胆な仕業であったが、ベチャに相乗りしたり、二台連ねて走るより、短時間ですむ車を使う方が危険がすくないと玄策は踏んだのである。

汽車は、日本人が乗る一等は避けて、二等の客室のひとつシートにイチエとならんで腰かけた。二等車の乗客はインドネシアと華僑ばかりだった。玄策は、周囲から日本人と見破られまいとして、イチエとは口をきかず、インドネシア語紙のアシア・ラヤや華僑向けの共栄報をわざと膝にひろげて、華僑に化けてまわりの目をくらまそうとした。黒いドスキンの背広はその都合で着たのであった。

ボゴルをすぎてしばらくすると、憲兵の赤字の腕章をつけた下士官が、長靴に佩刀をがちゃつかせてあらわれた。まずいことになった、と思うと、玄策の脇の下はじっとりと汗ばんだ。憲兵は通路をゆっくり歩き、左右の座席の乗客に油断のない視線をおくり、玄策の座席に近づいた。玄策は額にも脂汗をにじませながら、憲兵を意識せぬ素振りにつとめた。しかし、憲兵は玄策の横にくると足をとめた。

「身分証明書を見せ給え」

憲兵は日本語でいった。初手から玄策を日本人と見破っていたことを、そのひとことが厳しくつたえた。すると玄策も度胸がすわった。

「どうぞ」

内ポケットから陸軍報道員の身分証明書を出しながら、憲兵が次に何をいってくるかと身構える心になっていた。憲兵は証明書を一瞥、だまって玄策に返した。憲兵の沈黙がかえって玄策には不気味であった。玄策は返された証明書をゆっくりと内ポケットに仕舞った。ひと息、ふた息、するまがあったのに、憲兵は歩み去る気配をみせなかった。玄策は目をあげて戦闘帽のまびさしのかげの憲兵の目を見た。憲兵は玄策が目をあげるまえから玄策を目の下に見つづけていた様子で、玄策が自分を見あげるのを確信を持っていたふうであった。そして、玄策が自分を見あげたのをみとめると、わずかに視線をイチエの方に流して、

「そちらの婦人は同伴者ですか」

といった。ていねいな言葉づかいであったが、何から何まで見通している自信がその落ちついた語調にあった。

「そうです。女の一人旅は心配だというので、わたしが仮りに同伴しているのです」

玄策は手短に事情をうったえる言葉を使った。とりわけ、仮りにという言葉に語気をつよめた。そういう心配りをしながらしゃべっている自分を、別の自分がつきはなしてみているような心をもはたらかせながら、玄策は憲兵との心理の格闘で負けたことを認識していた。そして、自分の言葉が信じて受け取られなければ、どうあつかわれようとも甘受するほかはない、と腹をきめて、憲兵の目を見ていた視線をはずして相手の次の言葉を待った。すると憲兵は案外に温和な物言いで、

「気をつけて下さい」

といった。「ありがとう」と玄策が答えるのを待たずに憲兵は平静な靴音をたてて歩み去った。

「スダ」

玄策はハンカチで額の脂汗をこすりながら、事なくすんだということを、イチエにひくい声でひとこと告げた。黒ドスキンの服も、憲兵のなれた目にかかっては役に立たなかった、と心のうちで

にがっぽく思った。

イチエはハンカチで小鼻のあたりをしきりに押さえていたが、玄策の一語をきくと、長いまつげのかげの大きな瞳を彼に向けて、微笑しようとした。イチエがそのときまで表情をこわばらしていたことが玄策にはわかっていた。彼と憲兵とのやりとりのあいだ、イチエがどんなに絶望的に心を萎れさせていたかもよくわかっていた。


バンドンの駅舎の前で、カトリックの尼さんに迎えられたイチエと別れるとき、玄策はイチエからサラテガにぜひ来てほしいとせがまれ、数日のうちに訪ねると約束した。

玄策はバンドンに三日ほど滞在して中部のジョクジャカルタ侯領都に行った。サラテガはそこから北の山の中に、自動車で数時間の距離にある。

ジョクジャカルタには友人がいて、運転手つきの車を貸してくれたので、三、四日かけて侯宮、博物館、水城やボロブドウルの仏跡など典雅な旧都の風趣を楽しんだあと、サラテガに向った。

玄策がジョクジャカルタを出たのは朝の早いすずしい時間であったが、山地にかかると道路が傷んでいて、サラテガに着いたときは、午後になっていた。イチエの家はすぐわかった。その家は、樹齢何十年とも何百年とも知れぬタマリンドの老樹の並木のある静かな通りにあった。板壁の白いペンキが古びた色合いを見せている大きな家であった。

玄策が開けっぱなしの玄関ホールの入口に立って案内を乞うと、ハーフカストの肥満した老女が出てきて、黒い服の玄策にいぶかしげな視線を投げて立ちはだかった。玄策が、イチエはいるだろうか、ジャカルタからきた秋月といえばわかるのだが、と告げると、老女はたちまち大げさに両腕をひろげて表情を和らげた。

「おお、アキヅキさん、イチエはあなたがお見えになるのを待っています」

老女はそういうと、そそくさと家の奥に消え、イチエがすぐに姿を見せた。イチエは白いブラウスに、青いスラックスを着け、赤い布製のスリッパをはいていて、ジャカルタで見たときや、バンドンまでの汽車のなかとちがって、若やいで弾んだ空気を身体のまわりにただよわしていた。

「アキさん、ようこそいらっしゃいました。さあ、どうぞ」

イチエは右手をさしのべながら、リッシイが玄策を呼ぶときの親しみをこめた呼び方をまねて呼んだ。

「いや、ぼくはいまここに着いたばかりで、あなたが無事に帰っているかどうか、たしかめにまず立ち寄ったのだ。無事でよかった」

玄策はイチエのあたたかい掌を力を入れて握りかえし、無事をよろこぶ言葉を告げた。二人の接触はわずかなものにすぎなかったが、列車の中での共通の危難を凌いだ記憶が新鮮で強烈なせいなのか、たがいの心のうちに信頼感が生れていて、あたかもなつかしいもの同士が久方ぶりにめぐりあったときのような秘めた情緒がしっかりと通いあうのを、玄策は固く握りしめたイチエの掌のあたたかさから知った。しかし交わす言葉はバンドンで別れてからのそれぞれの旅の模様を問い、かつ答えるだけのさりげないものにすぎなかった。その短い立ち話のあとで、イチエが宿をきくので、玄策はホテルに予約をしてある、と告げると、イチエは、夕食にはぜひいらして下さい。この家の人たちに紹介しなくてはならないから、といい、玄策はイチエの申し出を承諾した。

高原のひんやりした空気がこころよく、玄策がホテルの部屋で午睡から目ざめたのは五時ちかい時刻で、樹海の底に沈んでいるような静かな山の町に、たそがれどきのわびしげな日脚がさすころあいになっていた。

玄策はマンディ[注6]をすますと、ジョンゴス[注7]にブラシをかけさせておいた黒ドスキンの背広を着、胸ポケットにハンカチをのぞかせてイチエの家を訪ねた。イチエにはジョクジャカルタで銀細工のブローチをみやげに買っていた。イチエの住む家の人たちへは、ジョクジャカルタで友人に頼んで紙巻煙草の「興亜」を三カルトン用意してあった。「興亜」は日本人には二十本入り一箱が七セントで配給されたが、市中では二十セントで売られていた。しかし品薄で高い闇値がついていた。玄策は、イチエが同居する家はファン・モークの縁辺にあたる家で、男はみな日本軍に抑留されており、残された女子どもは落魄した生活を強いられているときいていたので、みやげに金に換えやすい「興亜」を思いついたのだが、友人から「なるほど、いい手みやげだ」といわれたときは、心がひりつくのをおぼえたものの、眼前の現実を思えば、これが一番いいのだと自分にいいきかした。

まだ黄昏にはまのある時間ではあったが、山の町は陽がかげるのが早く、葉茂みの厚いタマリンドの並木道には夕闇がしずみはじめていた。黒い背広にりゅうと身ごしらえして、煙草を包んだ紙包みを小脇にかかえ、足早に通行人のひとりをよそおう玄策を、日本人と気づいて振りかえるものはいなかった。

イチエの家では、イチエは黒い裾のゆるやかなドレスを着て玄策を待ち迎えた。玄関のホールを抜けて導かれた広い応接室には、二人の老女と、バンドンの駅にイチエを迎えたカトリックの尼と、三人の幼児が向いあったソファにかけていた。天井からひくく垂れているシャンデリアにも、部屋のふたつの隅にそれぞれ置かれてあるスタンド・ランプにも、あかあかと灯がともっていたが、老女と尼と幼児だけの部屋は、なぜとなくうそ寒い気配をただよわせていた。

イチエは二人の老女を玄策に紹介したが、はじめの老女をファン・モークの伯母だといって引き合わせた。ファン・モークはハーフカストだときいていたので、その縁辺のものにハーフカストの老女がいてもふしぎはないと玄策は思いながら、派手な花模様のついた裾長の衣裳をまとった起居の身ごなしの上品な老女を見た。

老女はにこやかにやさしい笑顔を見せながら、紅く爪をそめた手を優雅に玄策の前にのべ、玄策はそのやわらかな掌をかすかにとまどうような気持で握った。するとそのとき老女がいった。

「あなたは端正な服装をなさっていらっしゃる。わたしは戦争このかた、何人もの日本人を見かけたが、あなたのように品格があり威厳がある身だしなみをなさった日本人の紳士を見かけたことはありません」

老女はインドネシア語でそういった。玄策は老女がドスキンの黒背広を真向からほめるのを困惑してきいたが、ききながら、老女の言葉につめたい陰影がひそめられているのを耳敏く気づいた。しかしその言葉に目くじらをたててみたところで仕様のないことであるし、老女の境遇を思いやれば、目の前に立つ年若の日本人に弱い毒の言葉のひとつも振舞いたくなる鬱屈した心情も理解できるので、玄策は平静な語調で「これはわたくしが日本から着て来た服で、古びているが愛着があるので着ているのです」とだけ答えた。老女は老眼鏡の下から気力をこめたまなざしでしげしげと玄策の服を見つづけるのであった。そのとき玄策はふいと、この老女はこのドスキンがイギリス製であることを看てとって、イギリスをも戦争相手にしている日本人の自分が、敵国製造の服地を着用していることに、聯合国側の一人として優越を感じて、服装の端正にことよせて、彼女の胸の底にいきづくささやかな喜びをいいたてているのであろうか、と思った。玄策は戦争に負けた側のものが、勝った側のものに向ける抑えがたい怨恨の深さを、老女の目の底にみたと思うと、わびしい心情に落ちていた。

玄策がソファに腰をおろすと、尼が、あなたがイチエをジャカルタからバンドンまで危険を冒して送ってくれたことにみなが感謝している、といったが、玄策はファン・モークの伯母という老女が見せた目の色が心にかかって暗い気持でおり、その場のふんいきにそむかぬだけの差しさわりのない文句を返すにすぎなかった。そんなよどんだ気分に玄策がなっているとき、老人が勝手なれた様子で応接室にはいってきた。服装からカトリックの司祭だとわかった。イチエが老人を玄策のかたわらに伴ない、この町の教会の司祭だ、と告げた。老司祭は小柄で、顔の色が黒く、玄策はアンボン島人であろうと推量した。老司祭は愛想のいい笑顔で玄策に「上智大学の××教授を自分はよく知っているが、あなたはご存知ないか」などと話しかけた。

老司祭は玄策とともに、その夕の正客として招かれたもののようであった。彼が姿を見せるのを待っていたように、会食がはじまった。玄策は老司祭と並んで食堂の正面に席を用意されていた。

食事のあいだに、玄策は隣席の老司祭から、二度、三度と「あすは教会にぜひきて下さい」とさそわれた。そのたびに玄策は「ええ、時間がとれましたら」とあいまいな返事をしたが、老司祭は玄策の返答に満足せず「ぜひ」「ぜひ」と繰返した。玄策は老司祭の訪問を求める言葉があまりに真剣なのに気づくと、自分が教会を訪ねることが何かの役に立つのであろうか、といぶかった。イチエも老司祭を助けて「わたくしがご案内しますわ」と玄策を説得するふうに言葉を添えた。それほどにいうのなら、という心に玄策はなってしまった。

翌朝、玄策がホテルの食堂で、脂肪の多い牛乳に濃いコーヒーをまぜたコッピー・ススをゆっくり飲んでいると、イチエから電話があった。

玄策はイチエからいわれた時間に、ホテルの前のタマリンドの並木の下に立っていると、白いブラウスに赤い大柄のチェック模様のスカートをつけたイチエがハイヒールを鳴らしながら玄策と肩をならべた。

教会への道は、並木がつづいたゆるやかな上り坂になっていた。ふたりは並木の陰をひろってあるいた。自転車に追い抜かれたり、人とすれちがったりしたが、黒いドスキンの背広のせいで、玄策が日本人であるのを道ゆく人たちは気づかぬ様子で、連れ立ってあるく玄策とイチエは、不審げな視線を浴びることはなかった。

イチエはあるきながら「あなたをきょう教会にお連れするのは、実は事情がありますの」といって、その打ち明け話をした。

「わたしの寄宿しているあの家は古くから教会の信徒総代をしていますが、信徒のなかのある人たちは、教会が日本軍政監部に積極的な接近をしないため、スマランの憲兵隊の強い監視を受けており、信徒はほかの市民と差別され、不利益と不安をしのばざるを得なくされているといって、司祭や信徒総代を非難します。わたしどもは信仰に忠実でありたいのであって、日本軍に反抗するとか迎合するとかはまったく考えていないのだけど、それでは信徒の融和が満たされません。それでもあなたがサラテガに来て下さるなら、教会を訪ねていただいて、わたしどもに日本人の知己があることを、教会と日本軍政との疎隔を心配する人たちに知ってもらいたいとわたしは考えたのです。ですからあなたが教会をおとずれて下されば、それでわたしは満足なのです。それはあなたにご迷惑をおよぼすことになりましょうか」

イチエはそういうと、歩むのをやめて玄策の表情を凛としたまなざしで見た。玄策はゆっくりと頭を振ってみせた。

「ぼくに担わされた役目はとても手に負えそうにないが、なにはともあれ、あなたのお役に立つのはうれしいことだ。そんな役目がぼくに与えられているとわかっていたら、黒い背広の代りに新聞記者のユニホームを用意してくるのだった。そしてせいぜい日本軍のなかで多少は力を持っている人間のように振舞ってみせもしたろうに」

玄策はイチエに、いくらか頬のこわばるのがわかる笑顔をふりむけながら、心のうちでは「それで老司祭は昨夜ぼくにきょうの訪問を、言葉をかさねて求めたのだな、教会のなかに深刻な軋轢でもあるのだろう」と、思いがけぬ渦にまきこまれて道化た役を振り当てられた自分をほろにがい気分でかえりみていた。

十分か十五分ほどもあるいたところで、イチエは玄策を脇道にみちびいた。道幅のせまい、コンクリート舗装の坂道で、並木はなく、黄色い花をつけたブンガ・スパツウや、紫色の花があふれるように咲いたブーゲンビリアの生垣をめぐらした庭のひろい住宅が両側につづいていた。坂道の正面には、真青に緑青をふいた銅瓦の尖塔を持つ教会があった。その前に四、五人の人影があったが、中央に立つ黒衣の人は、老司祭と遠目にも玄策にみわけがついた。

玄策が近づくと、老司祭は左右の人をおいて小走りに進み出て、右手を差しのべながら、「よくいらして下さった」と大きな身振りで歓迎の仕ぐさを見せ、うしろに控えている人たちを招いてひとりひとり玄策に引き合わした。なかに一人、あきらかに華僑とわかる顔つきの人もいて、大きな銀の十字をつけた首懸けを胸に垂らしていた。信徒の主だった人たちということは、イチエの話をきいたので玄策にはすぐのみこめた。玄策はその人たちの掌を強く握ると「自分は日本軍政監部報道班の秋月というものです」とつとめて厳粛な口吻をにおわせて名乗ってみせた。

老司祭が先に立って玄策を教会の中へみちびこうとしたとき、イチエが突然「子どもたちの声がきこえる。子どもたちがグラウンドに出ているんだわ。アキさん、わたしの幼稚園を見て下さい」といった。玄策はイチエが教会付属の幼稚園でバレエを教えていることを知っていたので「わたしの幼稚園」という言葉をイチエの口からきいても驚くことはなかった。

イチエに連れられて玄策は教会の横手をまわり、後苑に出た。芝生があり、花畑があり、やや広いコンクリート舗装の歩道が伸びていて、それを進むと、苑が尽きたところは傾斜の急な、二十メートルほどの斜面になっていた。斜面の下の、丘陵を切りひらいて作った平坦地に幼稚園の園舎とグラウンドがあった。

さして広くはないグラウンドを、四、五十人の子どもたちが、午前のまぶしくきらめく陽の照りつけるなかを、叫びあいながら駆けたり、手をつないで遊んだりしていた。

玄策は苑のはずれに立って、目の下の子どもたちの動きを見た。そこに立つまでは、イチエの誘いにうながされて、さして気乗りもせぬままに従っていたのであるが、子どもの群れを見たとたんに、玄策はひた向きな気分に変った。目の下にながめやる光景は、日本にいるときに、学校や幼稚園でいくどもいくども見た光景である。しかしジャワに渡ってからは、ついぞ見る機会がなかったのだが、思いがけずその光景を見ることになって、玄策は、と胸を衝かれたような噴きこぼれる感動にひたった。それと気づかずして荒れた日常のなかに蠢動しているとき、忘れていた平常心がふとかえってきたようなあたたかい感動であった。

——ああ、ここに、ほんとうの人間の生活がある、心がある、生命がある。

玄策はそう心のうちにつぶやきながら、あかずに子どもたちの姿を見つづけた。鐘が鳴った。子どもたちは喚声をあげて、あっけなく園舎のなかに消えた。そのあとでも、玄策は、夢でも見つづけているかのように、凝然と、人影はなく、烈しい陽射しばかりが照りつける白いグラウンドを見下して佇立していた。厚い黒ドスキンの服が陽を吸いためて玄策の肩も背もあぶられてでもいるかのように熱く、額にも、脇の下にも、腹にもたらたらと汗が流れたが、玄策はそれに気づかずに立ちつくしていて、イチエにいぶかしげな声音で「アキさん、どうかなさったの」と呼びかけられたとき、ようやくわれをとりもどすことができて、ポケットからハンカチを取り出す仕ぐさで放心の姿をとりつくろったのであった。

鹿屋のシラス台地の崖っぷちに佇んで、園児らが遊びはしゃぐ光景を見下したとき、突如、玄策の心には三十年もの昔に遠い国の山の中の町で見た光景が重ね絵のようによみがえってきたのである。

玄策は、飛んだりはねたりボールを追いかけたりしている幼い子らの潑溂とした動きを、畏《かしこ》むべきものでも見るように低く首を垂れてまじろぎせぬ視線で凝視しながら「人間の営みには、時間と空間の隔絶はかかわりを持つことがない」と口の中でぶつぶつとつぶやきつづけたが、そのとき玄策の眼はとめどもない涙で濡れていた。

玄策は家に帰ると絹子をつかまえて「ドスキンの背広を作るぞ」と告げた。

「ドスキンの背広を、ですか」

だしぬけの玄策の言葉を絹子はいぶかしんだ。

「うん、色は黒だ。加治木君に作ってもらうのだ。お前、知ってるだろ、昔おれがドスキンの背広を持ってて、ジャワに行くとき着て行ったことを」

玄策はまくしたてる調子にしゃべった。

「ええ、知ってますよ。でもいま急にドスキンの背広を作るとおっしゃるのはどういうことですの」

絹子がもっともなことを訊いた。

「さっきな――」

玄策はシラス台地の崖の上から幼稚園のグラウンドを見ているうちに、ふいにサラテガで同じ光景を見たことを憶いおこしたのだと話した。

「サラテガで、そのときおれはあのドスキンの背広を着込んでいたのだ。それを思い出すと、矢も盾もたまらずにドスキンの背広が着たくなった。加治木君に頼めば大して造作がかかりもすまい」

玄策が断定的にいうと、絹子は「変な思い立ちようですわね」と玄策にかるい揶揄を浴びせながら、なおも玄策がにわかにドスキンの背広がほしいといいだした真意をはかりかねているふうの、腑に落ちぬ表情をかくそうとしなかった。それを見ると、つい玄策はいってみたくなって、いってしまった。

「青春だよ、青春――」

玄策は思いのたけのとどかぬ遠くの人にいいかけるようなわびしい声の調子になっていた。

「あの叔父貴が作ってくれたドスキンにはおれの青春がこめられていたのさ。お前との結婚式にもおれはあれを着たんだ。それを戦争に負けておれはジャワに置き去りにしちまったが、なんだかおれの青春もジャワで終ったような気がする。三十年が経ったきょうになって、ふっとその青春を取りもどしたくなったのさ。ドスキンの背広を着たら、若い日がまたかえってきたような気がするかもしれない。愚にもつかぬ妄想かもしれんが、思ってみてくれ、妄想だったとしても、哀れな妄想じゃないか。お前、そう思うだろ」

玄策がしんみりと思い入れた声調で語ってみせると、絹子はいたわしげなまなざしを見せただけで何もいわなかった。

夕食のあとで玄策がテレビを見ていると、加治木が細君をつれてやってきた。玄策が玄関に出ると、細君が「さきほど奥さんから、だんなさまがドスキンの三つ揃いをお作りになるといいつかりましたので見本帳を持ってまいりました」といった。

台地の散歩からかえったすぐは、玄策はドスキンの背広にひどく執心していたが、そのあとは時間がすぎるにまぎれて、熱がひくようにドスキンの背広に心をはずませたことを忘れていた。そこへ加治木夫婦がドスキンの話を持ってきたので、玄策は一瞬、胸のときめくような新鮮なよろこびを感じ、絹子の心配りをうれしいと思った。

「絹子、絹子」

玄策は勝手にいる絹子を大声で呼び立てて同席させた。絹子は、細君が見本帳を繰り、亭主がおもい口で生地の説明をはじめると、玄策に向って「一番上等の生地になさるがいいわ」といい、玄策は「うん。ハリソンの最上等にしよう」と答えた。それをきくと細君はパッと表情を明るませ「結局その方がお得になります」とはずんだ声音でいった。亭主も、口をもぐもぐさせて、細君の言葉に追随するふうなことをふたことみことといったが、思いがけぬいい注文がとれたのを素直によろこんでいる様子がありありとうかがえた。

「ハリソンの最上級品ということになりますと大阪から取り寄せなくてはなりませぬので四、五日かかりますがよろしゅうございましょうか」と細君がたずねるのに、玄策は「急ぎはしません」と答えながら、胸のうちでは、なにを急ぐわけがあろう、着ようとの服ではなく、追憶のよすがの服なのだ、としみじみつぶやいていた。

加治木にドスキンの服を頼んでしまうと、玄策はなぜか出来上がりが待たれる心になった。大阪からとどいた生地を持ってきて見せたあとで、加治木は細君を筆記役にしてまた念入りな採寸をしたが、そのとき玄策は「仕上がりにはどれぐらいの日数がかかりますか」と加治木にきき、仮縫いがすむと、袖を通す日が待ち遠しくてしようがなかった。季節は桃も桜もとっくに散り果てて四月の半ばになっており、もうドスキンの背広を着れる時期はすぎていたが、ふしぎと心がはやって、やみくもに着たい気持が高まった。

「早く仕立てあがらないかなあ、無性に着たい気持だ」

玄策は待ち焦がれる気持を絹子には告白せずにおれなかった。絹子なら、くだくだしい説明を加えなくても、自分の気持をわかってくれるだろうと玄策は思ったのである。しかし絹子はそっけなく「だだをこねるものじゃありませんわ。待つからこそ楽しいのじゃありませんか」といいすてて取りあおうとはしなかった。

きょうかあすか、と玄策が待っているところに加治木の細君がきた。玄策を見ると、細君は「まことに申しあげかねるのですが」と切り出して、玄策のドスキンの三つ揃いを品評会に出品するのを許してもらえまいかというのであった。

「品評会――」

玄策が意外な申し出におどろいて二の句がつげずにいると、細君は歯切れのいい東京弁で、いきさつを説明しにかかった。ここぞ、と力んだ気組みが声の張りにあった。

「来週鹿児島市で県の洋服商組合の年に一度の品評会が開かれることになっているのでございます。主人の兄の店からも出品を予約していまして、腕っこきの職人がかかっていたのでございますが、風邪で二、三日寝込んだりしまして間に合わなくなりました。それで出品をあきらめていたのでございますが、きょう主人の兄がだんなさまの三つ揃いを見まして、これならいいとこまでいけそうだから品評会に出させていただけないだろうかといいだしましたのでございます。仲間の職人の方たちもすすめて下さいますので、主人もすっかり乗り気になっているのでございますが、お許しいただけないでしょうか。ええ、決してお品を粗略にあつかうようなことはいたしません。いかがでございましょうか」

玄策は細君の懇願の言葉をきいてしまうと、そのひたむきな気迫に心をゆすられて「いいですよ」といわずにはおれなかった。そして、こんな用事になると自分ははにかんで姿をみせずに、細君の才覚に頼りきっている加治木の木訥《ぼくとつ》な様子が目に見えるように思えてほほえましかった。

「入賞するといいですね」

玄策は細君の気兼ねを和らげるためにそんな言葉を添えた。

「はい、主人は自信があると申しております」

そういい切る細君のまなざしに、決意のようなきらめきがよぎるのを玄策は見のがさなかった。

細君は「主人がどんなにか喜んで仕上げに励みが出ることでしょう」といい、二度三度と繰返して礼の言葉を述べると、手にかかえていた風呂敷包みをほどいて包み紙にくるんだものを取り出し

「これをやすにあげて下さいな」といって玄策の目の前に差し出した。細君がいきなり風呂敷を式台でひろげて品物を取り出す手の鮮やかなのを見ながら、玄策は「こちらが承知するのをみこして手まわしよく音物まで用意していたのか」とすこしばかりおどろいていたが、さらに「やすに」といわれておどろきを重ねた。

「何でしょう」

玄策はほとんど反射的に包みを手に受けながら、きいた。

「かつおぶし、でございます。あの、猫の好きなかつおぶしなんですの。主人が、このごろやすがよくお宅の縁側に寝ているのを見かけるから、やすはきっとお宅で飼われるようになったにちがいない、だからこれをやすにおみやげにしろといって――」

細君がそこまで話したとき、玄策は「そうですか」といいながら思わず笑ってしまった。

「ご主人はずいぶんやすに注意なさっているんですねえ」

玄策はそういったが、座業にはげむ職人が、いきぬきに立ちあがって窓に寄り、猫に目を楽しませる心ばえを思うと、玄策の言葉はほとんど吐息をつくような言い方になっていた。

「ほんの四、五日前からですよ。うちの縁にきて日向ぼっこをするようになったのは。夜はまだよそへ行って寝る様子なので、うちの飼い猫に完全になったというわけではありませんがね」

玄策は三、四本ははいっていそうな重たいかつおぶしの包みを腕にかかえこんだまま、気楽な調子で細君にやすの近況を説明した。細君は、

「主人は猫が好きなものですから、やすが窓に来ると、手なずけたくてしようがないようでしたわ。

でもわたしは赤ちゃんが秋には生れるので猫を飼うことはできないと固く主人に申しましたの。それで、やすがお宅に飼われるようになったのを知って、主人はやすの身の振り方がついたといって喜んでいますの。やすが仕合せになったって申しまして」

細君は、品評会借り出しの用件をすまし、かつおぶしを玄策があっさりと受けとったので快活な気分になって、おなかの赤ん坊のことまでいって、あけっぴろげな話しぶりだった。

「そうですか。ご主人によろしくおっしゃって下さい。これ、やすに代ってぼくからお礼を申します。やすはよろこびますよ、かつおぶしは大好物ですから」

他愛もなく猫の話を交わしながら、玄策はのどかな心持になって、新調のドスキンの袖通しをする日が延びたのを残念がることは忘れていた。

おかしなもんだなあ――と玄策は絹子にいった。加治木にドスキンの服を注文すると、出来上がりが待たれてならなかったのが、細君が来て品評会に出すのに貸してくれといわれて承知すると、待ち遠しさがふっきれてしまった、というのである。

「息せききってゴールにとびこんだと思ったら、何のことはない、ゴールはもっと先の方に引かれてあってがっくりきた間抜けなランナーの落胆に似ているよ、おれの気持は。ここで一週間も日が延びたら、日に日に暑くなるんだから、ことしは着るチャンスはてんでなくなってしまうな。それでおれは拍子抜けしたんだよ。ドスキンのつき物がおちたというところかな」

玄策は絹子にそんなふうにぼやいてみせた。

「いいじゃありませんか。どうせ着急ぐ服じゃなし、まったくあなたの気まぐれが思い立たせた服でしょ。それに加治木さんは品評会に出すので頑張って下さっているということだし、よほど身を入れて仕立てなさってるのですよ。ひょっとすると末代ものの服ができるのかもしれませんよ」

絹子は玄策をからかうようなことをいって笑った。

「まあいいや、いずれはおれの手にはいる服だからな」

そういって玄策は自分の気持にけりをつけることにした。

それから四、五日目の朝、朝寝をしていた玄策は絹子に揺り起こされた。

「あなた加治木さんのドスキンの服が品評会で最高賞にはいっていますよ」

絹子は枕もとにすわり、その記事の出ている新聞のページを、玄策の顔のうえでひろげていた。

「そりゃほんとか。それじゃ加治木君はみごと金的を射止めたのだな」

玄策はむっくり起きあがると絹子の手から新聞を取りあげて目をこすった。「晴れの通産大臣賞に」「加治木店（鹿屋）の背広」「ことしの洋服品評会」と三段抜きの三行見出しがぱっと目についた。

「ほう、これがおれのドスキンのことか。それにしても加治木君はさすがだ」

玄策は感じ入った声でつぶやきながら、ふだんならさほど気にとめることもなさそうな地方版のそんな地味な記事を、一字一字字面をひろうように丹念に読んだ。

「まったくですよ。加治木さんが作って下さったあなたのドスキンの服が入賞したのですわ。加治木さんて、ほんとうに仕事熱心な方、はたから見ているだけでも並みの人とは気構えがちがうのがよくわかりますよ。それに、きっと大した技倆をお持ちなんですわ。あのお若さで最高賞をお取りなんですもの」

絹子は興奮気味の口ぶりでほめたてた。玄策は「おれも加治木君の腕前は知ってるさ」といった。「加治木君は、日常の会話をするときは口べたで訥がつよいので鈍重なしゃべり方だが、仕事の話になると人が変ってきりっと締まる。それだけでもおれは加治木君が仕事に自信を持っているのを知ったさ。背広一着と仕立て直しの上衣とを作ってもらったが、出来栄えもさることながら、寸法をとったり、仮縫いの具合を見たりするときの、加治木君の意気ごみは大したものだ。洋服の仕事が心底から好きで、性にも合い、そのうえ天職と心得て、情熱いっぱい打ちこむのでなければ、仕事のときに加治木君がみせるあのおのずから身にそなわった威厳というのは生れてきはしない。そろばんずくじゃ、とても真似はできない。加治木君が本気になって、やったろうという気組みで取り組んで丹精こめたら最高賞はへっちゃらだったろうよ」

玄策は絹子のほめ言葉よりひとまわりもふたまわりも強い調子で加治木の根性を歎称した。すると絹子は、ほほほ、とわらい声を立てて「たいした持ちあげようですこと」といたずらっぽくいうのであった。

昼前にやっと朝昼兼帯の飯をすまして一服すいつけているとき、玄関に加治木が「ごめん下さい」と呼ぶ声がするのを玄策はききつけた。通産大臣賞のあいさつだな、と玄策は察し、絹子が応対に出たのできき耳をたてていると、ききなれぬ中年男の声がして、絹子の答える声もしていたが、やがて絹子が玄策のところにきて、

「加治木さんご夫婦が兄さんといっしょに見えましたわ。おあがりなさいとすすめましたけど、ご遠慮なさるの。あなた、玄関まで出て下さいな」

といった。そうか、兄さんも連れ立ってきたのか、よほどうれしいのだな、と玄策は思いながら玄関に出た。加治木の横に、加治木の顔をそっくりそのまま十二、三年古びさせたような顔つきをした男がいて、加治木の兄の加治木洋服店主とすぐにわかった。

玄策を見ると加治木の兄は「わたしはこれの兄でございまして、このたびはお陰を持ちまして――」と世故に馴れたあいさつをした。言葉に鹿児島訛はあったが加治木ほどひどくはなかった。

玄策は「まあ、おあがりになって話をきかして下さい」とすすめたが、三人が遠慮するので、あらたまった口調で、加治木に向って「新聞で拝見しました。おめでとう。あなたの精進が報われたわけで、よかったですね」と祝った。加治木は思いきり大きなお辞儀をぺこりとして「お陰さまで――」と兄のいった言葉を口真似をし、あとはのどの奥にのみこんだ。すると細君が「このたびはご無理なお願いをいたしましたが、品評会で主人の作品が通産大臣賞になりまして、ほんとに面目が立ったと主人と話したことでございます。いろいろご配慮いただいて有難うございました。いずれ改めてごあいさつにうかがいますが、きょうは主人の兄ともども、入賞をとりあえずお知らせ申しあげにまいりました次第でございます」と、作品、とか、通産大臣賞といった言葉には抑揚をきかせて、義兄をも意識してのことなのか、ひときわ弁舌さわやかに、正面きってのあいさつの仕っ振りであった。玄策は式台に突っ立ったまま、細君の言葉の句切り句切りで「ハァ」とか「いえいえ」とか、短い返事をはさみながら相手の折り目ただしい語調に気押されていた。

三人がひきあげたあと、玄策は絹子に向って「まったくあの細君は加治木君には過ぎたしっかりものだよ」とつくづくほめた。

叔父が鞄ひとつさげた身軽な格好でたずねてきたのは、加治木が受賞のあいさつにきた日から四、五日たっていた。

鹿児島からいきなり電話をよこして「いまから船で垂水にあがってお前のところにいくぞ」という前ぶれなしの短兵急な通告に玄策はびっくりしてタクシーを飛ばして垂水港に出迎えた。

「おれは鉄道を公傷でやめたんで、鉄道省が公社にかわっても年に一回は無料パスをくれる。久しゅうもらったことがなかったが、まだ生きとるしるしにことしはもらっておといから鹿児島に来て、西郷さんの故地をおがんでまわった」

というのが垂水港の岸壁におりて玄策と顔をあわした叔父ののっけの言葉だった。

「ようまあぼくがこんな田舎にすっこんどるのを思い出してきてくれましたね」

玄策も負けずに叔父に威勢を張るようなことをいって返した。

叔父を案内して垂水から帰ってみると、留守のあいだに加治木夫婦がきたということで、座敷に洋服ケースがあり、そばにのし紙を張った焼酎びんが一本おいてあった。

絹子がいうには、加治木夫婦は鹿児島での授賞式からもどったばかりだといって、大きな額にはいった通産大臣賞の賞状をたずさえていたとのことであった。

「そりゃ、あいにく留守してて悪かったな。賞状はあとでゆっくり見せてもらいにいこう。それで、焼酎をもらったのか」

玄策は焼酎びんののし紙に「内祝　加治木」と几帳面な楷書で書きつけてあるのを見ると、加治木夫婦のよろこびがすんなりと玄策自身の胸にもおさまってくるのを感じた。

「加治木君の傑作を拝見しよう」

玄策の気持も浮き立ち、そんなふざけた言い方をして、絹子の見ているところで洋服ケースをひらいた。ふたをあけながら、どんな服が出来ているのか、と期待する気持がこみあげた。

玄策がゆっくりとふたをとると、新調のドスキンの服は、蛍光灯のあかりにやわらかくどっしりした気品のある光沢を見せてあらわれた。

「いいな」

玄策はつぶやいた。

「よござんすね」

絹子もひくい声でいった。

「着てみよう」

玄策はいうと、着ていた背広をかなぐり捨て、絹子に手伝わせて新しい三つ揃いに手を通していった。肩が締まるような頃合いの重さがそなわっていながら、ふうわりと軽やかな着心地がして、ボタンをとめ、姿勢を正して直立すると、五体が温和に包容されるような闊達な感じとともに、謹直な緊張感に気分があらたまるのを感じた。

「しっとり落ち着いていい着心地だ」

玄策が脚をひらいたり、手を振りまわしたりしているところに、和服に着替えた叔父がきて、ドスキンの仕立ておろしの三つ揃いに身を固めている玄策を見ると、頓狂な大声で、

「おい、その服は鹿児島の品評会に出ていた服じゃないか」

といった。それをきくと玄策がおどろいた。

「あれ、叔父さんはどうしてそれを知ってるんです」

と問い返した。

「見たからさ。鹿児島について、城山に行こうと思って街をぶらついていたら公会堂で洋服品評会をやってたんで、商売柄、はいってみたさ。その服は金紙がついていて大臣賞だった。いっぺん見たら見忘れはせんが、どうしてその服をお前が着とるんだ」

叔父はけげんな表情で玄策を見つづけた。

「これはぼくの注文服ですよ」

玄策はかいつまんで事のいきさつを叔父に説明した。加治木が前の倉庫の二階に住み、仕立てを頼んだら着心地のいい服を作ってくれたこと、このごろになって、昔叔父さんにこしらえてもらったドスキンの服をジャワに置き去りにしたことを思い出し、やみくもにドスキンの服を着てみたくなり加治木に頼んだこと、それを加治木が品評会に出して通産大臣賞を獲得したこと、そんなことを新調服に胸を張って突っ立ったままで叔父に話した。

玄策の話に、叔父はつりこまれて感懐をわかした面持ちで、しきりにふふーん、と鼻をならしたが、すぐには何もいわなかった。だまったまま手をのばして、襟を引っ張ったり、袖口を裏返した

り、うしろにまわって背中の縫いしろを指先でさわって調べたりしていたが、服にさわるのをやめると、すこし離れた位置からシルエットを見やるように細めた目つきをしていたが、

「お前はよう忘れんと四十年近くも昔のことをおぼえとったなあ」

と感慨ぶかげな声音でいった。

「そりゃ、忘れませんよ。ぼくがはじめて作ってもらった背広だし、そのうえあの戦争のなかでぼくと運命をともにしたんですからね。最後は負け戦でジャワから持ちかえれなかったが、なんてたって、ぼくにとっては忘れようたって忘られぬ服ですものね、あのドスキンの服は」

玄策もしんみりした口調になっていた。

「あのころはおれも若くて元気があったな。あの服はおれが自分で縫ったんだからな」

「それもおぼえていますよ。ぼくには分に過ぎて立派な服だった。いろいろ思い出がある服で、絹子との結婚式にも着ましたよ」

「そうでしたわ」と絹子も玄策の言葉を引き取ってうなずいてみせた。そして「もう物が不自由になりかけていたころで、衣料も切符制になっていたんじゃなかったかしら。お式のとき、あのお服を召したあなたはずいぶんとご立派で、たのもしくみえましたわ。ついきのうのことのように鮮やかにおぼえていますけど、あれももう三十何年も昔のことなんですわね――」と言葉を継いで、遠くを見やるように含愁のまなざしをうかべていた。

短い沈黙の時間が三人をつつんだあとで、玄策がその場の空気を明るませでもするかのように、ひょうきんな物の言い方をしてみせた。

「このドスキンの背広は、つまりぼくの青春懐旧の感傷の産物なんですよ」

玄策の言葉には、自嘲の気味がひそまっていたが、叔父は、ふふーん、と鼻をならしただけで黙りつづけ、絹子は白い横顔に灯の影を濃くきざんで玄策が脱ぐ服をたたむ手を休めようとせず、おのおのの物思いを胸に生んでいる様子であった。

次の日、玄策は、加治木からもらった焼酎を叔父と飲んだ酔い疲れで陽が高くなるまで寝た。縁側の硝子戸を、にゃお、にゃお、とやすが鳴きながら引っ掻く音が耳について目がさめたのは九時をまわった時刻であった。

「どうしたんだ」

やすに声をかけながら、玄策が硝子戸をあけてやると、やすはにじるようにしてはいってきて玄策の足もとにじゃれついた。やすが玄策にそのように狎れなれしく振舞うのは、はじめてであった。

「やす、様子がおかしいじゃないか」

玄策はあやしみながらやすを抱きあげ、籐椅子に腰をおろした。叔父も、玄策が起きた気配で目をさますと、玄策の向う側の籐椅子に腰かけた。

十分に寝足りたあとの目覚めのさわやかな機嫌で二人が煙草をふかしていると、勝手の戸を手荒く音させてあけしめして絹子がそとから帰ってくるなり、足早に玄策たちのところにやってきた。

「あなた、大変――」

絹子の顔は怖れに表情を失っており、声はうわずっていた。

「あなた、ゆうべ加治木さんが夜釣で海に落ちて行方不明におなんなすってるんですって——」

それをきくと玄策はやすを足もとにほうりだし、椅子をけって立ちあがった。

「なんだって、それ、ほんとか」

「角の煙草屋のおばあさんの話ですの。兄さんのお店の人たちといっしょに桜島に行ったんだそうですが、けさ夜があけたときには、加治木さんの姿は釣り場になかったそうです」

「そりゃまた、えらいことになったもんだ。それで——」

玄策は反射的に細君のことをきこうと思ったものの、あまりにも衝撃的な事態にとまどって口に出す言葉がみつからず、棒立ちになって腕組みしたまま、絹子の面のように蒼ざめた顔を見すえた。絹子も、もうそれ以上は玄策に告げる言葉はなく、襟もとに顎を落として黙って立っているだけであった。そんな二人の足もとに、やすがかわるがわる横腹をすりつけては、にゃあ、と甘えるように二人の顔を見あげて鳴いた。

「お前の、ドスキンの服を仕立てた人か」

なりゆきを察して叔父も傷ましげに二人のあいだに言葉をはさんだ。

「そうなんですよ。とんでもないことが起こったもんだ。どこかに泳ぎついて助かっていてくれればいいが。奥さんは身ごもっているというのに——」

玄策は呻きのようなひくい声で細君のことをつぶやくと、どたりと籐椅子に身体をもどし、焦点を定めぬ視線を庭に流した。ひざにやすがのってきた。

「なんだか、ぼくのドスキンの背広と関係があるように思われる。きのう鹿児島で授賞式があったというし、兄さんの店でお祝いに「飲んかた」をやったにちがいない。通産大臣賞をとったんだからお祝いをせんはずがない。焼酎がはいったんだ。そのあとで、きょうは日曜だし、みなで釣りにいこうかということになったんじゃなかろうか」

玄策は独りごとの口調で叔父に話していた。

「大きにありそうなことだな」

叔父もそういった。

「だとしたら――」

玄策は声を沈めてとぎらし、言葉をのど深くのみこんだあと、押しつぶした声音でいった。

「あの奥さんに相済まぬことをしたことになる」

玄策がつぶやきおわると、叔父がその言葉をひったくるようにしてきつい語気でいった。

「それは呵責がすぎよう。たとえそういういきさつだったとしても、お前がそれまで立ち入って因果を考えることはない。その人だとて子どもじゃないんだ、自分の判断で行動してのことで、すべてはその人の持って生れた運命なのだ」

その叔父の言葉に、

「それはそうでしょうが――」

と身の入らぬ答えを返しながら、色白の、ぽっちゃりした愛くるしい加治木の細君の顔を心に思いうかべていた。

夜になっても加治木の家には灯がともらなかった。夜中に小用に起きたとき、玄策は加治木の家が見える窓に寄ってみたが、やはり灯はなかった。鹿児島の春にしてはうそ寒い夜を、あのかわいらしい細君は、どこでどんな思いをしながら、やつれ果ててすごしていることかと玄策は思いやった。

明け方ちかく、夢のなかで寸法を取る加治木に肩や腰にメジャーをあてられているうちに意識が現実にもどって目がさめ、あわあわとした気持のうちに、ああやっぱり加治木君の夢をみた、と玄策が思っているとき、表の道路の方で、突然若い女の、こらえかねて突っ伏したような切なくすすり泣く声をきいた。あたりをはばかる中年の男のなだめる低い声もきこえた。

――あ、加治木の奥さんがもどってきた。ご主人はだめだったのか。

玄策は寝たまま大きく目をあけて暗い天井をみつめながら、朝の静寂のなかの物音に聞き耳をたてた。

自動車の音がする。三、四人の靴音が入り乱れる。女の身もだえるような泣きじゃくる声はやまぬ。

夫のいない自分の家に送られてきた細君は、自動車をおりると悲痛に耐えられずに、まわりの人目をかまう心のゆとりも失って嗚咽の声をしぼってその場にくずおれたのであろう、それをつきそってきた男たちがなだめて介添えしながら、倉庫の二階の家へ連れているのであろう――玄策はまじろぎもせずに天井を見つめつづけて表の道路の情景をそんなふうに思いえがいた。

加治木の細君の泣き声が耳について離れず、浅い眠りを繰返しているうちに夜があけ、絹子が枕許に新聞をとどけにきた。玄策が目をあけると、それを待っていたかのように絹子は声をひそめて「加治木さんの死体、けさ早く垂水の海岸で見つかりましたそうです」と告げた。

「さきほど前の道を掃いていましたら、加治木さんの兄さんにお会いしてうかがいました。加治木さんはきょうお骨になってお帰りになり、今夜お通夜をなさるとおっしゃってましたわ。そのときやすがわたしの足もとにいたんですが、加治木さんの兄さんはやすを見て、この猫が弟の嫁が話していたやす猫ですね、とおっしゃるの。なんのことかと思っておたずねしたら、加治木さんが夜釣に出かけるとき、やすが階段の下り口で加治木さんのズボンをくわえて引っ張って、しきりにひきとめたんですって。奥さんはそのときは妙なことをする猫だな、ご主人が猫好きだからじゃれついているのかな、ぐらいにしか思わなかったそうですが、ご主人が大変なことになったあとで、やすのしぐさの意味が読めたと兄さんにおっしゃったそうですよ。ふしぎな話ですわね」

絹子はそんな話をした。玄策は、ほう、と大きな吐息をもらし、天井を見つづけた。いつか加治木がやすをかわいがり、飼いたそうにするが、自分は生れてくる赤んぼのことを考えてやすを近づけないようにしているという話をきいたことを思い出していた。

――きっと細君の目のとどかぬところで加治木はやすに親切にしていたにちがいない。やすもなついていたのであろう。だからやすは猫の霊智で異変を予感して釣りに出かける加治木にまつわりついてやめさせようとしたのにちがいない。そう考えれば話のつじつまは合う。細君が語ったという話はふしぎでもなんでもないことなんだ。

玄策は胸のうちでそのように話のすじみちを追うと、枕許にひざをそろえている絹子の方へゆっ

くりと目をやり、

「おれは奥さんの話、信じるよ。きっとやすは、加治木君の夜釣が不吉な結果になることを予知してやめさせようとしたのにちがいないんだ。人間は愚かだからやすが教えてくれることを理解できずに、みすみす悲劇を招いてしまったんだ」

といった。絹子も、

「わたしにもそのように思われますわ」

と沈んだ声音で玄策の言葉にうなずいた。

「それで奥さんは――」

玄策はきいた。妊娠している身体に差しさわりでもあったら、という心配が、玄策の頭をかすめた。

「ええ、奥さんは気持がたかぶっていたのでお医者さんが見えて、鎮静剤を注射したとお兄さんがおっしゃってました。奥さんのおそばには親類の人がついているんですって。あの奥さん、ご両親も兄弟もいないそうよ。こんなとき、せめて親御さんでもいらしたらずいぶんとお力になってあげられるでしょうにね。あの奥さん、ほんとにお気の毒だわ」

絹子はそういった。玄策はそれをきいて、そうか、あの細君はみなし子だったのか、それで四六時中、ご亭主にぴったりと寄り添っていたんだな、それにしても頼りきっていたご主人に突然先立たれて、おなかには赤ちゃんがいるというのに、あとはいったいどうなるのだろう、と黯然となった。

朝飯のあと、叔父が帰るというので玄策は垂水港から連絡船で鹿児島まで送った。行きも帰りも、連絡船からは桜島の南岸の溶岩原がよく見えた。玄策は、あの岩場のどこかで加治木は暗い海に落ち、湾流に流されて垂水海岸に漂着したのであろう、と一眸におさまる桜島と垂水の海岸をながめやりながら、加治木の非運をいたみ、あまりにもはかない人間の生命を悲しまずにはおれなかった。

家に帰って晩飯をすますと、玄策は加治木のお通夜に出るために、ドスキンの三つ揃いを出すように絹子にいいつけた。

「これを着ますの」

絹子は洋服ケースのふたをあけたあとで、念を押すふうにきいた。

「うん、加治木君の運命と縁の深い服だ。彼が最後に手がけた服にちがいない。おれが着たところを生前の加治木君には見てもらえなかったが、彼の霊前におれが着ていくのは、供養になるのじゃなかろうか」

玄策は上衣の腕を通しながらいった。

「逆らうわけじゃありませんが――」

絹子はいいかけてちょっとばかり間をおいたあとでつづけた。

「この服を見ることは奥さんにとってはつらくはなかろうかと思いますわ。この服が加治木さんの運命とかかわりが深ければ深いだけ、いまの奥さんにとっては涙をそそることになりますわ」

そういわれると、玄策には絹子に返す言葉がなかった。玄策は両の腕をだらりとさげたまま絹子の顔を見ていた。

「この服が奥さんの心の慰さめになるのはもっと先のことですわ。いまは奥さんの目の前から遠ざけておあげになるのがよござぃます」

おだやかな言葉つきではあったが、絹子は断定的にいった。

それをきくと、玄策は着ていた上着をぬぎ、チョッキをとった。

「お前のいうとおりかもしれない」

玄策はぼそりといい、着古した不断着の背広に着直すと、絹子が喪章を腕につけた。

玄策は足のまわりに散らばっている、いったん着たあとで脱いだ仕立ておろしのドスキンの服に視線を落としながら、絹子に語りかけていた。

「叔父貴が作ってくれたあのドスキンの服にはおれの青春がこめられていたんだ。お前との結婚式の日にも着たし、はりきって要人といわれる人に会って話をきくときにも着た。応召するときにもおれはあの服だけを着た。あげくはジャワまで着ていっておれの青春が終る供をさせた。戦争の中ですごしたおれの青春の歓びと苦しみにあの服は終始つきあったんだ。いとしく、なつかしい。それだのに、老年になって青春を思い出して作った同じドスキンの服には、しょっぱなから悲愁の涙がしみている。老いの坂を下りはじめてから、若い日の見果てぬ夢を見つづけようとしても、所詮は痛恨と虚無とだけしか、手のうちには残らぬものなのか。古人も、老より少を視れば以て奔馳角《ほんちかく》逐《ちく》の心を消すべし、といっているのはここのことだった」

玄策の言葉は、絹子にたしかにきかせようという語気ではなくて、胸のうちに巣食う慟哭をひとりごとにもらしているかのようであり、末は絹子の耳にもとどかぬほどのかすれた息づかいに消えていた。

絹子はその玄策の悔いに染った佗言《わびごと》をきいているのかいないのか、玄策の背に立ち添って、玄策の古服についているやすの赤い抜毛を無心にひろっているのであった。

喜多方の町で

その日、余語真三は自動車の運転免許証の更新に喜多方の町に来た。どうやら更新のテストに受かり、しこりがとれた気分で、帰りを自衛隊ぞいの道を電車の停留所へ歩いているのであった。

真三はいまでは完全なペーパードライバーで、自分の車を持ってもおらず、この十年あまり、一度もハンドルを握ったことがない。それに、もう車を走らすのを面白がる年齢でもなかった。それでも、更新の時期がくると、手続きは怠らなかった。免許証を持っておれば、勤めをやめてからでも、なにかと便宜なことがあるかも知れぬ、と思うからであった。だが、ここ二、三回の更新は、視力検査が辛気でならなかった。年々、乱視の度合いが進み、こんどはとりわけ冷汗をかいた。

真三が喜多方の試験場に来たのは、二度目である。それ以前は試験場は別の場所にあった。最初のとき、真三は電車で来て、迷いもせずに新設の試験場をたずねあてた。タクシーに乗れば運転手は確実に試験場のありかを知っていて、安直なことはわかっていたが、真三は電車を使った。喜多方は、真三には電車で行くところ、という思い込みがあった。こんども電車で来た。真三は、喜多方の町の地理はよく心得ていた。

太平洋戦争にわが国が敗北するまでは、喜多方の町には歩兵聯隊があった。真三は昭和十三年の秋と、十八年の秋の二回、その聯隊に召集された。

昭和十三年の召集は、わが国が本腰をすえて中国との戦争をひろげる目算を立ててのことだったとみえて、五月に若い補充兵をどっさり、とった。真三はこのときの召集にはかからなかったが、友人の多くが応召した。この次は自分にくる、と真三は思わぬわけにはいかなかった。そして九月の補充兵召集にひっかかった。真三の年ごろの第一補充兵は一人のこらず、根こそぎこの九月の召集にかかった。

真三は三カ月のあいだ、喜多方の町を鉄砲をかついで走りまわって新兵の訓練を受けた。四十年も昔のことではあるが、喜多方の町の案内は、真三はよく知っている。

三カ月の新兵訓練がおわり、一期の検閲がすんで、一人前の初年兵になると、幹部候補生の試験に受かった手合いは甲種と乙種に分けて原隊にのこされ、あとの連中は一部が蘇満国境[注1]にやられ、大部分は華南戦線に送り出された。

真三は幹部候補生になって、長い年月を兵隊暮しをさせられてはかなわぬと思っていたので、幹候の試験のとき、軍人勅諭のさわりの個所を筆記する問題で、「朕」という字を書くところを「脱」という字を書いておいた。

真三は甲幹にも乙幹にも合格はしなかったが、試験のあとで中隊の人事係の准尉から事務室に呼び出されて、事務の下士官や古兵のおる前で猛烈に叱りとばされた。

准尉は真三を「貴様は勅諭の問題で恐れ多くも朕と脱とを意識的に書き違えておる。何という大それた、不とどき至極な奴か。貴様みたいなけしからぬ奴は中隊においておけぬ。すぐ満洲に追っ払ってやる」とどなりたてたが、さすがに殴りはしなかった。准尉のむきになった立腹ぶりにひきかえて、班長や古兵は、幹候になりたがらぬ真三に、かえって身内の心安さを持ったふうで、いじめにかかることはなかった。

真三はてっきり満洲送りになると覚悟をきめていたが、意外に満洲行きの補充部隊には加えられずに、広東行きにまわされた。

広東では最初の作戦のさい、珠江の支流を泳ぎわたって、向う岸にあった現地民の舟をこちらに持ってくるように命令されたとき、川で何かに左眼を刺されて視力をうしなった。そして、一年ほどして、戦闘中に熱帯性マラリアで四十二度を越す熱を出して倒れ、台湾を経て喜多方の陸軍病院に後送されて召集解除になった。

二度目の応召は久留米の部隊であったが、三度目はまた喜多方の聯隊であった。青春の年代を、たびたび兵隊暮しを強いられた真三には、喜多方は縁の深い土地である。

戦争で命を落としもせず、無事に戦後の日日を生きている真三は、自動車の運転免許証の更新で喜多方の町に二度も来たが、昔は電車の終点停留所の真ん前が歩兵聯隊の営門だったのがいまは自衛隊の正門になっているだけのことで、町のたたずまいに変りはなく、かつての記憶をたよりに歩いて十分に用の足せる勝手のわかった町なのである。

自動車の運転免許試験場と電停のあいだは、道のりの半分近くが自衛隊の、ひくい土手のうえに有刺鉄条を張った柵に沿っている。

最初のときもそうだったが、二度目のきょうも、真三は昔の聯隊跡の、自衛隊の様子を有刺鉄条の柵越しに見ても、なつかしいとは少しも思わなかったし、いとわしい、とも思わなかった。四十年という、真三の人生の三分の二以上の歳月が、若い日の自分が、息の根がとまるほど苦痛な生活をなめさせられた場所を見ても、追憶などという生ちょろい感情を、さらさら起こさせなくしている、と知るだけのことであった。

昔、真三がいたころの歩兵聯隊は、中央の営庭を三方「コの字なり」に木造二階建ての兵舎が囲っていたが、自衛隊の駐屯地と変った現在でも、木造が鉄筋コンクリートになってはいるが、配置は歩兵聯隊時代を踏襲しているのが、真三にはわかる。

——おれは二中隊であそこの兵舎だったが、いまでもあそこが二中隊なのかな。

真三は、試験場からの帰り道が自衛隊の敷地沿いになって、コンクリート造りの白い二階建て兵舎が視野にはいると、チラとそんなことを頭のすみにうかべたが、四十年の昔の回想はそこまでで、それ以上には、数かぎりない、その兵舎にまつわる古い記憶を思い起こすことはしなかった。思い出をたぐりよせてみるほどの感動が真三にはなかった。それよりも、真三には、たったいま、とにかくにも免許証更新のテストを乗り切ったことの、安堵感のほうが強いのであった。

視力の検査をした中年の、真三から見れば、長男と同じ年配の巡査の顔が目の前にちらつくような気がして、顔がかすかにほてった。軽いオーバーもいらぬ、三月はじめにしてはおだやかな陽気のせいばかりではなかった。

真三が運転免許証をとったのは二十年あまりも前の、四十歳になってすぐのころであった。左眼は広東以来すこしも視力がもどらずにいたが、右眼が人並みだったので、視力検査は裸眼で間にあった。

視力検査は右眼が先になる。検査表の文字や、円環の一部分が切れている個所は、右眼の検査で問われたさいにおぼえておいて、視力の弱い左眼の検査になったとき、それを答えた。このやりかたで、裸眼で検査を切り抜けた。更新のさいも、同じ方法でしのいだ。

ところが五十代になって、右眼の視力も落ち、乱視が加わりはじめると、視力検査が辛気でならなくなった。それでも、前回の更新までは何とかしのげたが、こんどはとうとういけなかった。

検査係の中年の巡査は、毎日毎日おなじ文句を繰り返しているのでなれっこになり、被検者に注意したり指図したりする口調にはおのずからな抑揚がついていて、なにかの唄の節まわしのような調子でしゃべった。細い棒の先で、検査表をさして「はい、これは何という字」ときく。真三は、規定の位置からすこしでも検査表に眼を近づけようと、上体をぎりぎりまで乗り出し、片眼をせいいっぱい見ひらいて検査表を凝視したが、棒のさす最初も二番目も三番目も読みとれず、棒が表の上端にずっと近づいたところでやっと答えることができた。

巡査が「だいぶ弱いわい」というようなことをいった。真三のうしろに控えている次の番のものたちが、ひくい声で私語するのもきこえた。真三は「これで更新はだめかな」とあきらめかけた。日常の生活にぜひとも必要な免許証ではないので、真三はあわてはしなかった。

巡査が「眼をかえて」と指図した。眼をかえると、左眼はなおのこと見えない。表のてっぺんの、文字が卵ほどの大きさになってやっと読めた。巡査がふたたび表の中ほどをさしなおして何かいうが、真三は耳に入れもしないでいたが、それでも、気をとりなおしてきくと、巡査は「このコの字が読めぬか」とか「これは上が切れているのが見えぬか」とか、いっているのであった。そして四、五カ所をさしたあと、またもとの字をさした。真三は「コです」とか「上です」とか正確に答えることができた。「よろしい」と巡査がいってくれた。

真三は検査係の巡査にふかぶかと頭をさげた。

真三は、自分のような年齢のものは、視力が弱っているからといって、精神の未熟な暴走好きの青年らにくらべたら、事故を起こす可能性はきわめてひくいであろう。そこを考えて、検査係は年寄りにあまくカンニングさせるのであろうか、などと推量してみたが、いずれにせよ、その検査係の巡査の思いやりはうれしかった。敗戦前のオイコラ警察だったら有り得ぬ処置だが、この一つのことから、戦争に敗れたあとの、わが国の民主化を如実に知ることができる、と思った。

真三は検査場を出てからも、唄うような節まわしで、つぎからつぎと被検者に語りかけていた中年の巡査の顔を、眼の前に彷彿とさせた。真三は親切な警察官に偶然に出くわして難関を切り抜けた好運を思うと、おのずと頬が上気するのであった。そして「免許証の更新も、これぎりだな」と声に出して自分にいいきかせた。

ふいに、若い男の声で「わあっ」といっせいに威勢のいい歓声があがるのを真三はきいた。拍手の音もきこえた。真三は有刺鉄条の柵の向うの、自衛隊のほうを見た。

そこにはバレーボールのコートが二面あって、そのどちらでも、運動衣姿の隊員たちがボールをたたきあっていた。まわりに立ったり腰をおろしたりして見ている隊員もいた。二面のコートのどちらでもファインプレーが出て、歓声がわいたのだとはすぐに真三にわかった。真三は立ちどまった。

真三には、そこが昔の歩兵聯隊の、重機関銃中隊の舎跡だと見当がついた。コートのあるあたりには、昔は重機関銃の格納庫があったはずだが、自衛隊の歩兵部隊には、重機関銃といった、重いばかりで大した性能でもない兵器は要らぬので、格納庫は取りこわしてバレーのコートにしたのであろうと、真三は思いながら、きびきびした動作でボールを追って跳躍する隊員たちを見た。

気がつくと、有刺鉄条柵のこちら側のひくい土手に五、六人の男があがっていて、鉄条に手をかけたり、しゃがんだりして見物していた。真三の立っている歩道から、男たちがいるところまで、土手の草を踏み禿げにした足あと道がついていた。

バレーコートでは隊員たちがしょっちゅう競技をするのであろう。それを柵のそとから見物する市民があるのを、土手の足あと道はおしえていた。

真三は、柵に寄って隊員たちのバレーを見ようという気になった。免許証の更新は、気の重い仕事であったが、それをすまして、くつろいだ気分になっていたので、ゆきずりのバレーを見てひまつぶしをする気持のゆとりが生れたのであった。真三は土手をのぼって、先客の男たちとならんだ。

コートからは歓声がよくあがる。柵のそとの見物人が「うまいぞ」と声を投げて拍手をおくることもある。真三が見ても、あざやかな技をやらかすのがわかった。若さにあふれた、活発で機敏な動作の連続は、老境にはいりかけている真三には、うらやましく快い見ものであった。いつのまにか真三は、競技者たちがたくましく跳ねたり、全身を柔軟な球体にして回転したりするのにひきこまれて、本気で見入っていた。

真三には、目の前に見る、競技に熱中する若もの、はじけるような歓声で仲間に応援を飛ばす若ものたちが、軍人とはとても思えぬのであった。みんな黒々とした髪をのばしている。そのことだけでも、昔の歩兵聯隊の兵営のなかの、重苦しい圧迫感が充満していた陰鬱な情景とかさねたとき、同じ場所で、同じ年ごろの若ものが演じている生活の風景とは、信ずることができなかった。真三は、ふしぎな現象を見るような、落ち着かぬ、不安定な気分になった。

真三の胸に「これはまぎれもなく敗戦日本の民主化の象徴的風景だ」との感慨がわいた。通行人からよくみえる場所で、隊員たちが楽しくのびやかにバレーボールに興じている。演技はうまく、気合いがこもっている。全員の力量がなみなみでないとは、だれが見てもすぐわかる。いかにも健康で爽快な雰囲気である。ひとびとの目に、自衛隊が明朗な存在だと、誇らかに見せつける展示的な情景である。

その情景を見ているうちに、真三はかすかな悲哀感を心ににじました。

帝国軍隊は野暮天の骨頂の存在だったから、国民の前では威丈高になってこわごわしく振舞い、明るいだの、楽しいだのと、飾った姿勢を見せることはなく、人のいやがる軍隊に、とうたわれた。第一、旧軍隊の兵営は、中の様子が外部からうかがえるような、生易しい塀で囲ってはいなかった。兵の脱営をはばむために、塀は高く、のぞき穴などどこにもなかった。兵営は「地方」からは確実に遮断された別天地でなければならなかった。

帝国軍隊の、肩をいからした尊大な態度にひきかえて、バレーボールに興ずる自衛隊員たちの所作と、それがひと目に見通せる有刺鉄条柵の開放ぶりとに、社会で日陰におかれているものの、やるせない悲哀が、しめった翳をつくっていると真三には思われた。テレビドラマのなかで、テーブルを囲むときに、出演者のだれ一人としてこちら側に背を向けるものがいないように、コートを囲む見学者は、柵のそとの見物人の邪魔になる位置に立つものはいないのであった。

真三はバレーボールを見ているのが大儀になってきた。愉快な見ものではなくなり、柵からはなれようとした。そのときコートのうえの応酬からあやまって大きく飛びそれたボールが、柵の近くへころがって来た。運動衣の見学者の一人が、かけ足でボールを追って柵に近づいた。彼はボールをひろうと、ひょいと顔をあげて柵のそとの見物人を見た。真三と若ものとは、視線があった。

――見たような顔だ。

真三はふとそう思った。若ものも、同じことを思ったのか、ボールを両手につかんだまま、真三を正面からまじまじと見て突っ立っていたが、かたくしていた表情をほぐすと、張りのある声で真三に呼びかけた。

「やあ、余語のおじさんじゃないですか。僕は吉田和彦です。虎彦のせがれの和彦ですよ。おじさん、奇遇ですねえ」

若ものはボールをコートのほうへ投げやると、そう名乗って柵にかけ寄り、真三と向きあった。

「おう、吉田君とこの、和彦君か。見たことのある顔だと気づいたが、すぐにはわからなかったよ。それで、ここの隊にいるのかね」

真三は有刺鉄条柵に手をかけて問うた。

「はい、そうです。この部隊で小隊長をしています」

運動衣姿の若ものは元気のいい声ではきはきと返答した。

「そうか。君が防衛大学校にはいったということはきいておったが、ここにいるとはねえ」

真三の語気は、かすかに沈んだ。それを、どう受け取ったのか、若ものは、はずんだ口調で詫びた。

「すみません。ご無沙汰しちまって」

若ものの言葉をきくと、真三は手を振っていった。

「いやいや、そんなことじゃない。ここには昔、君のお父さんがいたことがある。そこに君がいるので、めぐりあわせだなと思ったのだよ」

懐古調めいた真三の言葉とはうらはらに、若ものはすこしも屈託がなかった。

「その話はきいたことがありますが、くわしくは知りません。おじさん、休日におうかがいしたいと思いますが、いかがでしょうか。近くにいながら、ごあいさつにもあがらずに、ほんとに失礼しておりました。親父の話もきかしてください」

「ああ、いいとも、歓迎するよ。奥さんや子供さんがあるなら、ぜひつれて来給え」

真三は胸のポケットから名刺入れを出して、一枚抜いて若ものに柵越しにわたした。若ものはごつい指で受けながら、白い歯をみせた。

「僕はまだ独身なんです」

そして、上体をすこしかがめて、いいたした。

「それじゃ失礼します。勤務中ですから」

若ものはくるりと真三に背を向けると、大またにかけ足でコートへ帰っていって、真三のほうへ向き直るとまた節度ただしく敬礼した。

真三も手をあげてあいさつを送り返しておいて、土手をおりた。歩道に立ったとき真三は深いため息をついた。旧友の息子と、思いもよらぬ出会いをして、真三は疲れた気分になっていた。

——あの子も、父親がここの兵舎にいたことを、まんざら知らぬわけでもないのだな。

そんなことを思いながら、真三は歩いていたが、車道を越した向う側の歩道の角に喫茶店の看板があがっているのに気づくと、車のとぎれたすきをねらって車道を横切った。

軽いガラスのドアを押して真三は店にはいった。客はいなかった。カウンターでテレビをみていた女が立って来た。まだはたちには二つ三つはまのありそうな、髪を肩に垂らしかけた少女であった。トーストができるか、ときくとできるというので、真三はコーヒーとトーストを注文したあとで、ここのお客は自衛隊の人が多いのか、ときいてみた。

少女は愛想のない物言いで、日曜は隊員がくるが、ウイークデーは大学生のほうが多い、といった。県立の大学が、昔の軍の偕行社[注2]を大学本部にあてて、戦後にできたことは真三は知っていた。なるほどね、と少女に答えながら、そこいらへんが喜多方の町の変ったところかな、とひとりごとをつぶやいた。

昔はこの角地には二階建ての飲み屋があった。ダルマが三、四人いた。のどからあごまで真っ白に塗りたくった女が、演習帰りの兵隊を、二階の窓に片ひじついて見ていることがあった。

演習帰りはこの角地までくると、営門が近いので、かけ足から並み足にかわって、歩度をゆるめることができて、真三は人心地にかえったものだ。きまって、服装を直せ、隊伍を整えろ、という命令があって、兵隊は背嚢をずりあげ、肩に食いこむ重い三八式歩兵銃を、ひじを脇腹につけてしかとかつぎなおした。それを白首のダルマが見ていた。

そんなとき、いつでも真三の隊列に吉田虎彦はいた。二人は同じ中隊の、同じ分隊に属していた。

昭和十三年の九月一日に、営門前で親兄弟と別れた真三が、心細い気分で赤紙をにぎって中央営庭にはいっていって、上等兵が指図する縦列のしりにつくと、吉田虎彦がとなりの列にいた。「おお、お前もか」「おお、お前も来たか」といいあって二人は手をにぎった。真三たちは、中学の同級生だった。

そのとき虎彦は、「おれは千島の灯台におったから、電報で召集令状が来たと知らされて、急ぎに急いでゆうべやっと親の家に帰りついた」といった。そして「ほかにも召集されたやつがおるか」と同級生の消息をきいた。真三は「総ざらえだ。東谷も、我孫子も、北川正造も、太田益夫も、一人のこらずだ。もうしゃばにはだれもおらん」と気負って教えた。

真三と虎彦は第二中隊に配属され、さらに同じ内務班に入れられた。「よかったのう。二人いっしょなら心強いわい。がんばろうや」と、二人はたがいにはげましあった。一期の検閲のあとで、幹候の試験に真三ははねられたが、虎彦は乙幹に合格した。真三が華南戦線に送られるとき、虎彦は原隊にのこった。

真三はすわり心地のよくない、擬革の椅子に腰かけて、埃のういた窓の向うにみえる自衛隊の有刺鉄条柵をながめながら、少女が運んできたトーストを前歯の先でかじってはぬるいコーヒーをすって、さきほど虎彦の息子が「親父の話をきかしてください」といった言葉を、妙になまなましく胸の奥で反芻していた。

——あの子は父親の一生を誤解しているのじゃないかなあ。

防衛大学校にはいって自衛隊の小隊長になっている旧友の遺児の、たくましく均整のとれた肢体をまぶたの裏にうかべでもするかのように、真三はすがめた目つきをしてみて、そう思った。そして「いまさら話してきかしても、あとの祭で何の役にも立たぬが、やはり虎彦の真実の心がどこにあったかを、あの子に話しておいたがよかろうかなあ。あの子は、ひょっとすると、虎彦を、戦争を肯定して、好きで職業軍人になったとでも思いこんでいるのかもしれぬ」と考えた。

昭和七年に真三たちは中学を卒業した。風雲きわめて急迫した年であった。満洲事変は前年に起こっていたが、この年は満洲国建国が宣言された年である。正月早早に一朝鮮人が天皇に手榴弾を投げつけて暗殺をはかった桜田門事件が起こり、つづいて第一次上海事変が勃発、血盟団の一人一殺で井上準之助前蔵相、団琢磨三井合名理事長が殺され、五・一五事件では犬養毅首相が殺されて政党政治は終った。激浪のうえにさらに激浪がおおいかぶさって襲ったような動乱の年であった。少年の前途には暗黒だけが待ち構えている時局であった。

真三たちの仲間からも、陸士[注3]や海兵[注4]に進んだものも何人かあった。高校や高師へはいったものは多かった。そんななかで、虎彦ははじめから逓信省の灯台職員講習所を固く志望していた。真三の美校志望とならんで、クラスの異端者であった。そんなことで二人は仲が良かった。虎彦は真三に、灯台職員を志す理由を告げたことがある。

「おれの親父さんは船乗りだったが、しけの夜に暗礁に乗りあげて船を転覆させて死んだんだ。暗礁に灯台があったら親父さんは死なずにすんだんだ。だからおれは親父さんの無念を晴らすために灯台守りになる決心をしたんだ」

虎彦はしんみりと真三に語った。そのとき真三は、父親の非業の死を他人に打ちあけるのはよくせきの好意でなければできぬことだと、虎彦の友情が身にしみた。

虎彦は志望通りに灯台守りになり、千島の任地にいて応召し、乙幹に合格、下士官に任官した。太平洋戦争がはじまる前の昭和十六年の夏、東京長崎自由ヶ丘の、若い絵描きたちが集落をつくっていた自由ヶ丘パルテノンに真三がまぎれこんでいたとき、背広姿の虎彦が飄然と訪ねて来た。

「召集解除になったのか」

「うん」

「灯台にはもどらぬのか」

「もどってもむだだ。逓信省はやめた。陸軍がおれをお目こぼしてくれるものか。じきにまた引っぱられるにきまっとる」

虎彦はどこかの戦闘で大手柄を立てて、軍司令官から特勲乙の感状を授与されたということであった。二人は手短に兵役関係を告げあうと、戦争話に深入りするのを避けて、酒を飲ましてくれるところをさがして、東京のあちこちをあてどもなくうろついた。九月になると真三が久留米の師団司令部に南方作戦の暗号要員で二度目の召集を受けた。虎彦もほどなく喜多方の原隊に応召した。彼が背広をまとって「地方」で生活できたのは半年にもたりぬ、短い期間であった。

真三はいったん召集解除になり、十八年の秋に、喜多方に三度目の応召をしたが、虎彦はそのままマレー、シンガポール、ビルマと南方激戦地を転戦し、敗戦後の二十一年にポツダム少尉で復員した。ジャワから復員した真三は無疵だったが、印緬国境[注5]から引きあげた虎彦は右足首を失っていた。右耳のうしろにも、迫撃砲弾のちいさな破片が三つ四つはいったままになっているといっていた。

負傷のおりの状況を虎彦は話したがらなかったが、一度だけ「あの地獄のインパールでやられたんだ」と吐き捨てるようにいったことがある。

虎彦は「この身体では居商いしかできぬ」といって母方の縁者の娘を妻に迎えると葉茶屋をはじめた。ほそぼそとした商いだったので、家から遠からぬ河口の平坦地に、米軍のあとを引き継いで自衛隊の大きな飛行基地ができて、そこの士官クラブでマネージャーをさがしていると復員局の関係者がいってくると、葉茶屋は妻にまかして勤めはじめた。しかし、一年とはもたなかった。

「貧乏しても葉茶屋でいい。いくら食いなれたといっても、もともと軍隊の盛り切り飯はおれの性には合わん」

それが、真三がきいた虎彦の辞職の弁解だった。それは士官クラブをやめた理由をいっているだけではなくて、彼から青春を奪い、ついでに片足も奪った軍隊に対する怨みや厭《いと》わしさを、はんごう飯にかこつけていっているのだと、真三には読めた。虎彦は生れた男の子にも、和彦という名をつけたが、平和の和の字を子の名に選んだ虎彦の胸の底には、戦争に明け暮れた自分の過去への悔恨がわだかまっているのであろうと、真三は推察した。

虎彦は、右耳のうしろにはいったままになっていた迫撃砲弾の破片が原因で死んだ。葉茶屋にもどっていた虎彦は、新茶の出まわるころ、鹿児島県の辺地に仕入れにいっていて、急に発熱、頭痛を起こし、夜汽車で家に帰ろうとしたが、車中で昏倒して久留米で病院に収容された。真三が知らせを受けて、百キロあまりをタクシーをぶっ飛ばしてかけつけたとき、昏睡からほんのいっとき正気にもどった虎彦が、真三に手をとられながら「おれは身方だ、友軍だ、撃つなというように」と叫んだ。高熱のためのうわごとだったが、それが虎彦の最期の言葉であった。迫撃砲弾の破片が食いこんでいる後頭部が壊疽を起こしたのであった。病院に担ぎこまれたときは、手おくれだった。

虎彦がいまわのきわにいいのこした言葉をきいたのは真三だけだった。真三はその言葉を、彼の妻にも、高校生になっていた息子の和彦にも明かさなかった。真三は虎彦の言葉をきいて、彼を撃った迫撃砲弾が、友軍の弾だったとさとったからである。紛戦のなかで、後方友軍から撃たれたにちがいない、それを彼は臨終に叫んだのだと知ったからである。負傷のさいの状況を、虎彦が話したがらなかったわけも、そのとき真三には合点がいった。

真三は冷えたコーヒーをすすりながら、たったいま、思いがけぬ出会いをした若ものの父親の生涯をたどった。

――あのとき虎彦が叫んだ言葉をあの子に教えておけば、あの子は軍人になろうとは思い立たなかったろう。だがあのとき、そんなむごいことを息子にいえはしなかった。それがあの子の一生の進路を狂わしてしまったのかもしれぬ。あの子の心のなかの父親の像をゆがめてしまったのかもしれぬ。いまとなっては取り返しはつかぬが、やはり真実を息子にかくしてはなるまい。息子は父親の真実の心と姿を知らねばならぬ。虎彦が決して軍隊を好いてはいなかったことを、おれのきいた言葉をありのままに告げて、あの子に納得させねばならぬ。それがあの子の父親の古い友人であるおれの義務だ。

真三は胸のうちで力んでつぶやいた。真三は和彦が公休日に訪ねて来たら、虎彦の生涯のかんじんのところはもらさずに話す心になっていた。

虎彦の父は暗夜の海で死んだ。父の死をいたんで虎彦は灯台守りになった。父親の死が、息子の一生の進路をいったんはきめたが、時代の変転がその進路をねじまげて、息子は青春の全部をここ ろならずも軍人として戦野に送り、身体に食いこんでいた弾片に命を落とす仕儀となった。その子の和彦は、そんな父の戎衣《じゅうい》注6をまとってすごした生涯を本来のものとして引き継ぐかのように、軍人の道を踏み出している。虎彦とその父の生命の連環に似ているかにみえる。しかし、内実はまったく違ったのだ、まるで反対なのだ、と真三は和彦に諭してやらねばならぬと心をきめた。

——和彦君よ。君のお父さんは自分の意思で軍人になったのではない。運命がお父さんの生涯をそのように押し運び、余儀なく硝煙の中に身をおかねばならなかっただけのことなのだ。軍隊の飯は性に合わぬとお父さんはいった。死ぬときは、おれは友軍だ。友軍を撃つな、と叫んで死んだ。死の瀬戸際に追いつめられて、お父さんは自分を殺すものが何者であるかを、はじめて吐き出した。生きていたあいだ、お父さんは自分の一生は軍隊に蹂躙されてしまったと、煮えたぎるくやしさをなめていたに違いないのだよ。君のお父さんや僕の若かったころは、自分の人生を、自分で選択することが許されずに、軍隊からいや応なしに使われてしまった。いまはそうじゃない。君はだれからも邪魔されずに、君の好きなように君の人生を選んで使える。それだのに、和彦君よ。君は軍人という人生を選んだのだが、もしや君は、お父さんは軍人に満足していたとでも思っているのじゃないだろうか。そうだとしたら、それは誤っていると、僕は君に告げねばならぬ。君のお父さんは、きっと君が選んだ人生を望んでいなかったに違いないと僕には思われてならぬのだ。

真三は和彦に告げる言葉を胸のうちでならべたてていたが、ふいに靴音をさせてかたわらに来た少女の声に、想念を断ち切られた。むきになって「君はお父さんの心を計り違えている」と和彦の幻影に呼びかけているうちに、真三のくちびるから言葉がぶつぶつともれたにちがいない。

「水がほしい」

真三がてれかくしに少女にいって、視線を窓に向けたとき、はげしい軋音をたてて、窓いっぱいをふさいで、大型トラックが車道にとまるのがみえた。緑黒色に塗った自衛隊の兵員輸送車であった。運転席には、緑黒色の鉄帽をかぶって、あごひもを締めた、迷彩服の男がいて、窓越しに店のなかを笑いながら見おろしていた。少女に笑いかけているふうであった。

「いやらしいわ、またこっちを見てる」

真三のかたわらをまだ去らずにいた少女が口をとがらした。「昔、演習帰りのおれたちが、かけ足が並み足にかわって息をついだ地点で、いまは演習帰りの輸送車が、喫茶店前のT字路の交通信号が赤だと停車するわけか」と真三は苦笑した。そして「昔おれたちを見おろしていた白首とは逆に、いまは運転兵が店の女の子を見おろしている。世がさかさまになったということだな」と時勢の変遷を眼前に突きつけられた心になった。

「知った人かね」

真三は少女にたずねた。

「ふん」

少女は鼻の先で返事をして、カウンターに去った。アクセルをふかして輸送車が動いた。輸送車は窓から去ってはあらわれ、去ってはあらわれして、十台あまりが轟音をひびかせてつづいた。それを真三は、物憂い目で見送った。

村木さんの狐

四月はじめの、いかにも春めいた陽気のいい、晴れた日であった。文治が暑いほどの陽光を身体いっぱいに浴びて、雑草が茂るにまかせている裏庭で、山桜の老樹が、枝先まで淡泊な白い花を咲かせているのをながめていると、裏門から帰ってきた香子が、家にはいらずに、文治のそばに歩み寄った。

香子は満開の桜を見上げるでもなく、かすかに声音をはずませた感じで「土井耳鼻科で村木さんとお会いしました」といった。

文治は、何で香子が出しぬけに村木さんと会ったことを、ことさらしく告げるのかと思ったが、口に出しては「村木さんとは正月このかた、とんとお会いしてないなあ」と生返事をした。

耳鼻科の医院で会ったといったところで、香子は軽い鼻炎の手当てを受けに通院しているのだし、村木さんにしてもそんなものだろう、と気軽に文治はきいていた。

そんな文治の受けとめようは香子にわかったのであろう、香子は声を沈めて話をつづけた。

「それが、村木さんは気になることをおっしゃってましたの。鼻の調子が悪いので、このあいだうちは健新会病院に通っていたけど、あそこの耳鼻科のお医者さんは年若だが上手との評判で、患者が多くて待たされるし、往復に時間がかかるので土井さんにかわった。健新会で鼻たけとの診断で、コバルトをかけすぎて、鼻血がとまらないのです、と事もなげにおっしゃいましたの」

香子の話に文治は指にはさんでいた煙草を地面に投げ捨てると、力まかせに下駄でふみにじって香子を見返った。

「そら、お前、コバルトをかけたって、ひょっとすると、がんじゃないのか」

「そうなんですわ。わたしなど、何もわかりませんが、コバルトをかけたときけば、だれしもがんを疑って心配しますわね。だけど、村木さんは、まったく平気なご様子でしたわ」

香子の言葉に、文治は気持をうろたえさせた。そりゃ、迂闊すぎる、という思いがすぐさま胸をつきあげてきた。

村木さんは平気な様子だったというが、のんきにしていていいのだろうか、ほんとに村木さんは、香子の言葉通りに、ご自分の病気をありふれた鼻たけと信じているのだろうか、コバルトをかけたと知っているからには、それだけでがんを心配しそうなもので、とても平気になどしておれるすじあいじゃあるまいに、と文治は気をもんだ。

土井耳鼻科の医者は、村木さんの病気を何と診断しているのだろうか、もしがんなら、毎日のんべんだらりと通院させていては、取りかえしのつかぬことになりはせぬか、とも思って文治はいらだたしい気分になり、つづけさまに生つばをのみこんだが、香子の話においそれと相槌を打つ言葉は思いつかなかった。

それからは、香子はたびたび耳鼻科で出会う村木さんの様子を文治に話した。「きょうも村木さんにお会いしましたけど、ほんとに悠悠として落ち着いていらっしゃいました」とか「前からあの方はお顔がやせてらしたけど、このごろはいっそうおやせになって、頬などそぎ落としたみたいです」とかいった話であった。

文治は、村木さんの、抜けあがった額、長い眉毛、くぼんだ眼窩、とがった鷲鼻、しゃくれた顎と、いかつい道具立てのそろった長手の顔を思い浮かべた。あの顔で頬がこけたら、さぞ頬骨が出張って、凄味が増しているだろう、とふとそんなことを思ったりしたが、香子のつたえる、村木さんが相変らず悠長に構えているということのほうに、心のすくむようなそらおそろしさを覚えていた。

「きょうは村木さんは、土井先生に市立病院のがんセンターを紹介してもらっているが、ベッドがあかないので入院待ちですとおっしゃっていました。ふだんとちっとも変らぬ、淡淡としたお話しぶりでしたわ」

香子がそう文治に告げた日がある。文治は、そうか、やっぱりそうだったのか、と胸のうちでうなった。そして、急に村木さんの姿が、大きく大きく、眼前にそびえて自分にぐいぐいとのしかかって来るかのような、圧倒される息苦しさを感じた。

村木さんは、ご自分の病気にがんの疑いがあるのを、ちゃんとご存じだったのだ、おそらく健新会病院でコバルトをかけられたときから、お気づきだったにちがいない、健新会の医者は上手だというのに、土井医院にかわったのは、ご自分の病気を達観されて、医者のより好みを無意味とお考えになったからだろう、村木さんはご自分の生命への執着をお捨てになっている、だから香子の目には悠長な態度と見えるほど、落ち着いていられるのだ、と文治は舌を巻いた。

耳の病気、目の病気、内臓の病気と、身体じゅう病気の巣だらけで、ちょっと転べばすぐに肋骨を折るという有様の文治は、自分の病気や体調には日ごろから神経をとがらしていたが、そんな文治から見ると、がんかも知れぬと医者から教えられながら、挙措《きょそ》を失わずに平然としておれる村木さんには、ただただ及びもつかぬと感嘆するばかりであった。

それにしても、と文治は自分の心の奥をのぞきこむようにして思うのであった。村木さんだとて、ご自身の病気を、あれこれと思い悩まぬことはよもやあるまい、ただそれを軽率に顔色に出して、他人に気取らせぬのであろう、しかしそれがなかなか常人にはできぬ芸当なのであって、それをやれる村木さんという御仁は、よほど腹のすわった、正覚《しょうがく》の人物なのだ、と文治は村木さんの冷静さに、おこり[注1]で五体がふるえるような強烈な感銘を受けずにはおれなかった。

文治は念を押すように「それで、ほんとに村木さんは平気な顔なのか」と香子にきいた。「そうなんです。ちっともふだんとお変りありませんのよ。どこにも心配げなご様子はございません」というのが香子の返答であった。

「命にかかわる病気だとわかっていて、そんなに落ち着いておられるものだろうか」

思わず文治がかぶりを振ると、香子も「そうですわね」と感に堪えた返事をした。

「村木さんが狐のお話をなさいましてよ。いずれは狐の世話ができなくなるのだから山へ帰してやろうかと思うが、もう一年も人間の世界で暮しているので、野性もにぶっていようし、うまく自然の生活にもどれるかどうかが心配だとおっしゃっていました。それでわたし、それなら遊園地の動物園にもらっていただいたらどうかしらって申しあげましたの。村木さんは、野生の動物は自然のなかに帰してやるのがいいのですっておっしゃって、わたしの申しあげたことにはご不満のようでした」

香子がそんな話をした日がある。

「狐の世話は、あの奥さんはしやすまい。あの奥さんは狐のにおいでも移ったら大騒ぎするよ。だから村木さんは、がんセンターに入院する前に、狐の身の振り方を考えているんだよ」

文治は香子の話から、村木さんが身辺の整理をしているのを知った。

村木さんの狐を文治は見たことがある。一年ほど前に、村木さんから「狐を飼うことになりました。かわいいですよ。見にきませんか」とさそわれた。「そりゃまた、変った生き物を飼いますね」といい、文治は村木さんの家に伴われた。

狐は鼻もちならぬほど異様に焦げくさい体臭があるが、見栄っ張りなところのある奥さんが、狐の飼育を文句なしに許したのだろうか、とそこが文治には興味があった。

ブロックでかこんだ、三十坪ほどの庭の一隅に、真新しい金網で仕切った飼育舎ができていて、子犬ほどの狐が一ぴき、小屋の隅にへばりつくようにして丸まっていた。身動きしないので、文治は眠っているのかと思ったが、しばらく見ていると、子狐は薄目をあけて金網の前に立つ二人の人間に注意を怠っていないのがわかった。

「二週間ほど前に用事があって田舎の本家にいったのですがね、そのとき近所のものが、山で犬が狐を追い出して生け捕りにしているときき、ゆずってもらったのですよ。腰や脚にけがをしていましたが、ペニシリン軟膏をぬったり、繃帯をしてやったりしましたら、もうよくなりました。ああして眠ったまねをしていますがね、わたしが餌を持っていないのを見抜いているからですよ。餌を持っていると、扉口まできてねだります。犬とおなじですが、犬よりちょっと扱いにくいだけに、向うがなじんだ様子を見せるとかわいくなります」

村木さんは金網の前で、楽しげに子狐の来歴を語った。

文治は「昔このあたりが村だったころには、狐がたくさんおって、お宮の藪の宮狐とか、一本木坂のお吉狐とか、全部の狐にちゃんと戸籍があったふうです。わたしの祖父が牛を使って田や畑を鋤くと、うしろから狐がついてきたといいます。鋤き起こされるミミズを食うので、子連れ狐もおったと祖父はいっていました。きっと、こんな子狐が母狐に連れられて、ミミズを拾っていたんでしょうね」と土地者らしい昔話を披露した。そして「そのうち馴れたら散歩に連れて出ますか」と軽口をたたいたが、村木さんの返事を待たずに「それにしても、くさいのにはちょっと閉口ですね」とつけくわえた。奥さんが苦情を申しませんか、とはきかなかった。

去年の秋には村木さんから「うちの子狐が夜、鳴きます。月の晩に鳴くようです。コーン、コーンという鳴き声には、こんな町のなかできいても、ふしぎに人里はなれた山奥のさびしさがこもっています」ときいたのも文治はおぼえている。

香子から村木さんの狐の話をきいたつぎの日の夕方、文治は家の前で村木さんと会った。文治が夕食前の運動のつもりで、竹箒で歩道を掃いていると、バス停の方から村木さんがステッキをついて帰ってきて、あいさつをし、立ち話になった。

七時ごろであったろう。日は落ちていたが、空はまだ十分に明るいのに、旧の三月の十五夜の月が、もう黄金色にかがやいていた。「いい月が出ていますよ」と村木さんに教えられて、文治が「満月ですね」と話をあわせたのがきっかけであった。

「秋の月もいいが、わたしは春の月が好きです。春の満月はどことなく、なまめいた風情があって人間に身近な気がします。ことに家並みの上の満月がなつかしいですな。わたしは若いころ海軍にいまして、機関部だったから、ふねの底でごそごそやるばかりで、めったに甲板に出ることもありませんでしたが、それでも何度も大海原から昇る満月を見ました。そりゃ海の上の満月は凄いですよ。人間とは別世界の景物で、冷厳そのものですね。とりわけ北太平洋で見た月は、夏でさえ血が凍るような凄味がありました。昭和十八年の六月にアリューシャン列島のキスカから六千人の陸軍を無疵で引き揚げた第五艦隊の撤収作戦のさい、わたしは木村昌福少将の旗艦阿武隈に乗っていましたが、作戦行動の最中に、霧の晴れ間の満月を見た記憶があります。あのあたりは月も星も、高緯度の関係でここらとは天空での位置がちがっていて、思わぬ方角に現れます。わたしはキスカの月を見たときは、島に閉じこめられている陸兵の命を助けてくださいとわれ知らず祈りました」

「きょうは謡の会にいってきました。久しぶりに隅田川をきいて、親子の宿縁の切なさに感銘し、無常心を新たにしました。わたしはけいこをなまけているので、もう声が出ません。それにつけても、あなたのお父上を思い出します。お父上は名人でした。お父上の謡には、思わず襟を正さずにはおれぬ力がありました。わたしは謡のご縁で、海軍からもどったあと、お父上のお口添えがあって市営連絡船の機関長に就職させていただきましたが、ご恩返しができずにいるうちに、お亡くなりになりました。残念至極です。お父上のおかげで、戦後の苦しい時期を餓《う》えずにすみ、四人の男の子を育てあげました。上の三人は世間並みの社会人になりましたが、ご存じの義男は、ちょうど大学があの安田講堂の騒動のころだったので、いっぱしの活動家になりまして、いまでは成田に住みついているようです。しかし、わたしは、男が信念に命をかけるのは当り前だと思っています。ちょいちょい警察が拙宅にきますが、気にしません」

村木さんは述懐を、義男君への理解の言葉でしめくくった。義男君は文治の長男と同年生れで、小学生のころはよく文治の家に遊びにきて、泊ることもあった。それゆえ村木さんは、義男君の話をしたのだと文治は気づいた。そして、困難な人生を選んだ末っ子が、村木さんには気がかりで、それだけにいとおしくてならぬのだと思った。村木さんほどの人でも、子を持ったものの業からはのがれられぬので、述懐は義男君へとたどり、義男君の生き方を肯定する言葉で結ばれたのだと文治は思った。

村木さんは思い入れた語り口でそんな話をし、文治は「はあ」とか「ほう」とかと、短い合いの手をはさんだだけだった。

文治はステッキの握りに両手をかさねて、月の光を満面に受けて話しつづける村木さんの、やせて骨張った顔をちらちらと視野にいれては「今夜の話は並みの世間話ではない。北の海の満月の追憶にしろ、謡曲隅田川や親父のことや、義男君のことだって、かりそめの話題ではなくて、わたしにききとめさせておこうとの、一期一会の心組みで話されている。それにしても、なんと泰然としておられることだろう。これが、がんを宣告された人間の態度とは信じられぬ」と息苦しいほどの重圧感を感じていた。

「やあ、お手をとめさせて申しわけありませんでした。失礼します」

村木さんは、話したいだけ話し尽くしたといったふうに会釈すると、月光を背に浴びて、落ち着いた足取りで歩み去った。すでに満月は、雲ひとつない空の高みにのぼっていて、村木さんの、季節はずれのメルトン地[注2]の背広の肩を、ようかん色に光らしていた。

文治は遠ざかっていく村木さんのうしろ姿に「お元気で」と別れのあいさつを送ったが、その言葉は声にならず、なぜかまぶたの裏が熱くなった。

次第に遠くなる、舗道をステッキがこつこつと間合いただしく突く音を文治はわびしくききながら、村木さんが狐の話をしなかったことに気づいて、前の日に、香子にはした話を、自分にはしなかったことは、もう捌《さば》きをつけてしまったからだろうか、と思ったが、そのことを村木さんからきけなかったことに、何か忘れ物でもしたような物足りなさがのこった。

その夜、満月が中天にさしかかるころ、文治は犬を連れて散歩に出て、村木さんの家の前を通ると、村木さんが謡っている声がした。立ちどまって耳をすますと、隅田川を謡っているのであった。梅若丸の母が、子の死を知って悲嘆にくれる哀傷のくだりを、村木さんはのどを押さえるようにして錆びた声音で謡っていて、かたわらには奥さんが控えている気配であった。しばらく文治はききいっていたが、宵の口に家の前での立ち話で、村木さんが謡の会で隅田川をきいて、親子の宿縁を思い、無常心を新たにしたといっていたのを思い出し、いたたまれぬ気持にせかされて、犬の手綱を引くなり、村木さんの謡う声のとどかぬあたりまでひと息に走った。

翌日、晩飯のときに文治は香子から村木さんが入院したときかされた。とたんに文治は、箸をおいて、目を閉じた。耳の奥で、ゆうべきいた村木さんの、隅田川を忍び謡う声がして、狐のコン、コンと鳴く声が、小鼓のように拍子をとった。

「狐はどうしたんだろ」

文治は香子にたずねるというのではなしに、唇からもらした。

「ええ、狐は村木さんが入院前に遊園地の動物園におあずけになったと奥さんはおっしゃってましたわ」

香子の言葉をきいて、文治は、あの子狐もとうとう一生動物園の檻につながれるのか、と哀れになった。

ひと月半ほどして、村木さんはがんセンターで亡くなった。そのあいだ文治は自分では見舞わずに、香子を代りにやった。

文治は村木さんを見舞いたいと、しきりに思った。だが、どうしても、足が向かなかった。病床の村木さんを、文治は見ぬがいいという気がしてならなかった。それがなぜかは自分でもわからなかった。入院の前夜に、月光を浴び、淡淡とした様子で北太平洋の満月などを物語った村木さんの風姿が、焼きつけたように鮮明に文治の記憶にあって、もし病床の村木さんから、弱弱しげな表情を見せられたり、かぼそい声で訴え事をきかされでもしたら、文治の胸中にある村木さんへの畏敬の念が裏切られる羽目になるのをおそれて、それと意識したわけではなかったが、面会を避けたのかも知れなかった。

香子は村木さんを見舞ったとき、病室には、はいらなかったと、帰ってから文治に報告した。病室のそとの廊下に奥さんが出てきて、見舞の品を受け取り、短い会話のあいだに二度も「手術は成功しました」ときかされたとのことであった。「なんだか手術の成功を念押しされたみたいだったわ」と香子はいった。

文治はそれをきくと反射的に手術のあとで患者が死亡したとき、執刀の医者が「手術は成功でしたが、患者さんは助かりませんでした」と冷酷にいい抜けする場合があると、世間にうわさされているのを思い浮かべた。奥さんの口吻にそれに似た弁解がましさを感じた。しかし、それを香子に告げはしなかった。

村木さんが亡くなった日は、風のない油照りの暑い日だった。虫が知らしたというのか、文治は歯の治療の帰りに、まわり道になるのに村木さんの家の前を通って、黒わくに忌中と印刷した紙が玄関の格子戸に画鋲でとめてあるのを見た。

――ああ、やっぱり駄目だったか。

そんな心持で、おどろきもせずに、文治は立ちどまって忌中札を見た。忌中札は張られたばかりの気配であった。真新しい画鋲の頭が、妙にきらきらと光るしらじらしさから、文治はそんな印象を受けた。

文治は家に帰るとすぐ香子に「村木さんが亡くなった。お前、とりあえずお悔やみにいってこい」といいつけた。香子は「お気の毒に」とぽつりとひとことといった。

「けさ、空が白むころにお亡くなりになったのですって。いましがた、おうちに連れ帰られたばかりで、わたしが行ったとき、ご近所の奥さんが二人見えてましして、村木さんの奥さんはその方たちに、ご主人は三、四日前にベッドから落ちて頭を打ったが、打ちどころが悪くてお亡くなりに――」

香子が帰ってする話を、文治はみなまできかずに「そりゃ、うそだろ」とさえぎった。

――村木さんがベッドから落ちたというのがほんとうなら、それはいったいどういうことなのか。軍艦のハンモックに寝馴れた村木さんが、ベッドから落ちたりするものか。それとも村木さんが、ご自分の病気に絶望して、末期の不安に錯乱し、輾転反側のあげくに落ちたとでもいうのだろうか。そんなことはあるまい。村木さんは最期まで平常心をうしないはしなかったろう。人間は弱い。自分の命が尽きると知れば、だれしも心は乱れる。それをうわべにあらわすか、沈黙して耐え通すかが、凡愚と達人のわかれるところだが、村木さんには覚悟はとっくにできていた。軍艦に乗り組んでいて、二度三度と沈没の憂き目にあい、大勢の仲間の死を見た村木さんは、戦後の人生は余禄としんから悟っていたにちがいない。入院の前夜の立ち話でも、村木さんは病気のこともいわねば、入院しますともいわなかった。あの平静な態度は、とても虚勢や見栄で格好つけた浅薄なものじゃない。あれは達人の姿だ。あの夜、隅田川を謡っていた村木さんの悠揚の声調は、憂悶をいだく者のわざではない。村木さんは、論語にある死生有命の境地を得ていたのだ。わたしにはそれがわかる。その村木さんが、なんでぶざまにベッドから落ちたりするものか。

文治は村木さんの奥さんが弔問客に語っていたという死因の説明を香子からきかされると、奥さんはあさはかにも村木さんの厳粛な死に無用の修飾をしようとしていると、その心根を情けなく思わずにはおれなかった。

「奥さんはそんな愚劣なことをしゃべって、ご主人をおとしめているのに気づかないのだよ。きっと奥さんはがんを人に知られたくない、恥ずかしい病気とでも、思いこんでいるのだろう。だからそれをかくそうと、村木さんがベッドから落ちたと、作りごとを考え出して、いいふらす魂胆なんだ」

文治は香子に、奥さんの思わくの背景を推量してみせながら、奥さんの心得ちがいがおぞましかった。

通夜には文治が出向いた。村木さんの柩のまわりは葬儀店の手で美美しく飾り立てられてあった。文治が祭壇の前の厚い紫緞子の座布団に正坐すると、ちょうど目をあげた高さに、白と黄の菊花の荘厳につつまれ、左右から蠟燭型の電灯に照らされて、黒リボンがふちどる村木さんの遺影が文治を見ていた。遺影は口もとにかすかな微笑をふくんでいて、髪も眉も黒く、頬も晩年ほどにはそげておらず、十か十五は若かった。近ごろの写真が選ばれておらぬのは、奥さんの意向によるのだろうと文治は思った。

数珠をもんで、うろおぼえの心経を唇にぶつぶつと唱えていると、柩の前の大蠟燭の炎が揺れて、遺影の表情が動いたように見えた。そして「やあ、万事とどこおりなく済みました」と、永年の海上暮らしで潮風にかれた村木さんのしぶい声がきこえた。文治の目じりから、涙がひとすじ垂れた。

——あの晩のあなたは従容たるものでした。死病をわずらい、残命ともしい人の姿ではなかった。あなたはよほどの立命の人だったにちがいない。わたしには及びもつかぬ解脱の境地に到達していらっしゃったのでしょう。いずれそのうちわたしも間違いなくあなたのあとにつづかねばなりませぬが、わたしはあなたのように死生を超越する自信はないものの、せめてあなたのあの晩のお姿を思い起こすことで、見苦しからぬ往生ぎわにしたいと念じています。

文治はまぶたの裏にうるんで、ぼやけて見える村木さんの遺影を仰いで「あなたはほんとうに偉いお方だったのですね」と、しみじみ胸のうちでつぶやいた。

文治は座布団をおりると、奥さんに悔やみの言葉を述べた。奥さんは「手術の結果はよくて大安心していたのに、ベッドから落ちて死ぬなんて思いもよりませんでした」と、そのことをまず告げたい様子で、文治の悔やみのあいさつに答えた。文治は白けた気持で奥さんの言葉を耳に入れながら、奥さんには、村木さんの偉さがまるでわかっていない、何十年と連れ添った夫婦の今生の別れがこんなちぐはぐな理解で終っていいものか、と村木さんを気の毒に思った。

あいの襖を取りはらった二間つづきの座敷の、玄関寄りの部屋の隅に文治が引きさがると、次男か三男の嫁であろう、若い女が膳部をはこんできた。杯を取りあげて銚子を受けていると、六つか七つぐらいの男の子が走り寄って女の肩に両手をかけた。「おじさんがきたから、玄関においでって」と子供は母親に伝えていた。

村木家の人たちにうやうやしく出迎えられて、紋付袴の老人がはいってきた。白足袋の足を引きずって祭壇前にいくと、這うような仕ぐさで座布団をしりの下に敷いた。老人は村木さんそっくりのきびしい目鼻立ちで、顔の老け具合から、村木さんよりは四つ五つ年かさの兄になる人らしかった。

老人は線香を手向けると、かたわらの奥さんに「義男はどうした」とたずねるのが文治のところまできこえた。老人は耳が遠いな、と文治は思った。奥さんは老人の耳もとで返事した。「それがどうなるか。こんな大事なときに」と老人の不機嫌な高声が奥さんをきめつけた。

文治が、村木さんが成田に住みついているといっていた義男君は居どころ知れずになっていて、それで父親の死を知ることもないのだと察した。それを奥さんが詫びたのが、昔かたぎの老人の不興を買い、譴責されているが、是非もない仕儀だときいていた。

文治は村木さんの遺影に目をやり、義男君がいまわの際のたった一つの気がかりであったろうと思いやった。そう思って見ると、遺影の口もとの微笑は消えて、さびしい翳が生れていた。

辞去するまえに、文治は庭の狐小屋をそれとなしに見ておこうと、手洗いを借りた。廊下に出て、ガラス戸越しに、村木さんから案内されたことがあるので、見当は心得ている小屋のあたりをながめた。月はなかったが、空がよく晴れていて星明りがあり、小屋の金網の扉が開きっぱなしになっているのが見えた。たしかに狐はいない。小屋の周囲には、どことなく、空虚な陰影がたゆとうていた。文治は空屋となった狐小屋に視線を投げながら、村木さんが狐の身の上を案じていたときは、確実に死を予見していたのだと思った。

つぎの日、文治が朝寝をしていると、香子が起こしにきて「村木さんで弔問客の受付けを頼みたいといってきましたけど、どうなさいますか」ときいた。眠りの足りぬ頭に、父親が死んだとき村木さんに受付けをしてもらったことを思い出した。あれを奥さんはちゃんとおぼえているんだ、と文治は思った。

昼食をすますと、文治は夏服に喪章をつけ、数珠をポケットに入れて村木さんの家にいった。

門のわきに、もう小机と椅子が用意されてあった。小机には硯箱と、記名用の横長の帳面がのっていた。香典袋の耳を刺しつなぐ、長い木綿糸をつけた縫針もあった。文治は受付けにつく前に奥さんにあいさつした。喪服の奥さんはやつれて、言葉かずがすくなかった。

門前に焼香台が設けられていた。門の内側には、庭木の高野槇の幹に拡声機が取りつけてあった。座敷で読経がはじまると、拡声機がそれを流した。そのころになると、弔問客がふえた。たいていの香典袋には姓が書いてあるだけなので、文治は一人一人に名を問い、住所をきいて、芳名録に早書きの筆を走らし、香典袋の耳を糸でつないだ。落度があってはならぬと、文治は一生懸命だった。

葬儀は、葬儀店から派遣されてきている中年の女性が進行係をつとめ、手ぎわよく進めている模様が、拡声機からきこえる声でうかがえた。喪主の長男が会葬者にしたあいさつもよくきこえたが、村木さんが二度の手術を受けて遂に立ち直れなかったとはいったが、ベッドから落ちたのが直接の死因となったとはいわなかった。

門前に集った会葬者は、表道路の片側に、女の人は日傘をさし、男は陽にさらされて、拡声機が伝える葬儀の模様を、慎重な面持ちで、うつむきがちにきき入っていた。年配の人ばかりであった。「ご遺族のかたは最後のお別れをなさってください」と進行係がうながす声がきこえた。すると、突然はげしくしゃくりあげる女の嗚咽が拡声機から流れた。機械の作用で、増幅して伝わるすすり泣きの声には、異様な昂揚があって、文治はぎくりとした。すぐにはそれが奥さんの声とはききわけかねたほどであった。

やがて棺のふたを、石で釘づけする音まで拡声機はあからさまに伝えた。かつ、かつ、とよくひびいた。硬く、いたましい音であった。そのあいだも、奥さんの嗚咽の声は絶えなかった。

そのとき霊柩車が着いた。葬儀は馴れた進行係の手で抜かりなく進められたので、予定の出棺時刻にあわせて終り、霊柩車はその刻限きっかりにきたのである。

文治は受付け机に控えていて、時間に狂いのない霊柩車の到着を見て、一人の人間が生涯をおわる悲しみの儀礼が、時間表どおり日常の事務として遅滞なく処理されていると思えて、いいようのない、索漠とした気分になった。

霊柩車は文治の目の前にとまっていた。村木さんの柩が子や孫の手で載せられるのを文治は佇立して見守った。そのあと親族たちが、霊柩車や、あとにつづく車に乗り分れた。長男が霊柩車のわきでそれを指図した。女たちは指図された車に乗るのに、子供とかん高く呼び交わして、ひとしきり騒がしかった。その情景には、哀悼の情緒はなくて、通勤バスの乗り口にせめぐ人たちの喧噪に似ていた。

村木さんの最後の門出を見送る奥さんを門口にのこして、葬列が出発するばかりになって、長男が「もうだれも乗りはぐれているものはおらぬか」とあたりをたしかめたとき、突然「あれは、義男じゃないか」と叫んだ。門口の奥さんが小走りに出て、長男の指さす方を見た。文治も見た。道路の向うを、半袖シャツの若い男がショッピングバッグをさげてこちらへ歩いていた。

「まあ、義男だわ。義男、義男」

奥さんが呼んだ。長男も、「義男、いそげ」と叫んだ、若い男は駈け寄った。

「どうしたんだ、こりゃあ」

男は長男にきいた。

「親父さんの葬式だ。くわしいことはあとで話す。早く乗れ」

長男は男を霊柩車に押しやった。

「義男――」

奥さんが名を呼ぶと、男は黙って奥さんの顔を見ただけで、ショッピングバッグを投げるように奥さんの足許において霊柩車に乗った。その男の陽やけした顔に、子供のころの義男君の幼顔がのこっているのを文治は見た。

会葬の人たちは、深い事情は知らなくても、その場の有様を見ただけでたいがいのいきさつは推察できるので、父の柩が家をはなれる間一髪の時刻に、それとは知る由もない子が遠方から立ちもどってきた奇跡的な情景を目のあたりにして、親子の血の感応に感動したふうであった。文治も、村木さんの魂魄が義男君を呼びかえし、ぎりぎりの瀬戸ぎわで葬送に加わらしたのを疑わなかった。

奥さんは葬列が見えなくなってからも、泣きはらした目をしていたが、それは夫の帰らぬ門出を見送った別離の涙だけではあるまいと、文治は見ていた。

その日も、つぎの日も、文治と香子は義男君の突然の帰家を話しあった。偶然の暗合とは思えぬと、香子はいった。

「骨肉とは、まったくおそろしいものだ」

文治がといきをつくと、香子も「そうね」と言葉すくなに同感しておいて「わたしたちと子供たちも、そうなんでしょうか」と信じかねるような口のきき方をした。

「村木さんは義男君が成田にいるのを気にかけていたが、まずは無事でよかった。元気で帰ってきたんだからな」

文治は、あの世の村木さんもさぞ安心したであろうと香子にいった。

翌日の夕方、奥さんと長男が文治の家にあいさつにきたが、奥さんの口から義男君の話は出なかったし、文治もたずねなかった。

義男君は長男の幼な友達で、文治も香子も、よっちゃん、と呼んでかわいがったものだ。高校生になると、長男とは進路がちがって、子供たちのあいだのつきあいもうとうとしくなり、家にも来なくなったが、やはりなつかしい若ものである。こんどは長逗留するなら、いっしょに飯を食うぐらいのことはしたいと思わぬではなかったが、奥さんが義男君のことにふれられるのをよろこばぬのはわかっているので、文治の方でもこだわって、婉曲にたずねるのも、ついついひかえてしまった。

一週間ほどして、ひと晩土砂降りに降って、朝にはからりと晴れあがった日があった。夏の朝の雨あがりの陽は強く、草も木も葉末に露の玉を結んで、青ぐさくいきれていた。

春の花はとっくに咲き終っていた。ムクゲにはまがあって、背の高いナツメの木だけに、枝という枝にびっしりと薄緑色の栗粒ほどの花がまぶしたようについていた。

文治は煙草をくわえて、花らしからぬナツメの花が、風もないのにほろほろと散りこぼれるのを肩に受けて、足もとのシャガやツワブキやユキノシタが濡れて生き生きといきづいている姿をながめていたが、ふっと、何の脈絡もなしに、丸山薫[注3]の「悔」という詩を心に浮かべた。戦後、山形県の片田舎に蟄居していた詩人が「胡桃」創刊号に載せた詩である。

「狐は尾を水に濡らさないさうだ」ではじまる、五行三節の詩である。川を渡っていた狐があやまって尾の先を流れに濡らし、悔いに身もだえしながら走り去るのを詩人が見る詩である。文治の好みの詩であった。

——狐は濡れるのをいとうなら、こんな雨のあとの草野は走らぬのかな。

まったく唐突に文治は雨後の庭で、狐を連想したのだが、あるいは潜在意識に沈澱していた村木さんの狐の記憶が、夜前の雨に洗われた草たちの、むせるほどに新鮮な息吹に触発され、丸山薫の詩を借りて想念の表面に浮かんだのかも知れない。

文治は村木さんの狐の様子を見にいこうと思いついた。香子に告げると、香子は遠くを見やるまなざしになり「そうですわね。遊園地の動物園にあずけるのがいいといったのはわたしですもの、様子を見てやる義理がありますわね」といい、文治をまじまじと見て、「狐の好物は何でしょう。やはり油揚げでしょうか」と生まじめな表情できいた。「そりゃ、うまいものが好きにきまってるさ」と文治はまともな返答をした。

朝昼兼帯の食事をすますと、文治は香子と連れ立って家を出た。香子は、狐のおみやげに、鶏肉をから揚げにしたといって、手提げ袋にビニール包みを入れていた。

バスと電車を乗りついで遊園地に着いた。時候がよいと、親子連れが群がっていて、行列しなければ入場券が買えないが、平日の、梅雨の晴れ間の日盛りなので人影はなかった。初老の夫婦の入場者に、モギリの女は無表情だった。

こども広場のジェットコースターも、観覧車も、動いておらず、蟬の声だけがにぎやかだった。動物園の区域でも、象やキリンや虎やチンパンジーの檻がならぶ目抜き通りにも、見物人はいなかった。けものたちは日陰にかくれていて姿を見せず、カンカン照りにも平気で、客待ち顔に運動場の柵近くに出ているのはキリンだけだった。

猿の島の前をすぎると、遊歩道が粗末になった。コンクリートの路面にはあちこちに足を取る穴があるし、側溝には菓子の空き箱や空かんがきたならしく泥に埋っていた。その先に、狐と狸と月の輪熊の檻があった。

遊歩道は丘の裾に沿っていて、人気のある象やキリンの檻は南向きの場所を占めていたが、狐たちの檻は奥まったはずれに北西向きにならんでいた。冬はさぞ陽あたりが悪く、北風がまともに吹きつけるだろうと思いやられた。

狐は三匹いた。二匹は、かまぼこ型のコンクリート造りのねぐらのうえで、頭と頭をくっつけて眠っていた。一匹は床の隅で、壁を背にして、長い尻尾を腹に掻いこむ格好で寝ていた。

ひと目見て、文治は隅の一匹が村木さんの狐とわかった。ねぐらのうえの、つがいであろう二匹にくらべて、毛並みに若若しい艶があった。

文治が「あれだよ」というと、香子は「そうね」と答えて、はぐれ狐をじっと見ていたが「これ、やってみて頂戴」と手提げ袋からビニール包みを出した。

文治は鼻先にねらいをつけて、一つ投げた。から揚げは前足先にころがった。しばらく様子をうかがったが、村木さんの狐は身動きしなかった。たしかに一度は薄目をあけたが、から揚げを見ずに、投げた文治を見た。

二つ目を投げた。反応はなかった。三つ目を、文治は狐の身体に当たるように力を入れて投げた。から揚げはねらいどおりに腹に当たって、床に落ちた。ぴくっ、と小首をもたげ、腹に掻いこんでいる尾をゆさりと揺すった。目もあけて、ころがったから揚げを見たが、すぐに閉じてしまい、格別の関心を持った素振りではなかった。

「身体の具合でも悪いのかしら」

香子がつぶやいた。

「そうじゃあるまい。あれでおれたちを警戒してるんだよ。そんな習性なんだろ」

文治はいった。村木さんの狐の周囲には、狐が本来、身につけているふんいきがただよっていて人間の思惑などには頓着なしに、図太くふて寝をよそおうか、たぶらかしでも企んでいるかのような、ずるっこい気配がその姿勢にまつわっていた。

文治はさらに三つ四つ、つづけてほうり投げたが、村木さんの狐の気を引くことはできなかった。

「おれたちがいなくなったら、きっと食べてくれるよ」

文治は香子をなぐさめた。村木さんの狐の根気づよい無視ぶりにくらべて、隣りの狸の檻では、五、六匹もの狸が総出で仕切り壁に集って押しあっていた。狐が何かもらっているので、自分たちもほしいとの催促であった。文治はビニール包みに残っているだけのから揚げを狸の檻にまいた。狸たちは、うなり声を立て、歯を鳴らしてから揚げを争った。

「帰るとしよう」

文治は香子に声をかけておいて、も一度、村木さんの狐を見たが、彼はやはり同じ姿勢で、腹のそばや足の先にから揚げを散らばらしたまま、そ知らぬ顔で目をつむっていた。

そのとき文治は、彼に「達者で暮せよ」といい残しておこうと思いついたが、彼の名が口に出てこなかった。

「あの村木さんの狐は何て名なんだろう。村木さんは名をつけていたろうが、きいとけばよかったなあ。あれの名を呼んでやりたい。名を呼ばれたら、あれはきっと驚いて起きあがるにちがいない。狐はかしこいんだから、自分の名を忘れてはおるまい。そして村木さんを思い出すだろう。いや、きっと思い出す。村木さんの家で飼われていたころが、いまのあれには懐しいにちがいない。ひょっとすると、あれは村木さんが亡くなったのを、狐の霊感でさとっておるかも知れないな」

文治は檻の金棒を両手でつかんで、村木さんの狐の顔から目をはなさずに、ひとりごとめかして、香子に話しかけた。香子も、だまったまま見ていた。ふたりはしばらく見ていたが、村木さんの狐は、一向に孤独な寝姿を変える様子はなかった。

グロドック監獄

太平洋戦争がおわって、半年がすぎたころであった。私はジャワ新聞社の同僚たちとともに、ジャカルタで聯合国軍に抑留され、強制労役に服していた。

そのころ収容されていたのは、ガンソウランの山秀キャンプであった。もうすっかり使役なれした生活の日日をすごしていた。

私たちは敗戦の年の十二月から、タンジョンプリオク港の埠頭倉庫をねぐらにして、英蘭軍に監視されながら、船舶への石炭の積み込みや、軍需品の陸揚げなど、苦しい港湾荷役に従ったあと、ガンソウランに移った。

そこは日本軍占領時代は日本料理店だった大きな平屋建ての家で、埠頭倉庫の窓もなければ電灯もないコンクリート造りにくらべれば、建物が地面にたっていて、木材がつかってあって、身近に緑の草木が自由にながめられるだけでも、人間の生活を取りもどしたように思われた。

山秀キャンプには朝七時まえに英軍、蘭軍のトラックが使役者をつれにくる。私たちは前夜、あすはどこそこ行きと割り振られているので、自分の行先は心得ており、それぞれの行先ごとに組をつくって迎えのトラックを待つ。近いところは歩く。昼飯をつめた飯盒と水筒、ドンゴロス[注1]で丈夫につくった前垂れに手製の手かぎはかならず持った。けがをしないように厚地の長袖防暑服を着て、ズボンの裾は靴下のなかに繰りこんで、足さばきを軽くした。そろいのハイキング帽をかぶったが、これはひと目で軍帽着用の兵隊と見分けがついて、シビリアン隊とわかるようにとの配慮である。

その日、私たちは土木工事局に割り当てられていた。土木工事局にはいつもたくさんの使役がいく。ジャカルタ市内のあちこちの雑多な作業場を管轄していて、とてつもない重労働をさせられることもあるが、鉄材に防錆用の油を塗るといった安易な軽労働もあった。そのどれに当たるかは、その日の運次第ということになる。

土木工事局行きのその日の使役は百人ほどもいた。私たちジャワ新聞班は、列の先頭にならんでいた。最初にきたトラックの印度兵は、列の先頭から十人をかぞえてトラックに乗れといった。そのなかに私もはいっていた。

どこの作業場につれていかれるのかはわからない。楽なところであればいいが、と思いながら連日無休の使役に疲れた身体を揺られていると、トラックはチリウン運河沿いの路に出て、下流にむけて左折し、コタへと向った。

トラックは見なれた街並をはしる。向う岸には私たちがジャワ新聞を発行していたオランダふうの堅固な建物もある。そのあたりは、占領中は私たちの生活の根拠地で、もっとも馴染みの深い場所であった。

新聞社屋では、いまはインドネシア語で独立を意味するムルデカという政府機関紙が発行されている。正面玄関はとざしているが、あたりには椅子に腰かけたり立ったりして、黒っぽい制服に帯革をしめ、棍棒を武器代りに持つトピ[注2]をかぶった青年たちが警戒している。

運河の幅はせまく、二、三十メートルしかないので、青年たちの顔はトラックからよく見える。私たちがジャワ新聞を出していたころ守衛をしていた男もいて、その男の名を私はいまもおぼえている。彼らは所在なさそうに、トラックで運ばれる日本人の群れを見送っているが、毎日見る光景だから、彼らには格別の興味がある見ものではあるまい。トラックのうえの日本人が、半年まえまで、彼らの主人顔をしていた記者や印刷技術者のなれの果てとは知るはずはないので、彼らは私たちをただ漠然と見ているだけである。

インドネシアの若ものにそれと気づかれぬことは、私たちには仕合せだった。みすぼらしく、うらぶれた姿を見破られるのはわびしい。私は、押し黙って、見なれた建物が遠ざかるのを、感慨をこめてながめた。あそこで働いていたのは、もうはるかな日になってしまった、とそれだけを意識していた。

そのつかのまにも、トラックはキュンキュンと車輪を朝霧にぬれた路面にきしらせて疾駆し、チリウンが暗渠にはいる水門に出た。そこからがコタで、とっつきに、パンチョランの電車停留所がある。

電停から左に折れれば繁華な中華料理店街で、二階建ての広東風の建物が軒をつらねている。店のまえの歩道には露店がならび、昼も夜も群集の絶え間がない。さらに進んで、いつごろかの華僑大虐殺で川水が朱に染まったので名がおこった紅河をわたれば華僑の問屋街で、華字紙の協栄報の社屋がそこにあったので、私はたびたび訪れたことがある。

電停から直進すれば、旧バタビヤ時代の商業区域になる。ヨーロッパ風の銀行、会社、官衙の建物が威圧的な豪壮さを誇っているが、占領中はほとんどが閉鎖されていて、区域の中心部にあるジャカルタ中央停車場の付近のほかは人影はまばらであった。その区域にはポルトガル寺院もあった。十八世紀に、オランダの支配に反逆して処刑されたピイテル・エルベルフェルトの梟首《きょうしゅ》跡もあった。セメントで固めた首がいまなお台座のうえにさらされている。ペナン門という白堊の凱旋門をくぐると、赤錆びた跳ね橋の先はかつてのジャガタラ港だ。

港の水はどろりと重たくよどんで波立ちもせず、くもり硝子のように鈍色に光っている。流れ藻ひとつないその水面を猫のような声で鳴いて鷗が飛ぶ。ガメランの物憂げな音色がどこからともなく流れてくる。銃眼に草が茂ったジャガタラ古城もくろぐろと静まりかえってそこにある。三百年の昔、徳川幕府の切支丹追放令で母国を逐われた奉教人が漂泊してきた港である。ジャガタラお春もここに足跡をとどめたのであろう。

そのジャガタラ旧港への路をトラックは走る。旧港地区のどこに使役を必要とする場所があるのだろう、と私はいぶかしんだが、旧港の、その一帯だけ時間の進行が停止しているかのように寂寞とした廃滅の風景が思いがけなくまた見られるのかと期待もした。

だがトラックは旧港の手前で進路を右にかえ、タンジョンプリオク港につづく幅員のひろい舗装道路にはいった。

なんだ、タンジョンプリオクか、あっちにはあっちの使役がおるじゃないか、と仲間のだれかが先日までのそこでのつらい港湾労働を思い出して不平の声をあげたとたんに、トラックは強いブレーキでタイヤをきしませ、大きく横ぶれしながら華僑が経営する銀星映画館の横手の路に、軒先をかすめるようにして突っこんだ。

「おっ、グロドック・プリズンだ」

運転台の屋根につかまっていた仲間が大声で叫んだ。その叫びに、みながいっせいにトラックのめざす方に緊張した顔をむけた。

短い舗装道路がつきると草原になり、萱に似た草が密生していた。草原のなかを、砂まじりの赤土をえぐって自動車のわだちのあとが道をつくって、グロドック監獄の石造の正門につづいていた。門の左右には黒い高塀が果てしもなくつらなっていた。

トラックは正門前の赤土広場で私たちをおろすと、青草をふみしだいて引き返していった。

門はどっしりと分厚い鉄扉がとざしている。びっしりとごつい鋲で鎧った鉄扉は非情で陰惨であった。その前を、背の高い、ターバンの下に髪を伸び放題に伸ばした、顔じゅう毛むくじゃらの、シーク教徒の印度兵が二人、小銃をステッキのように無雑作につかんで立哨していた。

私たちを引率宰領してきた印度兵が、一人の歩哨と話しあっていた。歩哨が正門の左側にある通用門にいって、内側に声をかけると、しばらくしてくぐり戸が内側へ、ギイと無気味な音をさせてあいた。宰領の印度兵はそのなかに姿を消し、私たちは門のあたりに散らばって思い思いに腰をおろして煙草を吸ったり、しゃべったりして時間待ちになった。朝の陽は高い塀のかげにまだとどかず、私が腰をおろした草は露にしっとりぬれていた。

草原の北のはずれには椰子が一列にならんでいるのがみえた。おそらく草原と、その向うの土地との境界の目印なのであろう。椰子はまっすぐに伸びているのもあれば、ななめに危っかしく傾いているのもあった。いずれも幹はひょろひょろと長く、てっぺんにむらがっている長い大きな葉は朝陽を青くはねかえしていた。

何気なくそちらをみているうちに、椰子並木の下を一隊の兵士が行進しているのが目にはいった。

遠目にも、白人兵とわかった。背嚢を背負い、小銃を肩に、鉄帽をかぶって、各兵は前後に一定の間隔をとって、一列縦隊で行進しているのであったが、しばらく見ているうちに、兵士たちは直径百メートルほどの円形をえがいて、同一の場所を、ぐるぐるまわっているのに気づいた。全員のうつむきがちな疲れた姿勢から、もうだいぶ長い時間あるきつづけていることがうかがえた。私はゴッホの画集で見た、囚人が太い横縞模様の囚衣を着て、獄庭で円陣をつくって運動している絵を連想した。

なにをしているのだろう、と私はあやしんだ。完全軍装の行軍演習らしいとは見当がついたが、それにしても奇妙な演習だと思った。英軍や蘭軍はこのような行軍演習を日頃するのだろうか、としばらく見ていたが、あるいは一つの隊が全隊として処罰を受けているのではないか、と疑問を持った。いずれにしても早朝から広場を、ただ歩け歩けと円陣行軍させるというのは尋常な練兵ではなさそうで、鍛えられる兵士たちは心身ともに疲れることだろうとみていると、だれかが私のそばにきた。見あげると、哨兵の印度兵だった。

「ウオルキング、ウオルキング――」

印度兵は訛りのつよい発音でいうと、私をみて、ひげに埋った黒い顔をにやりとゆがめた。その表情には、あそこでしごかれている白人兵の哀れなことよ、というふうな、他人の苦役をよろこぶ意地悪さがありありとみてとれた。私は、やはり懲罰か、という気がしたので、印度兵にはうなずきかえしただけで、なにをしているのだときいたりして深入りするのは避けた。

私が相手にならずにいると、印度兵は私のそばから立ち去りかけたが、突然、フェーイ、と鼻にかかった軽い叫び声をあげ、ルック、ルック、と私に呼びかけた。

印度兵は草原の入り口を見ていた。私もそちらを見た。二人の女が、草のなかの赤土道を、こちらへあるいていた。二人とも女であるのは、赤い色のサロン[注3]でわかった。一人は右肩から左脇にかけたスレンダン[注4]に子供をつつんで左胸にかかえており、もう一人が日傘をさしかけている。印度兵は、チュッ、チュッ、と舌を鳴らし、肩をすぼめる仕種をすると、私にちらりと意味ありげな目配せを残して、大股に相番の哨兵のほうへ去った。二人の哨兵は女のほうを見て談合していたが、一人が通用門をたたいて内側に声をかけた。

二人の女が囚人の面会人とはすぐに察しがついた。二人が正門の哨兵にいくのなら、私の目前を通るので、私は立ちあがって数歩うしろへしりぞいた。

二人は近づく。正門まわりに立ったりすわったりしている男たちをみて、一度は足をとめたが、すぐに目を伏せて私たちのまえをすぎると哨兵に近寄った。私は、女たちが一瞬、立ちどまったのは、私たちが日本人と気づいてためらったのであったかも知れぬと思った。

スレンダンに幼児を抱いている女は華僑の女であった。その女の、スマラン・バティック[注5]の、赤の配色が多いサロンや、つきそっているインドネシアのバブがさしかける渋紙張りの日傘は華僑好みの品であり、私のまえを通るときにちかぢかと見た顔は、まぎれもない典型的な華僑の上流階層の女の、面長な顔立ちであった。年格好は二十五、六にみえた。

その女は、におうような気品のある端正な顔をしていた。日傘のかげの、古白磁に似たたおやかな頰に、ひとはけ、はいたようにさしている憂愁の翳がいっそうその美しさを深めていた。そして胸のスレンダンには、ピンクの着物にくるんだ幼児を抱いている。女の子なのであろう。ねむっているのであろうか。その子の顔にそっと視線を落とすとき、女の典雅な顔は聖母を思わせる清浄な気高さにかがやいた。

哨兵のまえに立った女の姿は、あたかも傷みやすい一茎の草花に似て可憐であった。秋の蝶が翅をすりあわせるように、心細く白い手をそっとあわせて慈悲を乞う女のはかない姿に見くらべると、黒光りするひげだらけの顔の大男は、閻魔の庁に仕える鬼さながらであった。

女が哨兵に哀訴している言葉は私にはききとれない。きくまでもなく、わかっている。私は、女の願いがききとどけられるかどうかと、注意して事のなりゆきをみていた。哨兵が、オウライ、と野太い声で答えるのがきこえたとき、私はほっと心をゆるめて、胸のポケットから煙草を一本抜いてライターを鳴らした。

女は通用門の前に立った。私は、女はくぐり戸があくのを待つのだと思っていた。そこから監獄のなかへ入れてもらい、面会は許されるのだと思っていた。だが、いつまでたっても、くぐり戸はあかなかった。それでも女は、じっと塑像のように身じろぎ一つするでもなく、立ちつくしている。見ている私のほうが、いらだった。さぞや女は、心のうちでは待ち遠しさに耐えかねておろうと、気の毒でならなかったが、焦躁の気ぶりもみせず、ただ静かに待つ女の忍耐は、厳格な庭訓につちかわれた婦徳の凛凛しさであると私は感動した。

煙草を一本、私は吸ってしまった。それでもくぐり戸はあかなかった。私は腹立たしい気持で、二本目に火をつけた。女は、胸の幼児を見るときのほかは、顔を真正面にくぐり戸にむけて端然と立ちつくしている。よく根気がつづくと感心するほど、みじんも姿勢をくずさない。

私は、女はくぐり戸があくのを辛抱づよく待っているのだと思ってみていたが、そうではなかった。

女がくぐり戸のまえに立ってどれほどの時間がたってからであったろうか。カタリ、と音がして、くぐり戸に小窓があいた。女がさっと身体を進めて、小窓に片手をかけた。くぐり戸に十五センチ四方ほどの、スパイホールの役目をする小窓がしつらえてあって、そこで女の面会は許されたのであった。女が待ち通した長い時間は、夫が獄舎からくぐり戸の向う側につれてこられるまでの時間だったのである。

私は一部始終をみていて、女の面会が、監獄当局の正規の手続きを経て許されたものではなくて、黙認の形で取りはからわれたものと推察した。それとともに、女が足しげく通ってきていることにも、気づいた。その女たち親子主従三人の姿が草原の入り口にみえたとき、私のかたわらにいた哨兵が、フェーイと鼻を鳴らしたのも、期待していた姿があらわれた軽い満足感を表現していたのである。

私は、くぐり戸越しにしても、家族との頻繁な面会を大目にみられているのは、囚われている人物が、監獄当局からよほど寛大にあつかわれているからであって、特殊な事情の華僑であろうと関心が持たれたので、小窓の向うの男の顔をうかがったが、小窓はぴったりと女の顔がふさいでいて見ることはできなかった。

それでも私が見ていると、女が身体をわずかに半身によじって、胸の幼児を腕で揺すりあげて小窓に近づけた。父親に、愛児のすこやかな顔を見せようとの心づかいであったろう。その、女が顔を小窓のまえからずらしたとき、私は向う側の男の顔を見ることができた。額ぶちにはめこまれたレリーフのように、小窓の窓わくにぴったりと顔をはめてのぞけた男の顔は、妻の胸の愛し児の顔を凝視しているのであったが、その顔を見た瞬間、私は思わず、あっと息をつめて叫んだ。私の声が男にとどいたとは思えぬが、男は目をあげて私を見た。宋貴春であった。やつれて面変りしてはいたが、見まちがうことなく、小窓の向うの男は協栄報総経理だった宋貴春であった。

宋だ、宋がこんなところにいる、と私は驚愕しながら宋貴春の顔を一心に見つめた。彼の視線も、たしかに私をとらえているのであったが、表情に動きは生れなかった。平然と、というよりもむしろ冷たく私を突きはなしてながめているのであった。

宋貴春、なぜ君はそんなところにとじこめられているんだ、と問いかける心が私の胸につきあげたが、たちまち「やはりそうか、そういう成り行きになったのか」と苦い想いでうなずく感懐がわいた。

宋貴春は、ジャワ占領日本軍の軍政監部が、華僑対策にジャカルタで発行した華字紙協栄報の総経理という最高の役職に就いていた。年齢は私より三つか四つ上であったが、長を長とする華僑の社会では、要職を占めるには異数の若さであった。

それというのも、彼はジャワ随一の華僑財閥であるスマランの堅元公司の一族で、妻は堅元の当主の末娘であった。それに戦前は、堅元が支配していた華字紙の編集にたずさわっていた。それで軍政監部の報道班は協栄報を企画したとき、総経理に宋貴春をあてた。いや応をいわせぬ強引な指名で、彼には要請を受け入れる自由しかなかったし、堅元の側には、日本軍政下に痛い目をみずに生き残るのに、彼がその役職を占めるのが好都合との事情もあった。宋貴春は日本軍政からも、堅元からも、犠牲にされた。

宋貴春が協栄報の総経理になってほどなく、軍政監部のなかで「協力性が足りぬ」との批判が出た。だがいったん据えたものをすぐに追放したのでは華僑の動揺離反が心配される、我慢がなる程度ならしばらく気ままにさせておくのも軍政の寛容を示すこととなり、かえってよかろう、との政治的な考慮で、彼は総経理をつづけさせられた。

私が彼とつきあいをはじめてまのないころ、住民事務局に用事があっていったついでに華僑班に寄って彼の経歴を調べたとき、係の判任待遇の軍属は、宋貴春は軍政に心服しておらぬ、と断言した。彼が戦前にやっていた華字紙は排日的な態度を一貫してとっていたが、当時はジャワの新聞は華字紙も蘭字紙もいずれも反日論調を売り物にしていたので、既往は問わぬということで彼を協栄報の親玉に据えたがどうも軍政にそれとなく難くせをつける、彼の動向はきびしく警戒しなければならぬ、と係軍属は軍政監部のやり方は手ぬるいといきまいた。

私が宋貴春と交際をはじめたきっかけは彼が協栄報に書いた論説にあった。

私は少年時代の八年間を、中国山東省の奥地で貿易商をしていた父のもとで暮らしたので中国語を話せた。小学生のときに、もう中国人の少年と口げんかしても負けぬほど口達者になっていた。青島《チンタオ》日本中学校にはいってからは、中国語の教師に沖、横川挺身隊の戦友だった老先生がいて、時文を教わって読む力をつけた。華字紙はかつがつ読めたので、ジャワ新聞の編集局に備え付けの協栄報の綴じこみを読むことがあった。

たまたま協栄報を拾い読むしていて「華僑の宗教観」と題した文章を見かけた。同胞の宗教心の中核は仏教、儒教、道教が形成しており、キリスト教に帰依しているものもいるが、インドネシアが信仰するイスラム教に対する理解が薄い、われわれ同胞が永久にインドネシアの国土で繁栄を維持しようとするなら、イスラム教と融和してインドネシアと共存をはからねばならぬ、との論旨であった。この論説のなかに私の注意をひいた個所があって、後日私は協栄報をたずねて筆者にあったが、その筆者が宋貴春だった。

私は華僑班の軍属に宋の経歴をたずねて相手の気炎をきかされたとき、この論説は宋が、インドネシアの心情やイスラムの教義をまるで理解しようとせぬ日本軍政の独善性を、華僑社会にことよせて婉曲に諷刺した一文だったと、はたと膝を打つ思いがした。

その宋貴春の論説は、かつてジャワを訪れた著名な中国仏僧の名を掲げていたが、なかに詩僧として蘇曼殊の名を記してあって、それが私の注意をひいたのである。

私は青島で中学生のころに、同級の文学好きな中国人の学生から、かつて彼の家に蘇曼殊という横浜生れの、自分でも純粋な華人か、日華の混血児かを知らぬ数奇な経歴の僧が泊ったことがあるときかされて、曼殊の名を知った。

そして二十三、四のころ兵士として広東に従軍したおり、一九三三年上海光華書局刊行の柳亜子選「曼殊作品集」を手に入れ、有名な小説「断鴻零雁記」を読んだ。作品集の年譜には一九〇九年、二十六歳の秋にジャワの噫班というところの中華会館の主講となり、二年ほど滞在した由が載せてある。それを読んで私は曼殊がジャワに住んだのを知っていたので、ジャカルタ赴任がきまったとき、現地にいったら、噫班という土地をつきとめて訪ねたいと、ジャワ行きのひそかな目的にして期待をはずませた。

ジャワに渡ってみると、噫班がどこを指すのか探しようのないことがわかった。ヤーハンというジャワ南岸の港町ときいたことがあるが、ヤーハンなる地名がかいもく見当がつかなかった。曼殊の足跡をたどってみたいとの私の願望はとうていかないそうもないとあきらめかけたところへ、協栄報の論説にその名が出て、あたらしい手づるとなるかも知れぬと、私を勢いづけてくれた。私は論説を読んだ三、四日のうちに、協栄報をたずねて、論説の筆者宋貴春にあった。

壁に熱帯の花と風鳥とを極彩色で描いた刺繍の大額がかかった応接室で私たちははじめてあった。私が、ジャワ新聞記者と肩書した名刺を出して、論説の件でお話をうかがいたい、と申し出ると、宋は表情をかたくして、気構えた姿勢になった。だが私が切り出した用向きをきくと、その悠長さに腑に落ちかねる面持ちを見せたが、私がかさねて曼殊に関心をよせるわけを話し、彼のジャワでの足跡を知りたいだけで他意はないと説明すると、ようやく得心した様子で、こわばらしていた頰をゆるめた。

むつかしいお話かと思いました、と彼は率直な態度でいい、あなたの華語は流暢ですね、と私が思い出し思い出ししてあやつる山東訛りを持ちあげ、どこでおぼえたかと興味ありげにきいた。私はひょっとすると彼は私が華人の血を受けているのではないかと疑い、それゆえに私が曼殊に関心をもつのではないかと想像したやも知れぬと思ったほど、私の山東訛りにこだわった。しかし、そんなせいであったろうか、私への警戒感はうすらいだふうで、打ちとけた話をすることができた。だが、かんじんの、私が教えてほしいと頼んだ曼殊のジャワでの事跡は、柳亜子の伝記にある以上のことは知ってはいなかった。

「蘇曼殊の名を知る日本人がいようとは思いもよりませんでした」

宋貴春はそういって、大げさに感嘆してみせた。そして、故老にきけば何か手がかりがみつかるかも知れぬ、さっそく当ってみます、お役に立つといいのですが、と笑顔でいった。

私が辞去するとき、彼は「日本人とこのような閑話をしたのははじめてのことです。愉快でした。またいらしてください」と愛想をいい、中国本土で著名な白石という百歳翁の書家が旅行の途中で戦争にあってバンドンに逗留を余儀なくされている、あってみる気はないか、とさそってくれた。

それが私が宋貴春と交際を持つきっかけになった。一週間ほどすると、白石老人をジャカルタに招いた。力士飯店に泊っているからいっしょにいって清談を楽しもうじゃないか、と誘い出しの電話があり、私は彼とともに、ヨーロッパ語のルックスに力士をあてた運河沿いの華僑のホテルで百歳翁にあった。

それからはときおり宋から、いっしょに飯でも食おうじゃないかと呼び出された。あるときは彼らが国恥記念日とする五月七日に招かれた。私は彼が私をためしているのを感づいたので先手を取って、記念日に乾杯、と老酒の杯をあげて彼の肝をひしいだ。私のほうから彼を誘い出したことはなかった。彼の周辺に無用の誤解を生むのを私は避けたのである。

私たちがあう場所は班芝蘭（パンチョラン）の一流の中華料理店であった。いつでも彼のまわりには部下が二、三人いた。わざと人目の多い料理店で、お目付け役までかたわらにおいて日本人の私とあうところに、私は宋貴春の用心深さをみていた。

私たちはおたがいに気をつけて、戦局や軍政にふれる話は避けた。だが他愛もない日常の生活の模様や巷の出来事を話しても、それが軍政にかかわらずにはすまぬのであった。煙草の「興亜」や「サイクル」の闇値がいくらしているとか、薬屋にキニーネの手持ちが尽きたとか、自転車のチューブの入手は絶対にできないとか、そんな話をすれば、それはそのまま軍政批判につながった。不愉快な世相であった。

そんな状況のなかで、私たちはまわりからうしろ指をさされぬように心がけた。世間話をしても、バンテン州に虎があらわれたという噂をしたり、美人の歌姫一座のビンタン・スラバヤではアユムという娘がうたうブンガワン・ソロは悲愁の気味がいちじるしいとか、沈船から引き揚げた古陶を好んで集めている老人がいるとか、そんな世事に無縁の話をした。もちろん蘇曼殊の話もした。宋は曼殊を、半世紀早い時世に生れた不運児だと評した。私たちは時たまにしかあわなかったが、あうたびに懇親をふかめた。

宋貴春に最後にあったのは、わが国が戦争に敗れた日からひと月近くたった日であった。

すでに私たちジャワ新聞関係者は全員がテガルパンジャンの集結地に移るように軍政監部から指示されていた。そこでの生活がどんなものか、まったく予想はつかなかった。雨露はしのげるのか、食い物はあるのか、一切の事情がわからぬので、すこしでも生活の困難にそなえておこうと仲間うちで話しあって、パンチョランの華僑の店に厚手の綿布を持ちこんで寝袋を作らせ、塩店に固形食塩をたのんだ。山あいのテガルパンジャンの夜の冷気を寝袋でふせぎ、食える物は何だろうと塩で味つけして食って生き延びようと、野伏せりのような耐乏生活を覚悟していた。寝袋ができると仲間と受け取りにいき、仲間に品物をもって先に帰ってもらうと、私は協栄報に宋貴春をたずねた。

協栄報は題号を新生報と改めていたが、宋貴春は総経理の地位をつづけていた。彼は協栄報のころよりは顔色が冴え、挙措に活気があった。私を迎えた態度は鷹揚であったが、おごってはいなかった。

よくきてくれたね、と彼はいって私の手をとった。私は、二、三日うちに山にはいるので、もうあえぬだろうから告別に寄った、といった。彼は、君はこれからしばらく辛苦するだろうが境遇に負けてはならぬ、と私を励ましてくれ、僕も新聞で戦うよ、インドネシアをふたたび昔のようにオランダの搾取にゆだねるわけにはいかぬからね、百五十万華僑は今日ただいまインドネシアと生死を一つにして独立完成に血を流す決意がなければ永久にこの国での生存は許されなくなる、と確信に満ちた、熱誠な口調で語った。

そのころ英軍・蘭軍はジャカルタ進駐を終り、スマラン、スラバヤ、バンドンなどの重要都市に進出する態勢をととのえており、独立を宣言したばかりのインドネシアは、メラ・プティの新国旗のもとに、若ものたちが旺盛な戦意で英蘭軍の侵入をはばもうと各地で果敢な抵抗戦をいどんでいた。彼らは全員が日本軍政時代には郷土防衛軍に組織されて軍事教育をみっちり仕込まれた若ものたちで、日本軍からゆずられた銃砲を使いこなして、英蘭軍に引けをとらぬ戦いぶりであった。

読んでくれたまえ、といって宋から渡された一束の新生報にも、スカルノ、ハッタなどインドネシア新政府の指導者の名が随所にあった。パルタイ・インドネシア・コンミュニズムとか、その指導者で日本敗北後に忽然と地下から姿をあらわしたタン・マラッカといった闘士の名もみえた。同胞青年は進んでインドネシア独立軍に参加せよ、と説いた記事もあった。

宋貴春から渡された新生報をその場でめくって大ざっぱに紙面の傾向をつかむと、私は、これは彼に禍いを招きはせぬかと、不安をおぼえた。

南海の真珠の首飾りを取りもどそうと死に物狂いの気組みで戦後のジャワに乗りこんできたオランダにすれば、新生報の論調は許せぬ反逆となるのは間違いないと私は危惧した。

オランダは気が立っている、この記事に黙ってはいまい、と私は宋貴春に思ったままを直言した。それは百も承知しているよ、だが現下の時艱はもう二度とジャワの歴史には起ることはないのだよ、千載之会ともいうべき時勢の展開に際遇しているわれわれが、うかうかと形勢を観望していて決起の時機を失ってはならぬのだ、インドネシアの若ものはみなピイテル・エルベルフェルトたらむとしている、われわれはいま、たったいま彼らの戦列に加わらぬと、大きな悔いを将来にのこすのは確かなんだ、と彼は頰をうすく紅潮させ、声をはずませて私に説いた。

この日以来、私は宋貴春にあっていない。二年ほどのつきあいのあいだ、ついぞ私は彼の私宅を訪ねたことがない。夫人が容色華麗、たぐいまれな佳人だとは、彼の部下の口からもれたのをきいてはいたが、夫人を見る機会はなかったので、グロドック監獄の門前にその人をみて、私が宋の妻と気づく由はなかったのである。

カタリと音がした。宋の妻が小窓に取りついた。銃を片手づかみにさげた哨兵が彼女に、スダ、スダ、と肩をゆすった。面会は終ったからそこをはなれろ、と身振りで示したのである。宋の妻は哨兵にていねいに会釈すると、くぐり戸に名残を惜しむ風情でその場をはなれた。

バブに日傘をさしかけられ、胸の幼児に視線を落としながら、重たい足取りで帰っていく。私のまえを通る。

私は顔をあげて、彼女を見おくるのがためらわれた。目を伏せていたが、私のまえ数歩のところを過ぎるとき、彼女の赤革のサンダルばきの足がわずかに歩度をみだすのをみた。私は、宋貴春が妻に私のことを告げたと、そのとき確信した。

あそこにいる男は協栄報のころに蘇曼殊の話をしにきた日本人だよ、とでも宋は妻に教えたかも知れぬ。それだけで彼女は夫と私のつながりがのみこめただろう。だから私のまえを通るとき、つい歩きなずんだのであろう。私はそう思うと、彼女へ呼びかけたい衝動にかられた。私は彼女をしっかりと、目にとらえて追った。だが、彼女は私を見返りはしなかった。

——太太《たいたい》、注6宋先生の太太、心配はいりません。ご主人は犯罪者ではないのです。華僑の指導者として、新聞人として、信念に忠実だったのでオランダの憎しみを得たのです。いずれは釈放されます。それまでのご辛抱です。

そう私は告げたかった。彼女がかすかな表情ででも、きっかけを与えてくれたなら、私は山東訛りを臆すことなく語りかける勇気をつかんだにちがいない。だが彼女の端麗な顔には、愁色だけがあって、私は自分の分際を思うと進み出ることはできなかった。

私は茫然と突っ立ったまま、わずかな時間に天高く昇った太陽が髪をこがすように照りつける日ざかりの草いきれ道を歩み去る宋貴春の美しい若妻のうしろ姿をいつまでも見送った。

おーい、集合だ、と声がかかった。私たちを宰領してきた印度兵が開いたくぐり戸の入口に立って、腕を振って入れと合図していた。私たちは列をつくってくぐり戸をはいり、門衛所の印度兵が大声で人数をかぞえた。

私はくぐり戸を抜けると、すばやくあたりに目をやった。宋貴春の姿がありはすまいかとさがしたのであったが、あろうはずはなかった。右手には事務所があり、はるか向うは監房とおぼしき建物がつらなっていて、広い中庭は、白い砂土が、日差しをぎらぎらと照りかえして熱気を放散しているばかりであった。

中庭の事務所寄りに、二列縦隊で二十人あまりの男が整列しているのが私の目にうつった。ここが、グロドック監獄だ、と興奮気味に好奇の目配りを怠りなく走らしていた私に、その一隊の男たちの有様は、獄内で最初にみかけた光景にしては異様であった。

男たちは短いパンツ一枚を身につけているだけで、裸足、いがぐり頭の屈強な青年ばかりであった。彼らはその奇妙な風体で、教練を受ける兵士のように、整然と隊列を組んでいるのであった。インドネシアだとはすぐにわかった。肩や背の黒い皮膚が、陽にあぶられて汗ばみ、てらてらと光っていた。

彼らは一様に事務所の前面を注目している。事務所の長い庇の下の日陰には、大机が一つ置かれてあって、まわりに数人の男が立ちはたらいていたが、その男たちはいずれも日本軍人であった。陸軍将校の軍服を着用していて、長靴をはいている。軍服には階級章はついていなかった。

その男たちの動きを見ていて、医療作業の準備をしているのだとはすぐにわかった。大机のうえには薬品や器具が載っている。戦犯として収監されている日本軍の軍医が、おそらく英蘭軍相手に独立戦争をたたかって捕虜となったインドネシア軍の傷病兵の治療をするのだと見当がついた。それにしても、インドネシアたちがパンツ一枚しか身にまとっていないのは解しかねた。

大机のそばの日本軍人がインドネシアの列に向って、ノモルなんとか、と呼んだ。囚人番号にちがいなかった。列の先頭に立っていた、肩の筋肉の盛りあがった若ものが、さっと手早くパンツをぬいで全裸になり、ぬいだパンツを右手につかむと、きびきびと軍隊ぶりの歩調をとって大机のまえに進みでた。

男は、大机のまえでしゃきっと停止すると、上体を節度ただしく折って敬礼し、つぎの一挙動でさっと右足をひらいた。日本軍人の一人が股間をしらべて薬を塗り、腕に注射をした。男はまた節度ただしい敬礼をし、大声で「テレマカシ」と礼の言葉をいうと、ずしずしと地面をふみつけてもとの縦列の後尾についてパンツをはいた。つぎの男も番号を呼ばれると素早い動作でパンツをぬいで手につかみ、その手を大きく振って、ももを高くあげて歩調をとり大机のまえに進んだ。気合のはいった動作からみて、彼らは旧郷土防衛軍か兵補出身者であるのがわかった。

インドネシアたちは、みんな素裸になると、つぎつぎに同じ処置を受けた。私は彼らが性病の治療を受けていると気づいた。面妖な眺めであったが、グロドック監獄なればこそ、日本軍医とインドネシア兵の組み合せで、世間では想像もできぬ奇怪な光景が白昼堂堂と展開されるのだと、私は炎天にあって寒気だつおぞましさをおぼえた。

そのとき私がふと奇異に感じたのは、彼らの周囲のどこにも監督者らしいものがおらぬことであった。彼らはだれからも監視されずに、まったく自主的に秩序ある行動をしているのであった。もひとつ、私には腑におちぬことがあった。それは大机のまわりの数人の日本軍人が、私たちのほうを見むこうともせぬことであった。

私たちが日本人であるとはひと目見ればわかろうし、監獄のなかにシビリアンの日本人はめったにはいるまいに、すこしは私たちに関心を寄せて、私たちを見るぐらいのことはしてもよさそうなものを、彼らは私たちがまるで目にはいらぬふうであった。私には、彼らが私たちを無視する態度がふしぎでならなかった。

おそらく戦犯として捕われている彼らには、同じジャワの日本人でありながら戦犯に問われなかった仕合せものにわが身の運命をくらべて、いいようのない苦しみ、憤り、嘆き、あきらめが心裏にはうずまいていることであろうが、そのやり場のない複雑な思念の葛藤が、私たちをえこじに無視、拒否する態度となって表明されているのではなかろうか、と私はひそかに思って、彼らが黙黙とインドネシア兵の性病の治療をする様子をながめた。もしも私の推量があたっていたなら、彼らが私たちを見ようとせぬ、見たくもないと忌避する心理は、いわれのないそねみ心と簡単にはかたづけられぬ深刻な意趣に根ざすものであろうと、私は思わぬわけにはいかなかった。

私たちに命ぜられた作業は、建て増した炊事場にかまどを築造する工事であった。肝心のかま築きは専門の印度兵二人がやるので、私たちは煉瓦を運んだり積んだり、セメントをこねたりして手伝えばよかった。

私はセメントをこねるのに使う水の係にあてられた。水は炊事場の井戸から汲めと印度兵がいった。

私たちが作業にかかったときは、炊事場ではもう昼食の支度がはじまっていて、井戸わきでは将校ズボンにはき古した長靴をはいたランニングシャツの男が四斗樽ほどの大桶で米をといでいた。中庭でインドネシア兵の治療をする軍医たちを見ていたので、その男も、陸軍将校の戦犯収監者とわかった。

男は手繰りあげのつるべを使っていた。私はその男がつるべを離すのを見はからって、つるべを使わしてほしいと頼んだ。男は米をとぐ手はやすめずに、いいですよ、どうぞ、と気前よくいってくれた。私はバケツに水を汲んではセメントこね場に運んだ。

私は男の仕事のはかどり工合を見ながら、つるべを使った。男がとぎ汁をはかすのを見ると、私が水を汲んで桶についだ。助かります、毎日のことだが水汲みが骨が折れます、と男は反り身になって腰を伸ばして気さくによろこんだ。戦闘帽の下の陽焼けした顔には白いものが目立つ無精ひげがはえていて、五十がらみに見えた。

炊事場にも監督者はいなかった。すこしはなれた調理台では、四、五人の日本軍人が台をかこんで青いものをきざんでいた。将校ズボンのものと下士卒のズボンのものがまじりあっていた。私語するものはいなかった。

水を汲んで加勢すると、そのたびに男は礼をいったが、よけいなことはひとこともいわなかった。私も用を足すだけのことしかいわなかったが、それが気づまりでならなかった。もっと打ちとけた話がしたい、としきりに思った。その気持の底には、たまたま身近く接触することになった戦犯者から、何かをききだそうとの、新聞記者の職業的な習性が頭をもたげていはせぬかとはばかられたが、自分の心をのぞくようにかえりみて、いや、決してそんなさもしい、うしろめたい欲心ではない、もし信頼して話を交わすことができたら、自分はこの人の役に立つにちがいないので話がしたいのだ、と私は確信したが、それは身勝手なこじつけで、相手にすれば、好奇心でいいよると受け取るであろう、としりごみする気持もはたらいて、おいそれと気軽には言葉をかけかねるのであった。

だがとうとう私は用事からはずれた言葉を男にかけた。短い言葉のやりとりのうちに、私は男に薩摩訛りがあるのに気づいた。

「あなたは、ご出身は鹿児島じゃありませんか」

私が問うと、男は米をとぐのをやめて、敏捷に上体を起こして私の顔を見た。

「私どもは外来者と口をきくことは厳禁されているのです」

男はそういっておいて、すぐに言葉をつづけた。

「お国言葉は抜けませんかね。生国はお察しのとおり鹿児島です」

さらりといった。男の様子には、会話は禁じられているといった自分の言葉にこだわっている気振りはなかった。

それでも私のほうは、話しかけたのは一人よがりの思い込みだったか、とたちまち気勢をそがれてしまった。

「あなたはよく私の薩摩弁をききわけましたね、同郷のかたですか」

男は私が気持をくじけさせたのに気づいたのであろう、とりなすふうに気さくないい方をした。それにうながされて、私はここで自己紹介をして素性をあかせば相手の信頼を得られるかも知れぬと思いつき、名前をいい、ジャワ新聞に派遣されるまえに勤めていた内地の新聞社名と職名を告げた。

「私は出身は北九州ですが、はたち前に三年間、鹿児島に学生でいました。だから鹿児島の言葉はなつかしいのです」

私が答えると、男は、そうでしたか、といってうなずいた。私は男の身上をきく潮時はいまだと直感した。

「お留守宅は鹿児島市内ですか」

この問いに男が答えてくれるかどうかが、あとあと話がつづくか否かの辻占だと、私は息をつめるようにして、男の返事を待った。

「ええ、荒田町です」

素直な、屈託のない、答えぶりであった。その素直さに、私は男の人恋しい気持がひそめられているように思えた。

男に水を汲み、自分用にも汲んではセメントこね場と往復しながら、私は男との話をとぎらさぬように心がけた。

「荒田八幡のある町ですね。あのあたりは静かなところですね」

私が思いついて口にだした神社の名は、男の胸に懐郷の思慕をわかせたにちがいない。男はよごれた軍帽の下に、遠いところを見やるまなざしをみせた。男はなにもいわなかった。しばらく沈黙がつづいたあとで、唐突に男がいった。

「あなたはいつごろ内地にお帰りになれるのですか」

私は男が、彼の立場からすればこのうえなく深刻な話をいきなり切り出してきたのに驚いた。

「うわさはいろいろ流れますが、ほんとのところはわかりません」

私は答えながら、なぜ男がそんな質問をしたのかと、うかがうように男の顔をみた。男はうつむいて米をといでいた。表情はわからなかったが、男は私に家族へことづけしたいのだと、私は感じとった。

「うらやましいです。あなたがたは内地にお帰りになれる身分ですから」

男は淡白にいった。私はなんと答え返せばいいかすぐには思いつかず、いつのことかわかりませんよ、だいいち日本には私たちをつれかえる船がないでしょう、と男の言葉をはぐらかす返事をした。すると男はちょっとのあいだ黙っていたが、また言葉をついだ。

「船は都合つきますよ」

それだけいうと、ぷっつりと男は沈黙した。男の手もとで、米をとぐ音だけが、ザザ、ザザ、としていた。

私たちのあいだに会話はとぎれた。重苦しく沈黙がつづくのが私には切なかった。深刻な話は男のほうから出してきた。何かを私に告げたいのをためらっている男の心にここで揺さぶりをかけ、つぐんでいる口をひらかせて言葉を引きだそう、男が胸にたたんでいるのは、家族に自分のことを告げてほしい、との頼みのほかはないはずだと私は判断した。

「あなたより先に私が帰国したら、お留守宅にお元気の由をおつたえしましょう」

私は男の、軍帽の下の、白髪まじりのうしろ頭をみながら、あなたより先に、とのひとことをすえて、男の気持をひきよせる声をかけた。

「ありがとうございます。あとにもさきにも、私は帰れないのですよ」

男は米をとぐのをやめて身体をすっくと起こし、私と正面に向いあって、ゆっくりと落ちついた声でいった。

「そんなことはないでしょう」

私は断定的な男の言葉に抗弁するように、つい強い口調になっていた。

「それがだめです」

男の言葉はとりつくしまのない明快さであった。

「どうしてですか。まだ裁判ははじまっていないでしょう。それなのにどうしてだめなんです」

なじるような語気で私はいった。裁判がどうのこうのとふれるのは出すぎたことと思わぬわけではなかったが、それを私は口走らせるほど男の声調には確信的なひびきがあった。

「裁判はまだです」

それだけぽつりといって男は口をつぐんだ。男がいい残した言葉が私にはわかる。オランダが設置する軍法会議です、法官は日本軍に俘虜として抑留されていた将校で構成されます。彼らの肚はきまっています、こちらの覚悟もできています、いまさら何もいうことはありません。そう男はいいつぎたかったであろうと私は察した。そして私は、重ねて説得する言葉を失って沈黙するよりほかはなかった。男も黙った。黙って米をとぎつづけた。

男は米をとぎあげた。おかげさまで大助かりでした、と私の水汲みに礼をいうと、いくつかの大桶の米をかまどにかけた釜に移す作業にかかった。私は桶を運ぶのを手伝った。男がかまどにつぎつぎに火を入れたら、私は井戸ばたに残って、もう話を交わす機会はなくなる、と思うと、もっと話をすればよかったとくやむ気持になっていた。すると、釜の水加減をみていた男が、かまどのそばを去りかねていた私に話しかけてきた。

「私どもはここで優遇されております。あなたがたが考えておられるほどつらくはありません」

男は突然、かくしていた傷口をさらけるように、戦犯者としての気持を話しだした。語調はおだやかで、ことさら平静をよそおった気負いはなかった。私には思いがけなかった言葉なので、男がなにを告げようとしているのか意図をはかれぬままに、黙ってきいて話の先をうながした。

「もっとも私どもはもう娑婆はあきらめた心境ですから、普通の神経ではないかも知れません。まあ、つらいことといったら、煙草がのめぬことですかね」

男の語り口は、語っている事柄の痛切さにひきかえ、おおらかだった。

「そうですか、煙草がのめませんか」

私は男の語り口につりこまれて、ついおうむがえしに、愚かしい相槌をたたいていた。

「ここでは煙草の配給は全然ありません。ときたま軍司令部から特別に差し入れがありますが、わずかなものです」

男は淡淡と語った。男の話は、私には意外であった。私はついぞジャワ派遣軍司令部が戦犯容疑者に差し入れをしているなどという話は耳にしたことがなかった。日本軍司令部は聯合国軍司令官の指揮下に、ジャワにある数万の日本軍人、軍属、一般邦人を管理する機関として敗戦後も存続されており、軍司令官、参謀長などという人たちはそれぞれ旧職にとどまっているのは知っていたが、軍司令部が戦犯収監者に差し入れをしているとは、初耳であった。

それは私は知りませんでした。おそらくほとんどの日本人が知らぬでしょう。そうですか、軍司令部はそんな仕事をしているのですか、と私が自分のうかつさを正直に告白すると、男は、差し入れの品は魚とか野菜とかの食糧や医薬品が主です。たまにピサン[注7]一本、甘納豆ひとつまみが配られると収監者は大喜びです。軍司令部も苦労しているのでしょう、とさりげなくいいたした。

私は男の言葉をきくと、自分を恥じた。私は聯合国軍に抑留されて、毎日毎日休みなくこき使われ、ときにはオランダ人の住宅に行かされて、戦争中に日本人からひどい仕打ちをされた腹いせにののしられ、汚れた便器の掃除をさせられたり、インドネシアのカンポンに女漁りにはいって殺され川に捨てられた印度兵の腐った屍体を素手で収容させられたりして、不当に屈辱的な扱いを受けていると不平でならなかったが、同じ日本人でありながら、現在を悲惨な境遇におかれている人たちが多勢いるのを、思いやったことはなかった。私は男の言葉で、自分が思いあがっていたのを知らされた。

私たちは仲間同士で戦犯について語りあったことはたびたびある。私たちにしたところで、まかり間違えばどんなとがめを受けて戦犯に仕立てられぬとは限らぬ境遇にあったのだから、戦犯は人ごとではなかった。オランダは日本人に報復したい一心で、戦犯には極刑でのぞむ姿勢でいるとか、憲兵は助かるまい、などという話はしあったが、逮捕された人たちが、どんな待遇を受けているかというところまで、親身になって考えたことはなかった。その人たちの懊悩を思いやったこともない。男の言葉の一つ一つが私の怠けていた良心を刺した。男は娑婆はあきらめている、という。男がさらりといってのけた絶望の言葉に、私は息ぐるしく胸をしめあげられた思いがした。

男は敵国が下す審判を待つ身だ。ハンギング、と宣告されるかも知れぬ。男自身はそれを覚悟している。その人が、煙草をのめぬことを苦痛の第一にかぞえ、バナナ一本、甘味品ひとつまみの下給に大喜びするという。自分の命をあきらめながら、救いのない精神の苦痛を口腹の些事に振りかえて微小化して克服し、喜びは身辺日常にみつけようとする男の、達観した心情にふれて、私は自分の抑留生活が安閑すぎることをはじめてさとった。

私たちは戦犯にされた人たちを別世界の人間のように見離している。そうすることで、戦争の責任の一切を彼らにだけ担わせ、自分たちは安全圏に逃れている。

私たちはおなじ日本人であるかぎり、戦争の責任はおのおの分に応じて分かたねばならぬのではないのか。特定の条件下に置かれた同胞に、それも彼ら自身の意思によったわけではないのに、戦争犯罪の責めを押しつけて、それですむものであろうか。たとえ彼ら個人が罪悪を犯していたとしても、その根源の責任は、軍隊という巨大な反人間的な機構と、戦争という反人道的な逆悪に帰せられるべきであろう。

私は、額からたらたらと汗をしたたらせて、火口をならべたかまどのまえで、火の番をする初老の男を見守りながら、戦争犯罪について、その犯罪者とされた人たちについて、そんなことを胸のうちでちらちらと考えた。

昼食の時間になって、私たちは倉庫の庇のかげにあつまって飯盒飯を食った。インドネシアがジャゴンという、大粒の唐きびの実が四分六分で混っているぼそぼその外米飯に、水筒の水をぶっかけてのどに流しこむ。副食は来る日も来る日も福神漬だ。日本軍が多量に貯蔵していたのが私たちに放出されたのである。それが携行昼食だ。

飯をすますと、どこの作業場でもそうだが、日陰をみつけて地べたにごろ寝する。午後の作業はじめまでの二十分でも三十分でもねむる。泥のようにねむれる。だが、その日は私はねむらなかった。

私は井戸ばたの男に煙草をとどけようと思っていた。私の胸ポケットに残っている煙草は二、三本しかない。テガルパンジャンにはいるとき、軍政監部が下給してくれたのを、大切に持ちまわっているしろものだ。だが私はキャンプにまだ取って置きがあるし、どこかで融通もつく。仲間たちも同様だが、わけを話せば賛成してくれると私は考えた。炊事場には調理台で野菜をきざんでいた男たちもいたので、せめて一人一、二本は行きわたるだけの数にしたいと、ジャゴン飯を搔っこみながら考えていたのだ。

私はころあいを見はからって、仲間に相談を持ちかけた。ここの人たちは煙草に飢えているのだ、といい、煙草は禁制かも知れぬが、私が井戸を使わせてもらったお礼だといって無理に押しつける分には構うまい、と話した。仲間たちは一も二もなく私の提案に賛成してくれて、手持ちを一本、二本と私の掌に載せた。へしゃげたり、汗のしみが赤くついたりしていたが、片掌に握りかねるほどが集った。それを持って私は炊事場にいった。

調理台のそばのバンコ腰掛けにまたがって、二人が手製の盤と駒で将棋をさしていた。井戸ばたの男はそれを腕組みして立って見ていたが、私が近づく気配に振りむいた。私は彼を手招きした。

「仲間の持ちあわせをかきあつめてみたのですが、もらっていただけますか」

私がひと握りのはだか煙草を差しだすと、男の不精ひげの口もとがゆるんだ。

「有難いです。いただいてもいいですか」

男はそういいながら、両掌の裏表をズボンに二、三度こすりつけてから煙草を受けた。

炊事場の戸口を出るとき、振りかえると、男は仲間に煙草をわけていた。私は仲間のところへもどり、よろこんでもらえたよ、と報告して、ごろりと地べたに横になった。

うとうとしかけたところを、私はとなりの仲間に揺り起こされた。炊事場から人がくる、というのであった。私が起きなおって見ると、井戸ばたの男が手桶をさげてこちらへ近づいていた。

「紅茶をいかがですか」

私のそばにくると、男がいった。男の頬にはかすかな微笑がうかんでいた。男がさげてきた手桶には、紅い液体がたぷたぷと揺れて、甘い香りをたてていた。

紅茶は思いがけなかった。内地を離れてこのかた、口にしたことがなかった。敗戦前のジャカルタの生活では、上等のジャワコーヒーはふんだんに飲めたが、紅茶は見かけなかった。紅茶は忘れていた。紅茶ですか、と思わず言葉尻が力んだ。おいみんな、紅茶を頂戴したぞ、と私が声をかけると、寝入っていた仲間も起きて手桶をかこんだ。

私たちが差しだす飯盒のふたに、男がアルミの柄杓でついでくれた。英軍のレエションなのであろう、砂糖もたっぷり使ってあって、私たちには甘露であった。

「結構なお服加減でございます」

ひょうきんな仲間が、飯盒のふたを両掌で捧げてひといきに飲むと、芝居がかった声いろをつかったので、笑声がおこった。男も目顔でわらった。また一人がいった。

「グロドックにきて紅茶をふるまわれようとはね」

それは私も同感だった。おそらく手桶をかこんでいたみなが、同じ思いをしていたであろう。男は表情を動かさなかった。

二杯も三杯もお代りをするものがあった。みながたらふく飲んだのだが、それでも手桶の紅茶は尽きなかった。水筒の水をその場にあけて男に差しだした仲間がいた。それを見ると、みなが水筒をからにした。

私たちは楽しい、豊かな気分で手桶と男をかこんで、自分の水筒が紅茶で満たされる順番を待っていた。

そのとき、突然、正門のそとで、けたたましく自動車の警笛が鳴った。何かの合図のように、三度、四度と間合いただしく吹鳴を繰返した。何事かと、私たちはいっせいに正門の方角を見た。男は私のそばにいて、だれかの水筒に紅茶を注いでいたが、ひとりごとのように「新入りです」といった。声に抑揚はなかった。

門衛所からターバンの印度兵がのっそりと出て通用門をあけるのが見えた。私たちはあいたくぐり戸から目をはなさなかった。

くぐり戸からはいってきたのは二人の日本陸軍の将校であった。どちらも年は若く、身体にぴったりと合った軍服をつけ、みがきあげた赤革の長靴をはいていた。その長靴をもつれさせて、のめるような格好で、よたよたとはいってきた。二人の背後には、一人に一人ずつ、トミイガン[注8]を肩につるした、赤いベレー帽を横っちょかぶりした小男のグルカ兵が、半ゲートルの足をきびきびと動かして油断なくつきそっていた。四人が中庭にはいると、くぐり戸は鉄がふれあうかたい音をたててとじた。

二人の将校は中庭を長靴のかかとを引きずって酔いどれのように、おぼつかなくよろけた足取りで歩いた。丸腰ではあるが、手錠はかけられていなかった。それだのに二人は、身体をたがいに捕縄でつながれでもしているかのように、肩と肩をくっつけ、うつろな視線を宙にうかべて、朝がたインドネシアの病囚が並んでいた場所で立ちどまった。グルカ兵は護送になれている様子で、一人は二人の背後でトミイガンを構え、一人が事務所にはいった。

「バンドンから飛行機で送られてきたのです。憲兵です」

私に井戸ばたの男が教えてくれた。二人の将校の様子から男にはそんな推察がつくのであろう。私たちは二人から目をはなせずにいたので、だれも男に水筒を渡すものはおらず、男もからの柄杓をさげて、二人をながめていた。

二人は手になにも持っていなかった。身のまわり品の携行を許されずに、連行されたのであろう。二人とも、手指を初年兵のようにズボンの縫い目にそって伸ばし、かかとをきっちりつけて、はげしい日差しにあぶられて、不動の姿勢で直立している。

二人がいたいたしいほど緊張して、恭順の態度でいるのがわかる。身についた軍服、ピカピカの長靴の颯爽としたいでたちが、かえって二人のみじめさを増していたが、逮捕を予期して、その日の身だしなみに、一張羅を用意していたのかも知れぬと私はみていた。

二人は長いあいだ陽ざかりにさらされていた。自分たちがいまからどう処置されるのか、予測のつけようのない不安のなかに放置されて、絶望的に煩悶しているにちがいなかった。時間がたつにつれて、二人の肩は風に押されるように揺れた。トミイガンを構えたグルカ兵は、忠実な番犬のように、二人の背後で姿勢をくずさず、短い足をふんばって見張っている。

私たちのなかのだれかが、あれじゃあ、生殺しだ、とつぶやいた。井戸ばたの男が、あの二人はこれからが大変です、とひくい声でいった。私は男の顔を見た。男は、何がどう大変なのかは説明しようとしなかった。

肩を寄せあって立つ二人の周囲は、そこだけ空気が圧搾されて凝結したかのように、午後にはいったばかりのまぶしい光線が、冴えてぎらつき、それぞれの足もとには黒い影が不吉な短さでからまっていた。

私は二人を見つづけるにしのびぬ気分になり、二人から視線をそらすと男に水筒をわたして紅茶を頼み、水筒を満たす男の手もとに目を向けた。

男から重くなった水筒を受け取ると、私は中庭を振りむかずにはおれなかったが、こわいもの見たさに似た視線を走らせたとき、二人の将校とグルカ兵はすでに姿を消していて、白日の庭には昏く不気味な空虚さがゆらめいているだけであった。


午後の作業で、また井戸ばたで男といっしょになった。男は配膳用の飯桶を洗っていたが、私を見ると、さきほどはどうも、と笑顔を向けた。私は、いいえ、私たちこそ久しぶりのご馳走でした。帰ったらキャンプの連中に振舞ってやれます、と答えた。そんな言葉のやりとりにも、午前中とはちがったくつろいだ気分がかよいあった。

男が洗う飯桶は数が多かった。私は水を汲んで加勢した。男は手製の、マニラロープをたばねたたわしで、なれた手つきで桶を洗いながら、私の言葉にきっかけをみつけたふうに、キャンプの生活はどんな工合ですか、ときいた。

土間に丸太をならべ、それに粗板を敷いて寝起きしておりますよ。板敷きのうえの生活だから天国です。前にいたタンジョンプリオク港の埠頭倉庫は窓はない、電灯はない、床のコンクリートに毛布一枚のじか寝、水は岸壁の船舶用給水栓が倉庫一むねに一本、作業はもっこをになって石炭の積み込みが多かったので、炭粉まみれになるのに身体もろくろく洗えず難渋しました。それにくらべると、いまのガンソウランのキャンプは天国です、とそんな話を私はした。やっぱり楽じゃないですね、と男は目をしばたたいた。

私たちはおたがいの気心も知れて、黙って水を汲んだり汲まれたりするだけでも、けっこう心のふれあいを感じていた。だが、私はもう男に、内地や家族の話を持ちださなかった。午前中の話のなかで十分に、男の心底はうかがえたので、思うだけでも切なかろうそんな話をまたも持ち出すのは非情な仕打ちと知ったからである。私たちは当面の用向きの、短い会話だけを交わした。

男は飯桶を洗いおわると、夕食の米とぎにかかった。私のほうは印度兵がついていたかまどの構築がすみ、使役総がかりで広い床面のコンクリート塗りになったので、ひんぱんに作業場から「おおい、水だ」とせかされて水汲み水運びに追われるようになった。

四時をまわったころに私たちの作業がおわった。私は男に礼をいって井戸ばたをはなれたが、胸につかえる心残りがあった。男はとうとう私に名を明かさなかったし、留守宅の所番地も教えなかった。男は、結局のところは私に心をとざしつづけ、私の気持をくみとろうとしなかったのであり、それが私には情けなかった。

私には井戸ばたの男が私のような、なんの利害関係もない日本人に接触する機会はめったにはあるまいと思われる。留守宅にいまの様子を伝え得る手立てがあるとも思えぬ。だとしたなら自分の置かれた状況、自分の心境を、家族に伝えるのに私は役に立つはずだし、役立ちたいともいったのに、男はとうとう私の親切を拒んだ。私の心入れが通じなかったとは思えぬが、男の胸の底には、局外者の浅知恵の判断を許さぬ、深いきびしい思慮がひそめられているのであろうか、と私は思った。

男が戦犯として捕われた事実は、いつかは家族に知らされる。伏せおわせるものではない。それなら私の口を通して、私が見た男の姿、私がきいた男の覚悟をあやまりなく家族に伝えることは、むしろ家族の心を休めるのではあるまいか、と私は思うのであったが、それはやはり局外者の押しつけにすぎなくて、当の男は家族が彼の非運を知らねばならぬギリギリの瞬間まで、嘆きはみせたくないと望んでいるのはまちがいなかった。うかつにも私はその男の決意を察知できずに、おせっかいな差し出口をしてしまった、と自分の軽率さを後悔しながら、うしろ髪ひかれる思いで男のそばをはなれた。

私たちは作業の跡片付けをすると、倉庫のかげに集合して宰領の印度兵を待った。私たちは疲れていた。地べたにすわったり、倉庫の壁にもたれたりして身体を休めた。連日の作業の疲労が私たちの五体には積っている。私はつるべの綱を手繰りつづけて赤く腫れた両の掌を濡れタオルにつつんでいたわっていた。仲間とむだ話をする気力もなかった。その私の耳に、仲間の一人がだれにともなく話しかける言葉がきこえた。

「かまどをふやしたところをみると、聯合軍はまだ戦犯をつかまえるつもりだろうか」

それは私たちみなの胸にわだかまっていた重圧であったが、胸にしまっておれなくなった仲間がつい洩らしたのである。しかし、その問いかけに答えられるものがいるわけはなかった。私たちは沈鬱な気分になり、疲れをいっそう重たくした。

私は昼の休憩時間に見た二人の若い将校を思い浮かべた。これからも戦犯の名をかぶせられて、絶望に身をさいなまれねばならぬ人たちが絶えぬのであろうか、と暗澹とした思いにかられ、夕暮れどきが近づいているのに、一向に日差しのおとろえぬ、人気のない中庭の向うの、窓に鉄格子が厳重にはまった陰惨な監房棟をながめた。

視野のはずれに、炊事場からこちらへくる人かげがみえた。顔を向けると、井戸ばたの男であった。私は、やっぱりそうだったか、と心にうなずいた。私には、男はかならず私にあいにくるにちがいない、との無意識の期待があったのである。私は立ちあがると、仲間の目がとどかぬ倉庫の横手にまわって男を待った。

私のまえに立った男は、力をこめたするどいまなざしで私の目を直視して目礼した。くぼんだ眼窩の奥から私に見入る眼光には、いどむような切迫した感情がにじんでいた。

男は私の目のまえで、握りしめていた右手をひらいた。荒れた掌が握っていたのは、守り袋であった。汗がしみて黒くよごれ、形もつぶれた、繻珍[注9]でつくった守り袋であった。

「ご迷惑でなければこれを家内に渡していただきたいのであります」

軍隊口調で男はひといきにいった。落ち着いた声音であったが、たかぶる感情を抑えているのが私には感じられた。声調が沈痛であった。

「なかには荒田八幡のお守りと、いましがた切った私の髪の毛がほんのすこし、ちり紙につつんでいれてあります。留守宅の住所と私と家内の名を書いた書きつけもいれておきました。ご迷惑をおかけする品物ではないと思いますが、もし御面倒なことになったら捨てていただいて結構です。私が応召するとき、家内が日ごろ身につけていた帯地でつくった守り袋です。お願いします。お願いします」

男はお願いしますと二度繰返して、私の目に視線を射込んできた。

「午前中にあなたが留守宅を訪ねてくださるとおっしゃったお言葉を、私はずっと考えつづけました。あれこれと考えたすえに、お言葉にあまえる決心がつきました。お手数ですが、内地にお帰りになって、おりがございましたら荒田の留守宅をたずねてやってください。家内に、私がどんな仕置きにされようと、見苦しく取り乱さぬ覚悟をきめていたとお伝えになってください。そしてひとこと、いってやっていただきたいことがございます。私は敵国人抑留所の所長をしていたので戦犯に問われましたが、決して天地に恥じる行いはいたしていません。したがって家族は胸を張って生きていけといっておったと、このことをどうか、ぜひとも家内に告げてやってください。私が戦犯になったため、家族が日陰者の生活をすると思うと心苦しくてなりませんが、私は微力で至らぬ点はあったが、犯罪行為は一切していない、潔白だと断言しておったと、告げてやってください。お願いします。お願いします」

男は長靴のかかとをきちっとあわせて、私に挙手の敬礼をした。

「よく、わかりました。私がさきに帰国できましたなら、奥さまに、きっとただいまのお言葉をお伝えします」

私は受け取った守り袋を防暑服の胸ポケットにおさめてボタンをかけると、一語、一語、語気をつよめていた。

「ありがとうございます。よろしくお願いします」

男はまた挙手の敬礼をした。

「ご安心ください。誓ってお約束をたがえません。ですが、あなたもお身体をおいたわりになって、無事に奥さまやご家族のもとに帰還なさってください。このつぎは内地でお会いしようではありませんか」

私は心から男にそう告げずにはおれなかった。

「ありがたいお言葉です。肝に銘じて忘れません」

男の無精ひげの顔に、かすかな微笑がうかんだようであった。私たちは、どちらから差しだしたというでもなく、おたがいの手をしっかと握りあった。握りあった手を、私たちは離すことができずにいた。手を握ったまま、私は男の目をこみあげる思いをあつめて凝視した。その目には、はじめ私と向かいあったときの、訴えるような、とりすがるような、思いつめたまなざしは消えて、人間行路難きを凌いだ果ての老功者がみせる柔和な眼色が生れていて、私は、男が妻に残す大切な言葉を私に託して、平安を得たのだと思ってみた。見ているうちに男の瞳は次第にうるんだ。私は、人生の峠をすでにたどり越した齢の男が美しく涙ぐむのを、尊いものを仰いで合掌する敬虔な心でみていた。

歌姫アユム

秋作はジャカルタに着任して、三カ月ほどたってスンダ娘のアユムをバブに雇った。

宿舎には深田と福岡の二人が先住者として住んでいた。深田は内地の新聞社で、秋作とおなじ九州本社に所属していたし、秋作の出た中学校の先輩でもあった。それで秋作を同宿できるように取りはからったのである。

宿舎はガンビル広場の西側の、博物館に近い閑静な路地にあった。木造平家建てで、戦前はオランダ人の中級官吏が住んでいた家で、ブンガ・スパツウの生垣でかこった前庭の奥に、漆喰のポーチが四本立っている母屋があり、玄関をはいると取っ付きはアメリカ製の豪勢なシャンデリア二台が漆喰の天井につるされているホールで、左右に対照的な間取りで二室つづきの居間と寝室があり、深田は左側を居室にしていて、秋作は右側をあてがわれた。福岡は母屋の左右に、広い芝生の中庭をはさんでいる翼棟の右側の二部屋を使っていた。

前住のオランダ人がどんな家族構成だったかわからぬので、この家をどう使っていたかを知ることはできぬが、さしずめ深田の二部屋を老夫婦、秋作があてがわれた二部屋は現役夫婦が使い、福岡の部屋は成長した子供にあてていた、とでも想像できる間取りであった。福岡の翼棟と対になる左側の翼棟にも、客間として役立つ部屋があった。

深田と福岡が共同で雇っているジョンゴスとコッキイ夫婦には左側翼棟のはずれの、以前からの使用人部屋があたえられていた。洗濯とアイロンかけを主な仕事にして、主人の身辺の世話もするバブは通いで、二人はそれぞれに雇っていた。

土地不案内の秋作は、生活の一切を深田の引きまわしに頼った。バブも、深田が「おれのバブにやらせろ、その代り給料をはずむ分を負担しろ」というのでそうした。

単身で暮す男の身のまわりは何ほどの手間をかけることもない。部屋の掃除、ベッドの用意も多寡が知れているが、洗濯物だけは出た。暑さがはげしいので、パジャマもシーツも一度で汗になる。下着も日に二度、三度は着替える。その洗濯と、糊をきかしたアイロンかけがバブの仕事だが、秋作は生活の様子がわかったあとも、深田の言葉にあまえて自分専用のバブを雇わなかった。

ところがふた月か三月かたったころ、深田のおらぬときを見はからって福岡が「バブは自前で雇ったほうが世話がなくていいですよ」と、ふくみのある口吻で、秋作に忠告めいたことをいった。

秋作たちはジャカルタで出す日本語新聞のために内地の親新聞からつぎつぎと派遣されて来た同僚同士であったが、秋作は二、三カ月の共同生活で、深田と福岡がそりのあわぬ仲なのに気づいた。そのせいで、福岡は深田と鼻つきあわすのをさけて、宿舎も、ホール右側の二室、つまり秋作にあてがわれた、この家では深田の居室と同格の上部屋を敬遠して、深田の部屋から距っている右側翼棟をえらんだのだと秋作は推察した。二人の関係は、深田のほうが内地の社でもジャカルタでも古参で、年長でもあった。福岡は大阪本社の出身でジャカルタで顔をあわすまでたがいに知らぬ仲だったので、福岡には深田は煙たかったのかも知れなかったが、秋作の目からは、二人がしっくりいかぬのは、深田の九州人気質と福岡の大阪人気質と、どちらもあくの強いほうで、うまがあいかねるためと見てとれた。

秋作自身も、福岡の大阪訛りのねちこい物の言い方は好まなかったが、バブの件を忠告めかしていわれたときは、ぴんと来たものがあって、福岡が、深田と秋作の先輩後輩の親密なつながりに水をさそうとはかったのでないことはさとった。

深田のバブは、はたちになるかならぬかの年格好であった。色はスンダ人にしても浅黒いほうで、ずんぐりした身体つき、胸も腰もししおきが分厚く、ぷりぷりと盛りあがった尻を左右に大きく振って、はだしの足を外またにひらいて歩く姿には、なまめかしさはないが、男の欲情をそそる色気はたっぷりあった。

福岡のいわくありげないいまわしが何をにおわせているかを読むのに、秋作はさほど勘をはたらかせることはなかった。深田とバブの関係に秋作はとっくに気づいていたが、バブを共用しようといいだしたのは深田なので、気にかけぬことにしていたのである。そこを福岡はじんわりと持ち出して来たのだが、秋作は福岡の言葉の底には嫉妬がかくされてありはせぬかと思った。

福岡のバブは三十を越しており、貧相な顔つきで、身体もすがれていて、もう三、四人は子を生んだにちがいない衰えを見せていた。そのバブに福岡が相手をさせているのを秋作は感づいていた。

しかし福岡に指摘されて、秋作は自分だけのバブを雇うのがいいとは思った。深田のバブにしてみれば、給料は増したかも知れぬが、秋作の世話は余計な労働と受け取っているにちがいなく、それを秋作は何度か感じてはいたのであった。ジャカルタに着いたばかりで西も東もわからぬ秋作に深田が軽い親切でとりなした処置に、ずるずると引きずられていたわけで、土地の生活の様子がのみこめたらほどほどに切りあげるべきであったと反省もした。

秋作は一応、深田にことわると、ジャカルタ特別市が開設している公共職業紹介所に出向いて、健康であればいい、とだけいってバブを頼んだ。彼が宿舎に帰るのを追いかけるようにして、紹介票を握って来たのがアユムであった。

　アユムが持って来た紹介票を見ると、公立学校を卒業していた。秋作が読み書きできるのかときくと、オランダ語もすこしは読める、アラビア文字も書けるとの返事であった。アラビア文字はどこで習ったのだと重ねてきくと、父のスダラ[注1]にメッカ詣でをしたハジ[注2]がいて教わったといった。言葉のはしばしに才気があって、バブには過ぎた様子に見受けたが、トアン・ニッポンの宿舎に奉公するのはここが三軒目だといった。秋作は二軒をなぜやめたのかとはきかなかった。ただ深田や福岡のバブたちとうまくやっていけるかどうかが気がかりだったが雇い入れた。

　アユムは色こそ濃い小麦色をしていたが、日本人に似た顔立ちで、富士額は浮世絵の女を思わせた。背が高く、胸は薄もののバジュに豊満な二つの隆起をつつんでいて、たくましく張った腰をサロンがきりりと締めて、潑溂とした若さを誇示している感じであった。

　その日からアユムは仕事をしたが、夕方カンポンに帰っていくと、それを待っていたかのように入れかわりにジョンゴスが来て秋作に、アユムは華僑が経営していた楽天地の劇場に出演していたコロンチョンの歌い手で、ラジオにも出ていた、と告げた。秋作はなるほどと思った。つやのある声で、歯切れのいい話しっぷりといい、思いきり胴で締めたサロンの小意気な着付けといい、たしかに初手からのバブと思えぬ、あか抜けしたところがあった。
　二、三日すると深田が「いいバブを見つけたじゃないか」と口の端に薄い笑いを浮かべてあけすけに秋作にいった。福岡は何もいわなかったが、いわぬところにかえって福岡のこだわりが感じられた。

アユムが通って来はじめて三日目か四日目に、居間のテーブルに花を挿したボルスの空き瓶がおかれていた。花は先住者のオランダ人が庭に花壇をつくってバラ、クジャクソウ、チューリップ、スイートピー、カラー、カーネーション、ガーベラなど年中絶えぬように植え残しておいたのが咲きついでおり、それをあれこれとひとつかみ、瓶の口いっぱいに押し立てているのであったが、それだけの彩りで、殺風景だった部屋に明るい雰囲気が生れたのはまるで手品のような変貌ぶりだった。つぎの休日に秋作はパッサル・バルウに出向いて、華僑の店でデルフトのしゃれた意匠の花瓶を見つけたので買い求めてアユムに与えたが、アユムは「バグース、バグース」とうれしそうな笑顔を見せた。

また一週間か十日ほどたつと、テーブルに四角な厚手ガラスの水槽が載っていて、二、三種類の、いずれもちいさな美しい魚が群れて泳いでいた。秋作が「これはどうしたんだ」ときくと、アユムはカンポンの子供が小川からとって来た、と答えた。水槽はどうしたんだと重ねてきくと、はにかんだ微笑を見せて答えなかった。秋作は子供たちにやってくれ、といって金をアユムにわたすと、アユムはすなおに「テレマカシ、トアン」と礼をいって受け取った。秋作は、ほかのバブには考えられぬ心づかいをする、とアユムに新鮮な驚きを感じた。熱帯魚は秋作のあたらしい気晴らしの対象となった。

その日、秋作がカントールに出勤していると、ジョンゴスが電話をかけて来た。トアン福岡がどうとかして、アユムが怪我をした、足から血がたくさん出て止まらない、アユムが泣いている、トアンに帰って来てほしい、という。うろたえたジョンゴスの話しぶりで、くわしい事情がのみこめぬので問い返してみるが要領がつかめず、電話のやりとりをしていたのでは埒があかぬので、秋作は社のオートで宿舎に帰った。

帰ってみると、アユムは中庭に面した食堂に使っているテラスのタイル床の端に腰かけて小娘のように泣きじゃくっている。どうしたんだ、といいながら秋作が近寄ると、芝生においた右足の甲から血が噴き出て、芝の葉をべっとりと真っ赤に染めている。血管が切れているとひと目でわかったが、血止めの手当てはせずに血が噴き出すにまかしているのであった。

なぜ血を止めないんだ、死んでしまうぞ、と秋作は声を荒げたが、アユムはすすりあげて泣きつづけ、ジョンゴスは自分のせいではないといいたげな無表情さで、アユムからはなれて突っ立っており、ほかのバブやコッキイも、ジョンゴスのうしろにかくれて秋作の様子をうかがっているのであった。

秋作は自室からありたけのハンカチをつかんで来ると、アユムの足もとの芝生に片ひざついて、傷口にハンカチを重ねて出血を押さえ、くるぶしの上と膝関節の裏側を、軍隊で教わった三角巾使用のやり方でしばった。足の甲のハンカチにはみるみるうちに血がにじんだ。

秋作がアユムのサロンの裾に顔をつけるようにして応急処置をしていると、その日は休日にあたっていた福岡が居室からパイプを横ぐわえしてあらわれ、テラスに立って秋作を見おろし、事情を教えた。

「冷たい水がほしくなったのでバブを呼んだらそれが来たんだよ、そこの電気冷蔵庫からポンド瓶を取り出すときに、瓶が水滴でぬれてるだろう、それで指をすべらしてさかさまに落としたんだ。運悪く瓶の口の欠けてる部分がそれの足にあたったってわけなんだ。早く医者に行けというんだが、泣いているばかりで馬鹿なやつだよ」

福岡はパイプをくゆらしながら、事務的にいきさつをひととおり説明すると自室に引きかえした。秋作の手当てで出血は止まりはしなかった。早く医者に連れて行かねば、と思って秋作が思いついたのはジャカルタ医科大学の付属病院であった。同郷の先輩が教授をしていたので、ジャカルタに着任してまもないころあいさつに訪ねたことがあるが、そのおり学内の施設を参観させてもらい、付属病院では多勢のインドネシアのクランケが診療を待っているのを見ていたので、アユムをそこへ急患として連れようと考えついたのである。

オートは玄関に待たせておいたので、秋作はそれでアユムを運ぶことにした。軍が現地人の女と自動車に同乗するのを固く禁じているのは知っていたが、秋作は頓着しなかった。

秋作がアユムを肩にすがらせて玄関に出ると、中年のショピエルはひと目見て様子を察し、アユムを後部の座席に乗せるのを手伝った。秋作は助手席に乗り、ショピエルに、スコラ・タビブ・ティンギのルマ・サキットに急いでくれとせかした。

病院でも秋作は処置室までアユムにつきそった。インドネシアの若い医者が傷口を見て、入院する必要がある、といった。秋作はよろしく頼みます、とあいさつし、アユムには持ち合せた金を鰐革の二つ折りの財布ごとわたした。それにはアユムの四、五カ月分の給料に見合うルピア軍票がはいっていた。

アユムは一週間ほどすると退院した。退院を秋作に告げに来たとき、足を見せろといってサロンの裾から出させてみると、小麦色の足の甲に白っぽくみみず腫れのような傷のあとがあった。早くなおってよかった、と秋作がいうと、アユムは「テレマカシ・バニャック・トアン」とまぶしそうなまなざしで秋作を見て、病院で秋作があたえた財布をそっとテーブルにおいた。

旧市街のコタでパッサル・マラムがはじまったのは、乾季《やし》がかたまった六月下旬であった。夜通し見世物、芝居や射的、投矢などの遊技場がかかって、香具師の手合いもあつまり、物売り店も軒をならべて、二十日間の期間中は数十万人の人出でにぎわうということで、日本軍によって生活に種種の制約を余儀なくされているインドネシアや華僑にとっては、年に一度の憂さ忘れの場であった。影絵人形芝居の一座がかかり、ガメランも一流の楽手が演奏するときいて、秋作はぜひ行こうと思い立ったが、一人で人波にもまれるのはためらわれたので深田に誘いをかけた。

深田は前の年に行ったといって「ワヤンか、あんなもの退屈するだけだ、日本人にはまるっきりわかりはしないぜ。それより華僑の若ものの飛び入りボクシングが面白かった。彼らはなかなかファイトがある。血を流しながらやっとった。そうそう、コカコーラちゅうアメリカ製の変な味がする飲み物を飲んだぜ」といって興無げだった。

深田が気乗りを見せぬので、秋作は一人で出かけようと思っていると、二日目に、夕食の給仕に左腕にナプキンをかけて侍立していたジョンゴスが、秋作たち三人に、女房のコッキイと娘を連れて行きたいが許してもらえるだろうかといった。宿舎で最古参の深田が、おととしも去年も行かせているんだ、といってとりなすように福岡と秋作を見た。福岡がうなずいて見せた。秋作はとっさにジョンゴスといっしょに行こうと思いついた。「わたしも行くからいっしょに行こう。ころあいの時刻にベチャを二台呼んで来るがいい」とジョンゴスにいいつけた。「へ、えらくワヤンにご執心だな」と深田は冷やかしたが、福岡は「あれも一度は見ておくものだ」と、深田にあてこするようにいった。

秋作が部屋で、華僑にまぎらわしく見せかけようと、内地から赴任のおりに着て来た縞柄の背広を着て、ジョンゴスがベチャを拾って来るのを待っていると、アユムがはいって来て「トアンはパッサル・マラムにいらっしゃるのか」といい「わたしはジョンゴスのかわりに留守番をいたします」といった。秋作が「ワヤン・クリットをぜひ見たいのだ」というと大きな黒い目でまじまじと秋作の顔を見て、何かいいたそうな素振りを見せたが、何もいいださなかった。

ジョンゴスが、ベチャが見つかった、と告げに来た。宿舎の玄関をはばかって、路地の入口にベチャが二台待っていた。ジョンゴスははだしだったが、コッキイと、十一、二の娘はサンダルをはいていた。秋作とジョンゴスが前のベチャに相乗りし、女二人は後のベチャに乗った。コッキイ母娘ははしゃいでいた。

ベチャはチリウン運河沿いの道を走った。パッサル・マラムの会場に近づくと、ぞろぞろと人波がつづいていて、ベチャは進めなかった。会場にはいると、通路の両側にはサッテ・アヤム、サッテ・カンビンやガドガド、ルジャ、ブスゲ、モガナ、ナシ・ゴレンなどの食い物売りのワロンがならんでいて、唐辛子の鼻を刺す匂いが立ちこめていた。秋作はコッキイの娘に「レモン水でも飲むがいい」といってルピア軍票を一枚わたし、コッキイには「何でもいい、留守番のアユムにみやげを買ってやってくれ、余ったらお前が取っておけ」と折り重ねた軍票をわたした。母娘はうれしそうに白い歯をこぼして笑った。

会場の奥からガメランがきこえていた。宿舎を出るときは、西空の雲は茜色を輝かしていたが、ジャワのたそがれどきは短く、すでに日はとっぷりと暮れて、ワロンの店先につるされたカンテラの灯は赤くまたたいていた。日暮れとともにワヤン・クリットははじまっていた。

人波のうえを楽の音が流れて来る。肩を押され、背中を小突かれて人混みをかきわける秋作の耳にゴン（平鐘）の余韻をひいた重厚な音、ケンダン（手太鼓）のトントンパック、ドンデンドンデンとひびく緊張した音がきこえる。スリン（竹の縦笛）の悲しげに澄み冴えた音色にからまるようにしてレバッブ（胡弓）の、少女のむせび泣きに似た、哀愁を帯びた繊細な旋律がきこえる。高鳴れば高鳴るほど悲懐をつのらせ、低まれば低まるほど哀情を深めるのがガメランの愁音であった。

ガジュマルの老樹がこんもりと枝を張った木陰の闇を占めて、ワヤン・クリットの一座はかかっていた。多勢の見物衆は白い木綿の映写幕の前の地べたにじかに腰をおろして、粛然と異様な肢態のワヤンたちが幕のうえを踊るのに見入っていた。秋作はそのうしろに坐った。ジョンゴスは影が本体から剥がれでもするように秋作の背からはなれていった。

風というほどのものではなかったが、夜気がそよめいた。すると幕の向うで椰子油のカンテラの灯がチロチロと揺れ、映し出されているワヤンたちの、やせて角ばった手足の影が濃くなり淡くなりして、ワヤン使いのダランが語る幾通りもの声色につれて、コキコキと細い首を動かし、手足を屈曲させた。地面の見物席ではシリーを噛むものもなく私語もきこえず、ただワヤンの躍動につれて感動の息づかいだけが流れていたが、秋作は彼らの興奮のなかにすぐには心をとけこますことはできなかった。

秋作は彼のまわりの地面にうずくまる、黒いトピをかぶってサロンをまとっている人人を、視野のはしに入れながら、所詮おれはこの人たちとは同じ文化、同じ感情を持たぬ異邦人にすぎぬ、と思うとぐいと胸の奥から生理的な寂しさがこみあげて来た。

秋作は孤独感をふりはらうようにかぶりを振って空を見あげた。ガジュマルのたくましく張り伸ばした枝のはずれから、乾季の気遠くなるほど果てしなく黒く冴えわたった天空がひろがっていて、真上のあたりにはややいびつなダイヤ形をした南十字星がかかっていた。それをながめているまも、ガメランの哀切な旋律は絶えず、ダランの呪文のような物語はつづき、大きな流れ星が南から北へ光って消えた。

ワヤンたちの動きは夜が更けるにつれて激しさを加えた。ワヤンたちが手を振り、足をあげ、首を曲げてきりもなく長長と、長長と立ちまわり、組み打って演ずるのはラーマ・ヤーナの古譚であった。

物語の理解に下地のない秋作には、影幕にうつる場面はどこまでも堂堂めぐりをしていて、芝居の筋は進行しているのかいないのか、まるで得心がいかなかった。いつまでたってもコサラ国のラーマ王子が大羅刹王ラバァナに奪われた愛しのシタ姫を取りもどすため猿猴王スグリーバァの助太刀で凛凛しく雄雄しく、そしていくらかは物憂げに見得を切っている場面ばかりが演じられているような気がしてならなかった。猿猴王スグリーバァの奇怪な横顔は、見ていて頼もしくはあっても、すこしも醜悪ではなかったが、悪玉の大羅刹王ラバァナは徹頭徹尾、憎憎しげに振舞って、ラーマ王子の健気さを引き立てていた。

見物衆はガメランの調べの緩急につれ、ワヤンの所作の徹底的な勧善懲悪の明快さに魅せられ、魂を抜かれでもしたかのように、異教の神話に陶酔しているのであったが、秋作もダランの玄妙な節まわしの口説きに耳を澄まし、破天荒なワヤンの活躍に見入っていると、いつとはなしに周囲の陶酔に感染して、幻夢の世界に遊行するとろけた恍惚の境地に引き入れられていった。

椰子殻の油壺に油が尽きたか、灯心が尽きたか、風もないのにワヤンの手足があわただしくゆらめき、映写幕が闇に溶けるように暗くなって、人人がいっせいにため息をついたとき、秋作は麻薬が切れて眩惑から我にかえったように意識をさまして天を仰いだ。

虚空を、物売り場や見世物場のあたりから湧きおこる雑踏の喧噪が、遠い潮鳴りのようにどよめきわたっていた。南十字星は天心を大きくそれて宵の位置から動いていて、秋作は、ワヤンにわれを忘れているうちにずいぶん時間がたったのを知ったが、腕時計をのぞきはしなかった。

またしてもレバッブのすすり泣きに似たリードでガメランが高鳴り、影絵のワヤンたちが大仰に手振り足振りして果てしない跳躍と格闘をはじめたとき、音もなく秋作のかたわらに来てうずくまったものがあった。振りかえると、ジョンゴスであった。秋作が酔いどれのように覚束なくしびれた足をふらつかせて立ちあがると、やにわにケンダンがけたたましくドンデンドンデンと急調子で鳴って彼の背後で活劇がまたまた見せ場に差しかかったのを伝えた。

その夜のことであった。

秋作は眠りのなかで女の声をきいた。ワヤン・クリットの夢を見ていて、シタ姫にでも呼びかけられたのかと思っているうちにふたたび呼びかけられて目がさめた。

「トアン」

たしかに現実の若い女の声と気づくと、秋作は横抱きにしていたダッチ・ワイフをほうり出して、がばとベッドから上体を跳ねあがらした。

釣り蚊帳の合せ口が開かれていて、そこに立つ人影が、明りを消した暗い部屋のなかに、窓の鎧戸から差し入るかすかな夜光にほのかに浮かんでいるのが見えた。

「トアン」

秋作が目ざめたと知ると、若い女の声はまた呼んだ。アユムのしのびやかな声であった。

「アユムか、どうした」

秋作も抑さえた声でいった。胸が、暗中の闖入者におどろかされてはげしく動悸をうち、頭の芯はたちまち冴えた。アユムは秋作の問いには答えずにいった。

「ベッドにあがっていいかしら」

ひそめた声音だが、あえぎに似た息づかいが秋作の耳にとどく。気持を、張りつめているのがわかる。そして、秋作が答えをためらっているまに、しなやかに身体をくねらせると、秋作のかたわらに横たわり、むしゃぶりつくようにパジャマのはだけた胸に熱い呼気の顔を埋めた。

秋作は両の腕でアユムのまろやかな肩を抱え込んだ。十分に意識してそうしたのではない、ほとんど反射的な動作であった。しっかりと両の肩を抱くと、アユムが右の髪に挿している一輪の白い花が秋作の鼻先で薫った。

手さぐりでアユムの豊満な胸がまとっている薄もののバジュを剝ぎ、乳当ての背金具をむしりとると、むっちりと締まって、やわらかに弾む柔媚な肉体は秋作の腕のなかで身悶えでもするようにわななないた。二人に言葉は要らなかった。

それからどれほどの時間が過ぎたか、秋作にはおぼえがない。水の底のように、あわあわとした仄明りが鎧戸のすきまから流れ入るころ、アユムはベッドからすべりおりて影絵の人物のように足音もなく去っていくのを、秋作は官能を満たしたあとの快い倦怠感とともに見送った。汗にぬれたシーツに白い花がこぼれていた。秋作はそれを唇にくわえると、また深く眠った。

秋作はカントールで仕事をしていても、ふっと気がつくと、寝不足でぼんやりした頭のなかで、アユムの豊潤な肉体の吸着感を反芻しているのであった。頭を振って妄想を追い落として仕事にかかるが、いつのまにか、腕に、胸に、アユムのむっちりと弾んで、うすく汗ばんだ肌の感触がとろとろと生き返って来る。そのたびに秋作は窓に立って行き、思いきり深呼吸をして新鮮な外気をすったり、路傍のアッサム樹の陰にうずくまる物売りや、行き来の人人をながめて気分を変えようとした。

工合でも悪いですか、と初老近い課長が心配して声をかけてくれた。いや、寝不足なんです、ゆうべパッサル・マラムにワヤン・クリットを見物に行きましてね、面白くてついつい夜ふかししたんで疲れました、と秋作は答えてその場を取りつくろった。

女の肉体の濃密な後味が翌日までねばねばと自分の肌にうつつの感触となってからまって残るという経験は、ジャカルタの生活で秋作にははじめてであった。

すでに何人かのインドネシアやハーフカストの女を秋作は経験していた。いずれも娼婦で、肉体の印象を翌日まで持ち越すような女はいなかった。

ジャワにいる何万もの日本人はほとんどが壮年の男であったが、家族を内地から伴っているものはおらず、インドネシアが「オラン・ニッポン・プルンパン・サジャ、オラン・インドネシア・サ・サジャ」とかげ口をきく日日を送っているのが一般であった。日本人は女、女の一点張り、インドネシアは困ることだらけ、と日本人の日常生活のすさんだ頽廃ぶりをずばりと衝いた辛辣な警語である。秋作の生活態度も、そのそしりをまぬがれぬ御乱行ぶりであった。

深田と同宿して三、四日目の夜、深田が案内するぜというのについて、ベチャに相乗りして行った先はマンガライの将校慰安所であった。秋作の相手をしたのはセースという名の、顔といい身体といい、すべてが大ぶりの、容貌魁偉な三十女であった。亭主はオランダ海軍の下士官で、乗艦が日本艦隊に沈められたので生きているやら死んだものやらわからない、と秋作に寝物語をした。肌の色は白かったが髪は栗色で、深田は、あれはセレベスのミナハサ人さ、あのあたりは色が白いんだ、と何もかも知り尽くしている口をきいた。

それからも深田につれられてあちこちの慰安所に足を向けた。勝手がわかると、一人で出かけた。

戦争の先行きはもう見えていた。秋作自身、これが南方連絡最後の社機という便でジャワに送り込まれたのである。それから考えても、戦争の前途に希望が持てる道理がないのはわかりきっていた。内地でまごまごしていると、兵籍があるので再召集されて、どこかの前線へ送られるのははっきりしていたし、そうなれば生命があぶないので、ジャワ行きの社命を受けると応召するよりはましという気で出て来た。生きて内地に帰れるとの保証があるわけでなし、何のよろこびも楽しみもないので、異国の女の肌を唯一の慰めにする荒涼の生活を送っていたのであったが、一夜を倶に過ごした女の生身がつぎの日にも想念のなかにまつわるという経験はなかった。

だがアユムはちがった。秋作の胸に埋めるように顔を押し当てたときの熱い息づかいがなまなまとほてる。髪に挿していた花の香が匂う。そして力いっぱいに交わした抱擁の鮮烈な余情が、いつまでも秋作の五体の内奥でうずくようにいぶっているのであった。

カントールの仕事を切りあげると秋作は自転車を飛ばして宿舎に帰った。いつもならまだアユムはいる時刻であったが、出迎えたジョンゴスが自転車を受け取るとき、無表情に、アユムは疲れているといって帰ったと告げた。秋作はへたりこみたいほど気落ちした。

居間にはいってけだるい身体をソファに投げ出すと、秋作はまたしても、なぜアユムはゆうべおれに身体をまかせに忍んで来たのだろう、と考えた。朝からずっと秋作の心でうずまいている疑問であった。

秋作はそれに自答する。アユムはひょっとすると足を怪我しておれにオートで医大の病院に運ばれたことで、恩義を感じたのではないか。おそらくオランダの支配時代には、主人が下婢の怪我の手当てをし、病院に伴ってやるなどということはあり得なかったろうから、アユムがおれの親切を特別なものと受け取ったことは考えられる。それに報いるために、アユムは深田や福岡のバブたちがしているように、身体をおれにまかせようと思いついたのかも知れぬ。昨夜、パッサル・マラムのみやげをコッキイに買わせたので、魚心あれば水心の合図と受け取ったのかも知れぬ、と秋作は臆測した。

秋作は深田や福岡がバブに手をつけているのを知っても、真似する気はさらさらなかった。性欲の生理的処理は娼婦相手でいい、と自分の行為に枠をはめていた。それを、アユムがベッドに来ると、たあいもなく放棄したが、秋作は、アユムが魚心に水心と彼の心を読んでいたとしたら、図星であったかも知れぬと思わぬわけにはいかなかった。

秋作はアユムがどんな意図で、あるいは感情をいだいて彼のベッドを訪れたにしろ、アユムをみだらとは思わなかった。愛の表現に大胆で行動的なスンダ娘の直截さにふれておどろきはしたが、彼の胸にアユムがぐいぐいと顔を押しつけて来たおおらかな積極さがうれしく、いとしいのであった。アユムと情交を持つ仕儀となったのを悔いる心は秋作にはなかった。

つぎの日も、そのつぎの日も、アユムを待ったのに、アユムは秋作の寝室に来なかった。三日たっても四日たっても姿を見せなかった。秋作はじれた。パッサル・マラムのみやげの返礼に、一度だけおれに身体を与えたのか、と秋作はかんぐったり、あの晩はアユムは留守番でジョンゴスの部屋に泊っていたから忍んで来られたが、もうそれはできぬことなのか、と考えたりした。それともアユムの手管だったのか、と疑いを深めてもみた。

一夜だけ身体を許しに来て、あとはぷっつりと通って来ぬアユムの気持は何とも秋作には解しかね、懊悩した。

一週間ほどたった日であった。朝、出勤前にアユムが居室に来たので、秋作は「今夜、待っているぞ」と、胸のしこりを吐き出すようにアユムの耳もとに告げた。アユムは、秋作の言葉の強さをはかるように、大きな黒目をまっすぐに秋作の顔に向けて、じっと見つめていたが、うなずきもしなかったし、答えもしなかった。

秋作は夜が待ち遠しかった。カントールでの勤務時間がのろのろとおそいのがいらだたしくてしようがなかった。退勤して宿舎に帰っても、夜までの長い時間の焦躁が思いやられたので、カントールを出ると将校倶楽部のハルモニーに寄ってビールを飲んで時間を消していると、そこのビリヤードで顔なじみの貨物廠勤務の大尉に見つかって勝負をいどまれ、喜んで相手になった。どちらも二本ぐらいの似寄った腕前で、いい相棒であった。宿舎に帰ったときは、深田と福岡の部屋はどちらも灯は消えていた。

生垣の門をはいると小砂利に自転車がきしんだ。すると音もなくジョンゴスが姿を見せて、自転車を受け取った。アユムはおるか、ときくと「アダ・トアン」と実直に答えた。その返事で秋作の胸はわくわくと弾んだ。居間にはいると、かすかな花の香りがした。ベッドの釣り蚊帳の合せ口をひらくと、パンヤの長枕のまわりにブンガ・スダップ・マラムの、淡い黄金色の小粒の花がまいてあった。たったいま枝からしごき取ったばかりのように、夜来香の花は新鮮に薫っていた。

戦局は日に日に敗色を濃くした。沖縄は米軍の蹂躙にまかしていたし、日本海軍はあとかたもなく海の藻屑となっていた。東京空襲は前年の秋からはじまっており、米軍が本土に上陸するのに、もうさして日数はなさそうだった。遠からずして日本の運命が終局的に決定するのは目に見えていた。イタリア、ドイツはとっくに降伏していた。

戦争が決着するまでおれが生きておれるだろうか、と秋作は考えた。北ボルネオにはすでに聯合国軍が上陸し、孤立したタラカン油田地帯の日本守備隊はあえない全滅を遂げ、ふた月のちには米軍が南ボルネオに上陸した。つぎはジャワの番となるのは明明白白な状況だった。

ジャワを占拠している第十六軍は、敵は少なくとも十個師団を基幹とし、戦車やそのほかの近代装備で、絶対的な制空制海権のもとで侵攻して来ると予想し、西部ジャワを決戦場と想定していた。強力な敵軍とジャワ北岸の水際で戦い、平野部で戦い、バンドン近傍の山地に誘い込んで持久戦に持っていく方策を作戦参謀は練っていた。わが方の兵力は第十六軍一万五千、軍属とシビリアン合せて一万五千、チモールから転進中の陸兵二万、飛行機を持たぬ航空兵一万、艦艇を失った海兵二万、合計八万があったが、装備は劣弱、とうてい優勢な物量に物をいわせる敵に抗すべくもなかった。日本軍が育てていたインドネシアの義勇軍や兵補は頼りにはしていなかった。

秋作は敵のジャワ侵攻がはじまれば、死ぬよりほかはないと自覚していた。

秋作は予備役兵だったので、すでにたびたび訓練招集されて、軍属や、桜組と呼ばれる商社員などの一般邦人とともに、ガンビル広場で来襲敵軍を迎え撃つ訓練を受けていた。

顔を刺す青草の茂みを分けて、座布団爆薬を抱えて匍匐前進し、敵戦車に肉弾攻撃をしかける訓練を繰返し繰返し、終日反復するのであった。また、ときにはバンドンの、元は蘭印軍造兵廠だったのを南方総軍が直轄造兵廠として接収した工場でつくる、鉄鍋に似た鋼管利用の応急迫撃砲を抱えて敵陣地に肉薄する訓練や、白兵突撃訓練もあった。秋作らに与えられるどの兵器も、子供だましのように貧弱な代物で、まともに敵に刃向えるとはつゆほども思えなかった。訓練招集のたびに、秋作は自分の運命の暗澹たる行く末を見せつけられる思いがした。座布団爆薬を抱いて草原を這って行く自分の姿は、まぎれもなく死地へ投入される姿そのものにほかならなかった。

このまま戦局がずるずるとどん詰まりまで追い込まれるのであれば、とても生きる望みは持てぬ、と秋作はあきらめた。そんな秋作の絶望感をなぐさめるのはアユムの愛撫であった。アユムの抱擁に身をまかしていると、秋作の胸にわだかまる絶望感も消えた。女体のもたらす快楽がそれを消すのではない。そんな快楽はひとときの麻痺にすぎぬが、秋作に尽くすアユムの仕ぐさには歓びがあって、それが秋作の心を和ませるのであった。

アユムが示すほんのちょっとした表情や言葉のはしばしに、いつわらぬ思慕を男に寄せる女だけが見せる幸福感が匂っているのを秋作は感じ取ることができていた。アユムが秋作を見るときの黒い目のかがやきが何よりもそれを証していると秋作は思った。そのアユムの愛情が、アユムがひたっている幸福が、秋作の異境での孤独で虚無的な生活を明るまし、無残な死の予感も忘れさせたのである。

多くの日本人が、深田や福岡もそうだが、手近な女体を慰んで安直に欲情を満たす、放埒な情事を平気ではたらいているが、自分はちがう、と秋作は自分にいいきかせていた。バブたちは、金が目当てで自堕落に主人にもてあそばれるが、アユムの心はそんな卑猥なものではない、と秋作は信じることができるのを男の果報と思っていた。

アユムを得て、アユムの情味の温もりにひたって秋作が、索漠とした生活から喜びを取りもどし、アユムなしではもう自分の生活は成り立たぬ、と知ったときに、アユムが秋作に問うた。

「トアンはキリスト教徒か」

そうアユムはきいた。なぜそんなことを問うのかわからなかったが、秋作は「わたしはキリスト教徒ではない」と答えた。するとたたみかけるようにしてアユムは「それでは仏教徒か」と質問を重ねた。

秋作はアユムの問いかけに異様な緊張を感じた。

「まあそうだ、ゆるやかな仏教徒だ」

秋作は答えておいてアユムの目に見入った。

アユムの目は光をたたえていた。真剣な気組みがあった。

「トアン、イスラム教に改宗してください。仏教を棄ててイスラム教徒になってください。わたしの伯父はハジで、カンポンのモスクでは勢力がある。トアンがイスラム教徒に改宗するのに力になれる。トアンがイスラム教に帰依してくれると、わたしはうれしい。わたしの両親や兄弟や親族たちもよろこんでくれる。お願いです、トアン」

アユムの一語一語に力をこめた言葉をきいて、秋作は息がつまった。たいへんなことをアユムがいいだしたと知ったからだ。イスラム教義に則った正式の結婚をアユムは願望しているのであった。

アユムは真剣であった。その真剣さには秋作も真剣に応えねばならぬ。その場のがれの不誠実な返答は許されなかった。

「アユム、よくきいてくれ」

秋作は重たく口をひらいた。

「わたしはお前の願望をことわらねばならぬ。わたしは宗教でわたしの心と生活をしばられるのを望まない。わたしは到底、戒律きびしいイスラム教徒にはなれぬ。それに日本は多くの国を相手に戦争をしている。なりゆき次第では、わたしはいつでもソルダドウにならねばならぬ。ソルダドウは死ぬ覚悟をしなければならぬ。わたしは妻帯したくない。許しておくれ、アユム」

秋作はアユムに詫びた。真実、秋作は自分が敬虔なイスラム教信徒になれるとは思わなかったし、アユムを正式に妻とすることがたやすく日本人社会から許されるとも思えなかった。アユムがどうしてもいまの二人の関係を不純として親兄弟に面目が立たぬというのであれば、いさぎよく別れるほかはないと、秋作は肚をきめてアユムの表情を見守った。

アユムは秋作が告げ終っても、答えずに黙って秋作の顔に視線を向けているのであった。秋作の返答は、アユムにはおそらく予期できたものであったにちがいない。だがそれを明確にきいたことは、やはりアユムにはさびしく、つらかったであろう。アユムは重ねて秋作に改宗を求めなかったが、瞳には悲しげな翳が、秋作を怨じて生れていた。

秋作は、彼がアユムを真実愛していることをアユムが信じたからこそ、イスラム改宗を迫り、結婚を親兄弟たちも望んだのだと信じた。

深田や福岡の耳に、アユムが秋作にイスラム改宗を求めたことがきこえたかどうかは、秋作にはわからなかったが、そのころから深田が秋作に面と向って「たかが女のことで面倒を起こすな、インドネシアとわれわれのけじめを忘れるでないぞ。情にほだされて深みにはまってはならぬ」と諌め立てすることがあった。深田たちの常識では、バブに手をつけるのは一向にかまわぬ、金でかたをつければいいことで、大まじめに愛しているの結婚のといいだすのは噴飯もの、尻の青さが我慢なりかねる、と思っていることは秋作は百も承知だったので、深田の忠告を受けるたびに口では「迷惑はかけません」と受け流しておいたが、心では深田の言葉をさげすんでいた。

アユムの愛にすがらねば消すことのできぬ自分の憂悶を告げても深田に理解してもらえるとは秋作は思えなかった。何を話しても無益だと秋作は深田たちのインドネシアに対する認識を侮っていた。

戦争の先行きについて、腹蔵なくおたがいの見通しを語りあったことはなかった。そんなことは、たとえ先輩後輩の仲であってもあぶなくてできはしなかった。だからつきつめたところ、深田が戦争についてどう判断しているのか、秋作には知りようはなかった。まさか神州不滅を信じているのではあるまいとは思えたが、いずれにしても、深田はジャワで命を捨てる羽目になると思っておらぬことはたしかであった。秋作が訓練招集で出て行くのを見ても、ご苦労さんだな、と人ごとにしていた。「自動車を一台、ガソリンつきでかくしてあるんだ。いざというときはそれで戦場の外に逃げるんだ」と真顔で話すのを秋作はきいたことがある。自分だけは助かる、ときめこんでおれるとは、ずいぶん気楽な男だ、と秋作はそのとき思ったものである。

秋作は深田のそんな心理を、つまりは内地に妻子を残しているので、いつかは妻子のもとへ帰らねばならぬとの執念から、物事の一切を自分の都合に合せているのであろう、内地の妻子が彼の心の支えになっているにちがいない、と推測して深田の楽天ぶりをうらやましいと思った。

深田にわが身をひきくらべて、秋作は「おれには内地に思いをつなぐものがない。おれに確実に存在するのは眼前の状況だけだ。将来に余裕も可能性も残しておく必要がない。他人の思惑などどうでもいいことだ。おれは自分に忠実に生きればそれでたくさんだ」と胸のうちでつぶやくのであった。


ひとつ宿舎に暮らしているので、深田には秋作とアユムの関係はよく見透けたであろう。後輩のすることが、危なかしくてしようがなかったのであろう。場合によってはとんだ飛ばっちりをかぶらぬともかぎらぬ、と心配もしたであろう。七月の末に、気分を変えに取材旅行をして来い、といって秋作にバンドンへ二泊の出張を取りはからってくれた。秋作をすこしでもアユムから遠ざけて気持を落ち着かせようとの深田の配慮であった。

取材はバンドン工科大学の日本人教授に話をきけばすむ、たあいもないものだったので、秋作はホテルで高原の爽涼にひたって過ごした。バンドンはジャカルタにくらべて涼しく凌ぎよい山の街である。

帰りの列車がボゴルを過ぎて次第に暑熱が加わるあたりから秋作は身体にだるさをおぼえた。さてはバンドンの涼しさで暑気になれた身体が変調したか、と軽く考えていたが、午後ガンビル駅に着いたときは立っておれぬほどの高熱が出ていた。身体の芯はるつぼと化したかのように灼熱し、手足や腰の関節はねじられるようにきしみ、全身は悪寒で歯の根があわぬふるえようであった。秋作はマラリヤが再発したのを知った。乙種幹部候補生出身の下士官としてバイアス湾に敵前上陸し、広東周辺の残敵掃掃作戦中に熱帯熱マラリヤにやられ、野戦病院をつぎつぎに後送され、内地の陸軍病院に落ち着いたあとも半年ほど間歇熱に苦しんだ秋作は、マラリヤの熱感覚を身体がおぼえていた。

ガンビル駅を出てデルマンをひろったが、御者に行き先をいいつけると気が遠くなって、馬の背中の銀の鈴がシャンシャンとすずやかな音を立てるのが耳にきこえたり、離れたりした。意識を失ってはならぬと唇を噛みながら宿舎に帰りつくと、カントールの課長にマラリヤが出たと電話して、防暑服のままベッドに倒れこんだ。熱をはかると九度を越していた。広東では四十二度を越した記憶を持つ秋作は、九度台なら大したことはないと自分をはげまし、キニーネ錠を飲んだ。ジャカルタに着任するとすぐ日本人薬局で用心にバンドン製薬工場製の糖衣錠の大瓶を買っておいた。それが役立つこととなった。

アユムに、サキット・パナスになったからありたけのものを着せてくれといいつけて、毛布のうえにシーツや背広やテーブル・クロスまで掛けさせて、ダッチ・ワイフを抱いてふるえているところに課長がかけつけて来てくれた。ジャカルタ病院で見てもらわなくていいか、というので秋作は、医師に見てもらってもキニーネをくれるだけだから、じっと寝ていて熱がおさまるのを待つしかない、熱にはなれている、といった。そのときアユムが水にひたしたタオルを秋作の額にこまめに取り替えるのを課長が目で追っているのを秋作は気うとい気分で見た。

秋作は課長が帰ると、アユムをベッドにあげた。アユムは熱にうめく秋作に「トアン、身体にさわる」といったが、秋作が「お前の身体であたためられたいのだ」というと、秋作の求めにすなおにしたがった。アユムのうるみを帯びた、弾力のある肌が、悪寒に粟立つ身体をやわらかくつつむと、秋作は噴き出るように生気をよみがえらせた。アユムの若い、みずみずしい生命力が、密着した肌から肌へとしみるように思われた。

翌日、秋作は重ね着用の下着を用意して出勤した。深田が大丈夫かと心配してくれた。どうせ午後になると熱は出るがキニーネを飲んでるから少しは押さえられるでしょう、と秋作は平気な返事をした。

三時すぎるとてきめんに悪寒がはじまった。額から、脇の下から、みずおちから、湧き出すように汗が流れ、ふるえが来て関節がギクギクとうずいた。秋作は用意の下着を着た。課長が「顔がほてっとる、安静にしたがよかろう」と気づかったが、秋作は「広東では四十度を越していて戦争をしました、仕事しているほうが気がまぎれます」と強がりをいった。

普段どおり勤務をやりおわせて宿舎に帰ると、疲れで目まいが起こり、ベッドに這いあがって身体を横たえた。熱をはかると九度を越していたが、九時になれば下る、と自分にいいきかして昏睡のような眠りに落ちた。

アユムが額にぬれタオルをおいたので意識がもどった。するとそれを待っていたように、アユムがいった。「トアン、この薬を飲んでください。わたしたちはサキット・パナスになると、この薬を飲んで朝のつめたい田んぼの土を踏めばなおるのです」とビール瓶を差し出した。秋作はいわれるままに、起きなおるとビール瓶を口飲みした。液体はひどくにがかったが、ひと息に飲んだ。飲んだあと、いつまでも舌を刺すにがさが残った。秋作はキナの木の皮の煎薬だと判断した。アユムが気づかってくれる限り、マラリヤでへたばることはしない、と秋作は病気にいどむ元気を振い立てた。

キニーネは毎日飲んだ。アユムが作る煎薬も欠かさなかった。どちらがきいたかはわからぬが、一日、一日と午後の熱発の最高度がさがり、八度を越さなくなった。秋作がマラリヤに勝ったと自信を持ったころ、現地召集の赤紙が来た。秋作だけでなく、社員の三十歳台前半までのものには、未教育補充兵にも令状は来た。入隊日は八月二十日であった。

敵機がジャカルタの空に姿を見せるようになっていた。偵察機であったが、空襲警報のサイレンが鳴ると、秋作たちはカントールの庭の防空壕に、入口をかくしているカンナの茂みを押し分けて飛び込んだ。敵のジャワ上陸は確実に迫っている気配であった。秋作は、にわか編成のシビリアン部隊は、敵の上陸時に水際で時間かせぎの消耗戦用に使われる捨て石になるのであろうと、あきらめきった心境で赤紙を防暑服の胸かくしにしまった。

内地にいても、軍隊でいう「地方」にいつまでもおれるものではなく、召集されて前線送りになるのは間違いないのだから、一年の月日をなじんだジャワで銃を執れるのは、むしろ恵まれた運命といえよう、と秋作は達観する心になっていた。マラリヤがおさまっているのが有難いとよろこびもした。のっけから病気を背負って軍務につく辛さを秋作は知っていた。

アユムには入隊がきまったことは告げなかった。街じゅうに貼りまわされているアワス・マタマタ（スパイに注意）の標語に忠実で黙っているのではなかった。アユムに別離の悲哀をはやばやと知らしめるにしのびなかったからである。その日まで睦み合う生活を乱したくない、とただそれだけのことであった。

召集令状を受けても、秋作の日常に変更する部分はなかった。身体一つ持って、きめられた日時に営門をくぐって、与えられる軍服をまとえばそれで万事は片づく。気がかりなのはアユムの身の振り方であったが、それもカンポンに帰すよりほかに手立てはなかった。

秋作は、ジャワも戦地であるからには、そこでの愛は、どれほど強かろうと真剣であろうと、戦争のなりゆき次第で、破滅を避けられぬ、もろくはかないものであるのは仕方がないと、心の底ではとっくにあきらめをつけていた。

おれはソルダドウにならねばならぬ、といえばアユムも納得するしかなく、持ちあわせの金につけて、ジャカルタに来て以来、買いととのえた調度、衣類など、一切合財を持たせれば当分は口すぎに困りはすまい、そのうちに戦争はけりがつく、と秋作は腹づもりしていた。

アユムに別れを告げる日が近づくのをひそかに恐れながら、秋作は日中は平静に勤務をつづけたが、夜は物狂おしくアユムの肉体に耽溺した。肉体を飽くことなく求めつづけることでとことんまで愛情を確かめたい気持に秋作は駆られていた。憑かれたような秋作の欲求に、アユムは本能的な不安を、細く剃った眉根に寄せることがあったが、拒みはしなかった。

十五日の水曜日、秋作がカントールに出勤すると、社長から「会社員は正午前に軍報道部に参集すること」との告示が出ていた。

軍報道部のホールでは、秋作たち報道員はすしづめで肩と肩をふれあわせて立ったまま正午を待った。高橋という報道部長が「正午から重要放送があるから謹聴するように」と訓示した。ホールの熱気は耐えがたかったが、緊迫した静粛さが室内を支配していて、重圧感が頭のうえからのしかかって来た。全員が戦争の前途を決定づける放送だと直感していた。

秋作のかたわらにはジャカルタ放送局の日本人アナウンサーや職員たちがひとかたまりになっていたが、彼らはこわばった表情でホール正面の大テーブル上の拡声機を見守っていた。ラジオ放送をきくのであれば、彼らは自局できけばいいものを、何ゆえにここに呼び出されて立っているのか、と秋作は不審を持った。つまり、いまから謹聴する放送がただごとではなくて、深刻な儀式としてきかねばならぬ内容であるにほかならぬからだ、と秋作は推理をはたらかした。

正午かっきりにアナウンサーの荘重な声が拡声機から流れ出したが、空中状態が悪いのか、ガアガアと鳴る雑音に掻き消されがちであった。つづいて異様な抑揚の、たどたどしい放送がはじまった。最初に「朕」という言葉がきこえた。秋作は、天皇の声だ、と気づいて耳を澄ましていると、雑音のあいまに高くなり低くなりしてきこえる言葉に「共同宣言を受諾」とあった。秋作は「さては」と心を構えてさらに聞き耳を立てた。まったくききとれぬところもあったが、よくきこえるときもあった。「世界の大勢亦我に利非ず、しかのみならず敵は新たに残虐なる爆弾を使用して」という言葉がはっきりききこえたとき、秋作は、これで戦争は終ったのだ、と心のうちでうなずいた。なおもふしぎな抑揚の語り口の放送は、雑音にあらがうようにしてきこえる。「帝国臣民にして戦陣に死し職域に殉じ非命に殪れたるもの」という言葉もききとれた。一語一語がつかえて、おぼつかなげな言葉運びが、重重しく、沈憂の気味を帯びているのが秋作の心に強い印象となった。

戦争の敗北を天皇がみずから詔勅として告げているのだと知っても、秋作にはおどろきはなかったが「そうか、こういう形で戦争の結末はつけられたのか」と、唐突な事態の展開が意外であった。

二、三日前の夜、スラバヤで海軍の電信兵が酔って路上に大の字になって、日本はポツダム宣言をのんでしまった。戦争は負けだ、とわめきちらしていて憲兵に逮捕されたのを秋作は知っていた。そのとき秋作は電信兵がやけっぱちにどなった言葉には確実な裏づけがあると感じた。ポツダム宣言がどうのこうのということは電信兵の知恵では口から出まかせに吐き出せる事柄ではないと判断したのだ。だから天皇が敗戦をラジオで国民に宣告しても、秋作は「やはりそうだったのか」と事の次第が解けた思いをしたのである。

報道部を出るとき、深田と玄関に立って仰いだ空は真っ青に冴え、街路には烈しい日差しが、あまりに明るいためにかえって陰鬱な静謐さで照りかえっていた。

秋作はひどくうらぶれた気持になっていた。戦争に負けたことがくやしいのではない。負けるのはわかっていた。負けたことで、命拾いをした、と安堵の感慨こそあった。五日のちには兵隊にとられて、死ぬ稽古にはげまねばならなかったのだから、虎口をのがれた喜びのほうが強かった。心を占めるのは、払いようのない落莫の思いであった。あたかも真空に身をおいているかのような、虚脱した感覚が五体のすみずみにまでどろんとよどんでいた。

深田もそうだとみえて、押し黙って空を仰いで突っ立っていた。周囲には報道部を立ち去る防暑服の男たちがざわめいているはずであったが、秋作の耳には話し声も物音もきこえなかった。

秋作は胸のかくしから召集令状を取り出し、ひろげて見た。姓名のうえに陸軍軍曹と官名が記入されてあったが、見ているうちに、陸軍も、軍曹も、ひどくしらじらしい字面に見えた。八月二十日午前八時、という入隊日時にも、しっかりと目をとめた。どの字も先刻までは宿していた、一人の人間の運命を組み替える魔力を失って、無意味な活字に成り下がっていた。秋作はその赤い紙片をゆっくりと二つに裂き、さらに四つに裂き、指で裂けるかぎりちいさく裂くと足もとに捨てた。赤い紙吹雪が地面に散り敷くのを見とどけると、秋作はそれを踏んだ。

秋作は深田と肩をならべて、歩道の火焰樹の並木の陰をひろって歩いた。

「どうする」

だいぶ歩いたところで、深田が、ポツンといった。動揺する気持をもてあました声であった。目前の行動を問うのか。この日から先の長い予想のできぬ月日のことを問うのか。問いかけた当の深田自身、何を問おうとしているのか自覚しかねている、漠然とした言葉つきであった。

秋作は答えなかった。報道部を出てから、彼も、さてどうする、としきりと考えようとしていたのである。あれこれと想念が浮かんでは消えたが、ひとつとしてまとまりはつかなかった。

秋作がまっさきに考えたのはアユムのことだった。召集令状を受けて、いったんは別れねばならぬと決心した。戦争が敗北で始末がついたいまとなっても、別れねばならぬ事情に変りはないとはわかったが、さてどんな別れかたになるか、そこのところは見通しがつかなかった。それには、これからジャワの日本人はどうなるのか、自分はどうなるのか、その見当が立たねば思案のしようがなかった。収容所に入れられるだろう、とは考えた。ジャワの緒戦ではオランダが負けて聯合国人は収容所に入れられているが、こんどは日本人の番になった、しかし戦争は終ったのだから長い期間を入れられておることはよもやあるまい、三年か、それとも四年か、そのあとは本国送還か、と秋作は考えを転転させていた。そこに深田から「どうする」と声がかかった。

秋作は黙って足を運んだ。こんなときはだれしも思うことは同じなんだ、と思いながら深田への答えをさがした。

「状況にまかせるよりほかはない」と秋作は答えようとした。だが口に出すまえに、その言葉はのみこんだ。状況まかせというひとことから秋作がいいひろげようとした内容は、歩きがてらの会話に盛るには複雑で切実すぎたからである。秋作はしばらく歩きつづけたあとで、深田に返事した。

「僕はキニーネを買いに日本人薬局に寄ります。このさきマラリヤが出たら命取りになりますからね」

秋作は深田の問いを、その場の行動を問うたことにして軽くかわしたが、自分なりに将来の困難をにおわせたのは深田も察したろうと思った。

深田と別れるとハルモニー近くの日本人専用薬局に秋作は寄った。店にはリッシイ・パウルというハーフカストで、顔なじみの女店員がガラス・ケースの向う側に、ふだんと変らぬ様子で立っていたが、秋作を目迎えると、彫りの深い美しい顔に微笑を見せた。

ケース越しに顔を向き合わすと、リッシイが正確な発音の日本語でいった。

「アナタ、コマリマシタネ」

リッシイは片頬にえくぼをつくっていたが、秋作の目に見入る目はほほえんでいなかった。秋作がどう表情を動かすかと見すえるまなざしであった。

秋作は、この女はもう天皇の放送を知っている、と察したが、それをふしぎとは思わなかった。スラバヤの海軍の電信兵が、日本はポツダム宣言をのんだとわめいていたとき、ジャワの現地住民は、インドネシアもハーフカストも華僑も、聯合国の短波放送をひそかにきいて、日本の全面降伏を知っていたにちがいなかった。だが日本はそれを公知する手続きをすましていないことも彼らは知っていたので、うかつにしゃべったり、露骨な態度に出したりするのをひかえていただけのことで、天皇がラジオで行なった降伏の宣告が彼らの禁戒を解いたのであり、それは日本人のあいだに知れわたるよりむしろより早く彼らのあいだに伝播したのである。

秋作はリッシイが憎悪で「コマリマシタネ」と彼をあざけっているとは思わなかった。いままでに彼女から怨まれたり嫌われたりすることをいいもしもしておらぬから、面と向って意趣晴らしをされる覚えはないが、彼女の身体に流れている八分の一か、十六分の一かのオランダの血が、日本人の秋作に刺のある言葉を投げつけることで勝利を誇りたいのであろうと秋作は受けとめた。それにしても婉曲な言いまわしに毒をふくませたリッシイの投げ言葉を受けて、秋作は戦敗者が戦勝者からなめさせられずにはすまぬ屈辱を早くも浴びせかけられたときびしく意識した。

そのとき秋作は、とっさにリッシイに答えた。考えたあげくに思いついた言葉ではなくて、反射的に衝いて出た言葉であった。

「わたしは戦争より平和が好きだ。わたしの思想は勝利した」

秋作の言葉をきくと、リッシイが浮かべていた誇らしげな表情はとまどったようにくずれ、秋作の目に射向けていた視線をふいとはずすと、つぎの瞬間にはいつもの営業用の笑顔になって、習慣的な明るい声で「トアン、何がお入り用なの」と愛嬌を見せた。

「キニーネの大瓶がほしい。いまに日本人が多勢キニーネを買いに来るよ。日本人は平和が好きなんだよ。キャンプでマラリヤにかかったら、折角おとずれた平和の恩恵を受けられなくなるからね」

秋作が皮肉をこめた軽口をたたくと、リッシイは職業的な笑顔を消して、秋作をまともに見たが、ついとそむけるように顔を横手の薬品棚に向け、注文の品を神妙に取り出した。

日本が降伏したからには、いずれは収容所暮しをさせられると秋作は覚悟していたが、カントールに出勤して新聞をつくる生活はすぐには変らなかった。

インドネシアは十七日にスカルノ邸で、スカルノとハッタが「インドネシア民族を代表」して署名した独立宣言を発表し、ジャワ新聞にも記事として掲載された。秋作は「インドネシアがインドネシアの主人になる時代が来た」とその記事を見て思ったが、同時にやがてもとの主人顔をして復帰をねらって進駐して来るオランダ勢力とインドネシアのあいだで、血みどろの軋轢が生ずることも予想できた。

聯合国は彼らがジャワに乗り込むまでは、日本軍に軍政をインドネシアに奪権されることなく、兵器を日本軍が育てた三万六千のインドネシア義勇軍、一万五千のインドネシア兵補にわたして独立軍をつくらせることのないよう、インドネシアに独立国家の体裁をととのえさせぬよう押さえておく任務を課した。それには日本軍と軍政の組織を崩壊させてはならず、機能の維持には情報伝達のジャワ新聞の存在が必要だったのである。

秋作は自転車で、ガンビル広場西側の憲兵隊前の道を走ってカントールに通勤していたが、街の様子は日一日と急激に変貌した。

昔は民族旗にすぎなかった紅白旗がインドネシア国旗となり、街じゅうどこもかしこも、旗波に埋めてひるがえった。それにつれてインドネシアの表情に生気が生れ、態度が自信に支えられて来た。

「インドネシアの主人はインドネシア」という秋作の感想を、彼らは着実に実現させていた。

それにひきかえて、日本人の意気は次第に沈滞し、インドネシアの日本人襲撃事件が発生しはじめた。そのころ、おりおりジャカルタの空を、日の丸を緑十字に塗りかえた日本軍の飛行機が飛んだが、秋作は緑十字機を見ると、寂寥を感じた。インドネシア新興の気魄に満ちてカンポンの路地の奥まで氾濫するメラ・プティ旗とうらはらに、日章旗を喪失した日本人の落魄を見せつけられる思いがして、つくづく祖国敗亡の情けなさに肩が冷えた。

胸にわだかまっていた、異国の土となる、との危惧は消えたが、かわって、このさき一体どうなるのか、という、敗戦を宣告する天皇の放送をきいた日に深田がもらしたと同じ不安がいつもつきまとった。ジャワに何万の日本人がいても、それは自分で自分の身の処置をつける力を持たぬ烏合集団にすぎず、どこのだれとも知れぬものの手に運命をゆだねているのだが、さてそれがどうなるのか、いつ故国へ帰されるのか、その故国はさぞ戦火に荒れておろう、人の心も変わっていようがどんな様子になっているのか、親兄弟は無事か、と秋作の心に不安の種は尽きなかった。

秋作が心を安らげられるのは、アユムと二人の時間であった。アユムには、秋作との仲が遠からず終るのがわかっていた。だがそのことにアユムはまるで触れようとしなかった。触れて恐ろしい目を見たくないからであろう、卵のようにこわれやすい平安であっても、ぎりぎりのときまで大切にしたいとアユムは願っている、と秋作はアユムの女心がいじらしくてならなかった。

別離が迫って、二人の情炎はかき立てられた。言葉の代りに身体で二人は心のたけを告げあった。抱擁に、愛別離苦をまぎらわした。アユムは終夜を秋作のベッドで過ごした。それまでは、はげしく愛撫しあったあと、ひっそりと秋作のかたわらから去っていったが、もう夜が明けて、中庭のマンゴの樹に文鳥の群れがさわがしく朝を告げようと、秋作のそばをはなれなかった。手負いの獣たちがたがいの傷口をなめていたわりあうように、抱擁に抱擁を重ねて過ぎていく時間を二人はただ惜しんだ。

九月にはいって八日にイスラム教の断食月間が終った。プアサ明けとともにインドネシアの大衆活動が急速にたかまった。十九日であった。秋作が自転車で出勤しようとすると、アユムがガンビル広場西側の通勤路は危険だという。なぜだときくと、ガンビル広場に大群衆が集合してスカルノ大統領が演説する、もう多勢が集っている、みな興奮している、という。そういわれると、群衆が巻き起こす喧噪が、風の音のように空を流れてどよめいて来るのがわかった。ムルデカ、ムルデカ、と独立を謳歌する喚声もききとれた。

心配するな、日本人に危害を加えはしない、といいおいて秋作は憲兵隊前の道に自転車を走らした。

歩道も車道も埋めつくして、黒いトピをかぶった男たちが、ムルデカを叫びながら人間の河になってガンビル広場の入口へ流れている。ぴたぴたと舗装路に吸いつくはだしの足音が地の底から湧く音の塊に似て秋作をつつんだ。秋作は群衆にもまれて自転車を押した。

メラ・プティの旗が黒いトピの波頭のうえに無数にひるがえっている。竹槍の切先が、ひくく垂れた火焔樹の並木の枝を払って行く。サロンの腰に十字柄《つか》のクリス[注3]を重くさしている男もいるが、殺気はない。秋作を見てにやりと笑って親指を突き立て「バグース、バグース」と叫んだ男がいた。どうだ、すばらしいだろう、と自分たちの示威を無邪気に誇らずにはおれなかったのであろう。学生のようであった。秋作はうなずいて見せた。

秋作は前日の十八日に軍政監部が英軍の先遣部隊から聯合軍命令として、インドネシアの集会やメラ・プティの国旗の掲揚、武器の携帯を厳禁するようにと強い指令を受けたことを知っていた。その翌日の大動員は、インドネシア指導者が、聯合軍に反発する、強烈な意思表明にほかならなかった。ジャワをめぐる政治情勢のけわしさを示す大衆行動を秋作は体験したのであった。

秋作はカントールに着いて、大集会の取材に行った記者から、ガンビル広場の入口には群衆が広場にはいるのを拒んで日本軍が防衛線を張り、重機関銃を構えていたときいた。だが結局は日本軍幹部の判断で入口を開放し、群衆は広場で大集会を開いた。

秋作はこの事件で聯合国側とインドネシアのあいだの尖鋭な対立関係が暴発したとき、日本軍は火中に巻き込まれるのを予感した。軍制当局は聯合国軍の主力が進駐をはじめれば、インドネシアと衝突が起こるのを見越して日本軍やシビリアンを巻きぞえから避ける手を打つにちがいないから、早晩ジャカルタの日本人は市街を立ち退かねばなるまいとも推察した。

落ち着かぬ気持で秋作たちは新聞作りをつづけていた。主な記事は同盟通信が東京放送をきいて配信するし、現地での取材もつづけていた。紙面を埋める活字を拾う植字係の華僑やインドネシアに職場放棄の気配はなかった。しかしカントール全体の空気は、もう新聞発行も長くはない、との感触を濃くただよわせた。

果たして二十四日には、英印軍一個旅団が二十九日にジャカルタに上陸するとの情報がはいった。秋作たちはその二十九日にジャカルタを去ることにきまった。報道関係は他のシビリアン・グループとともにボゴルの町から南へのぼった山地に集結地が設営されていた。テガルパンジャンという、山間《やまあい》を急な流れの小川が蛇行している岸辺の村である。

秋作も深田も福岡も、二十八日にジャワ新聞創刊以来九九一号となる終刊号を二十九日付で作り、二十九日の朝、オート五台でおよそ二十人が一隊を組んでテガルパンジャンに移ることになった。

移駐の指示を受けた日の夕方、秋作は宿舎に帰ると、ジョンゴスもコッキイも、すでに情報を知っているふうであった。日本人宿舎ではたらくインドネシアのあいだには、主人たちの動静は逐一、敏速に伝わった。ことに主人がいっせいにジャカルタを立ち退くという重要なニュースのキャッチに手抜かりがあるはずはなく、アユムが知らぬはずもなかった。

秋作が通勤用の防暑服をポロシャツとショートパンツに着替えてソファに身体を投げていると、アユムが足音を立てずにコッピーを運んで来てかたわらに立った。秋作が二十九日に深田や福岡といっしょにテガルパンジャンに移らねばならぬと告げようとした矢先に、アユムが言葉を切り出した。「トアン」と呼びかけた声音には、切迫の語気があった。

「トアン、いますぐわたしのカンポンに来てください」

アユムは、いつものアルトの美しい声と打ってかわって、のどを押さえた、ひくいしわがれた声でいった。秋作がアユムの顔を見ると、瞳は異常な決意に光っており、ふっくらと若やいだ頬はこわばっていた。

秋作は取りあげていたコッピー・カップを、テーブルに打ちつけるように音させて置くと、視線をすえてアユムの顔を見つづけた。秋作の胸に、アユムの言葉をひそかに予期していた、うなずく心があった。

敗戦から日がたつにつれて、軍を脱走したり、職場を離脱したりしてインドネシアのなかにはいっていく日本人がふえた。何人もの、そういった人たちのうわさを秋作はきいた。その人たちが日本人を捨てる理由はいろいろであったろうが、女への情合にからまれてカンポンに身をかくすものもあった。秋作はそんなうわさをきくたびに、アユムにひかれて、仲間からはなれる自分をふと思うことがあった。

カンポンにひそむ日本人のうわさをアユムがきいて、カンポンに来てくれ、と自分を誘うかも知れぬ、とも秋作はひそかに思った。

そして秋作は、人間の一生なんて、どっちに転ぼうと知れたものだ、アユムが心そこ自分を愛してくれるなら、この島で朽ちるのも男の本懐かも知れぬ、とも思ってみたりもした。だが気を取りなおして冷静に自分の身の処し方を考えれば、そんな向う見ずの人生をえらべぬことは明白であった。

だからアユムに「カンポンに来てください」といわれたとき、秋作は、ああやはりアユムはそれをいう、とうなずく心が動き、なんの脈絡もなしに、さきほどカントールからの帰路に見た、頭上をひくくかすめてカマヨラン飛行場へ着陸態勢にはいっていた緑十字機が思い出されたが、祖国は敗亡しても山河は残っており故旧はおる、そこへ帰る途を失ってはならぬと自分にいいきかしてアユムの言葉の魅惑からのがれた。

アユム、と呼びかけようとしたとき、敏感に秋作の気配を察したアユムがふたたびいった。

「トアン、わたしのカンポンに来てください」

まっすぐに秋作を見るアユムの目には、真剣な気組みがあって、アユムが卒爾の出来心でいい出したのではないことを告げていた。きつく胸を締めるバジュにつつまれて二つの乳房があらく息づいていた。

「わたしのカンポンには先日から日本のソルダドウが三人かくまわれています。日本軍の兵補だったカンポン出身の青年が手引きしてひそんでいるのです。あちこちのカンポンに、オラン・ニッポンは何人もかくれています。トアン、わたしのカンポンに来て、わたしといっしょに暮らしてください」

アユムの説得の言葉をききながら秋作は、ここであいまいなことを告げるとアユムの愛情を傷つけることになる、と自分をいましめた。

「アユム、わたしはほかのオラン・ニッポンと同じ行動をとる。苦しくても、耐える。お前のカンポンで、お前といっしょに暮らすのは楽しいが、それはできない」

秋作はそういった。アユムは答えなかった。黙って秋作を見つめていたが、キラキラと光っていた瞳が、輝きを失った。

「オラン・ニッポンが追い立てられたあとにはオラン・ブランダがはいって来る。ブランダを追っ払うにはインドネシアが銃を取ってたたかうしかない。日本のソルダドウは独立インドネシアの身方だ。勇敢にたたかって独立に貢献できる。だがわたしは何の役にも立てない。お前を困らせるだけだ」

秋作は、カンポンにひそむ日本兵たちと自分のちがいを説いた。「インドネシアはこれから大変革の時代にはいる。戦友となる日本人は迎え入れ得ても、能無しを受け入れる余裕はない。たとえお前の愛があっても、わたしはインドネシアの厄介者になるわけにはいかぬ」とも説いた。

アユムはやはり黙っていた。黙って秋作を見つめながら、立っているのであった。秋作は腕を伸ばしてアユムの手を力をこめて握ると、柔軟な身体を膝に引き寄せた。アユムは倒れるように全身を秋作の胸に投げた。その肩をしっかりと抱き取ると、秋作は彼の肩に顔を伏せたアユムの黒くつややかな髪を繰返し繰返し撫でた。髪には花の香が匂っていた。

ノックもせずにドアを蹴りあけて深田がはいって来た。アユムが膝から立とうとしたが、秋作は強引に腕に掻い込んだ。しかしアユムは秋作の腕をすり抜けると、足早に部屋から去った。深田は突っ立ったまま、アユムのうしろ姿を見やっていたが、アユムが出て行くと声を荒げていった。

「おれのバブがいうには、君のバブは君を今夜カンポンに連れて行くちゅうとる。まさかと思うが来てみたんだ。そんな馬鹿はしやすまいな」

深田の口気には、なじる気勢があった。秋作の片頰に、薄い笑いが皺のように浮かんだ。

「いまアユムがその誘いに来ていたのです。秋作の片頰に、アユムの誘いに乗りたい気持がまんざらないわけでもありませんが、僕がカンポンにはいったからって、インドネシアの役には立たずに、アユムの重荷になるのが落ちだぐらいの分別はあります。ご心配をかけて済みませんでした。それよりも僕はむしろ、アユムを日本に連れて帰る方法はないかと考えてみるのですが、いい知恵は浮かびません。僕らの結びつきは、はかない限りです」

秋作は深田にいうのではなく、自分で自分にいいきかす言葉としてつぶやいているのであった。たとえ二人の愛情が真剣だったとしても、戦争が機縁になっている限り、所詮は戦地に攻め入った側の男と、攻め入られた側の女との色事におとしめられてしまう、と身もだえに似た感傷が秋作の胸に生れているのであった。

アユムを日本に連れて帰れぬか、と思ってみもしたが、正式な結婚をしておれば多少の可能性があるかも知れぬが、抑留所暮しがきまっている身上では、とてもかなう相談ではなかった。それでは将来は、と思ってみたが、アユムの若さを思うと、何年か先にお前を連れに来る、とは告げかねた。人間の意思にしろ、愛情にしろ、時勢の変転に翻弄されれば、挫折するしかない、と秋作は観念するほかはなかった。

秋作の気弱な言葉をきいて、深田は表情をやわらげた。

「この期におよんで頓狂な真似はせんでくれ。頼むぜ」

深田はそういい捨てるとドアを手荒にあけて出て行った。秋作は手足の指先まで疲労をよどませて瞑目をつづけた。


その日が来た。秋作は寝室のドアを強くたたく音で目がさめた。かたわらにアユムの姿はなかった。

ドアをあけると、糊のきいた防暑服を着た深田が立っていた。

「もう七時だ。出発におくれたらことだぞ」

深田がいった。中庭の芝生には、いっときあとのけだるく烈しい炎暑を思わせる、目まいするほどまぶしい陽差しが輝いていたが、マンゴの老樹には文鳥の群れが葉茂みで、まだ朝のさえずりをにぎやかに交わしていた。カントールからまわして来る迎えのオートの予定時間からみて、あわてるほど差しせまった時刻でないのを秋作は文鳥のさえずりで知ったが、深田はテガルパンジャン集結のどたん場に来て、気持をたかぶらしているのであった。

秋作の防暑服にもよく糊がきいていた。アユムが支度する服を身につけるのもこれきりだな、と思って秋作は着た。靴は一週間ほど足馴らししておいた真新しい兵隊靴をはいた。

テガルパンジャンにはいるときまったあと、ハルモニーでの玉撞き仲間の貨物廠の大尉に頼んで手に入れた軍靴である。そのおり秋作は深田と福岡にも、軍靴はいらぬかときいた。テガルパンジャンでの生活がどんなものか、かいもく見当はつかぬので、足ごしらえだけは頑丈にしておかねばならぬと、野戦のぬかるみで靴を傷めて苦労した経験から、秋作は靴は軍靴にきめたのだが、深田は、編上靴ならチェコ製を持っているといい、福岡は、敗戦で将校酒保が放出した赤革の長靴を買ったといって二人とも秋作のすすめを受け入れなかった。

三人は食卓のまわりの、それぞれの椅子に腰をかけて、コッピー・ススを飲みながら迎えのオートを待った。ジョンゴスはいつもの朝のように、左腕にナプキンをかけて律儀に侍立していた。女たち、コッキイやその娘、バブたちはジョンゴス部屋の前にひとかたまりになって、食卓の三人を見るような見ぬようなあいまいな素振りで、やはりチラチラと見てはいた。

女たちのなかにアユムはいなかった。秋作は彼がまだ眠っているうちに、ベッドから去ったアユムがそこにいないのに気づくと、胸がさわいだ。どうしたのか、もうおれには姿を見せぬつもりか、こんなあっけない別れがあるものか、と秋作は未練の視線を女たちの群れに向けたが、アユムはあらわれず、深田たちの手前、ジョンゴスにたずねることははばかられてできず、気持はじれるばかりであった。

深田も落ちついておれぬ様子で、仲間の宿舎やカントールに電話しては、テガルパンジャンへの道路は封鎖されていないか、オートは予定どおり隊列を組めるのか、などと問い合せて情報集めをしていた。福岡は神経質に貧乏ゆすりして新品の長靴のかかとを鳴らし、深田の電話のやりとりに聞き耳を立てているのであった。秋作はアユムが姿を見せぬのに気落ちしながら、胸のかくしの、アユムがくれたジョクジャカルタ製の銀のブローチを指ざわりで何度も何度も確かめた。

八時になるとオートが玄関の車寄せにはいった。ショピエルはいつぞやアユムを医大の付属病院に運んだ、実直な中年男であった。居室からリュックサックを片手に提げて出た秋作を見ると、いままでと同様に笑顔をつくって「タベ・トアン」とあいさつしたが、その黒い顔には同情とも憐憫とも見える表情がくしゃくしゃと浮かんでいた。

秋作はショピエルが開いた車のトランクにリュックサックを入れた。なかには下着や日用品のほかに純毛の毛布と厚手の木綿地で作った寝袋を入れておいた。敗戦後に報道部から支給された兵用の飯盒と水筒も入れた。日本人薬局でリッシイと問答して買ったキニーネは、瓶が割れぬように用心してタオルで厚くくるんでおいた。

秋作にくらべると深田と福岡の荷物はかさばっていた。二人ともジャカルタの生活は長かったから、身のまわりの捨てかねる品も多かったのであろうが、深田が大事そうに手から離さぬ革鞄には、彼が内地の妻子のためにと敵産管理部から手に入れたオランダ研磨のブリリアント・カットのダイヤ指輪や、スイスの勲章のように美しい懐中時計や、アメリカの万年筆などがはいっているのを秋作は知っていた。前夜、携行品に手抜かりはないかと確かめ合ったとき、深田は指輪や時計を内地まで持ち帰れるかどうかわからぬが、ねばれるだけはねばるつもりだと福岡と秋作に打ちあけた。福岡はバティックの古作を集めてあるのでそれを手放したくないといっていた。そのとき秋作は、二人がジャワで得た品物への執着を語るのをきいて、おれのジャワ暮らし一年で得た唯一の愛惜の品はアユムが身につけていたブローチだとつぶやいた。

いよいよオートに乗るときが来た。秋作は後部座席は先輩の二人にゆずって助手席に乗ることにした。途中の道でインドネシアが道路にバリケードを構えておれば、彼らとの交渉は自分が当たろうと肚にきめていた。危険な目を見る役まわりは、ひとりもので軍隊の経験を持つ自分が引き受けるのが順当と考えたのである。

「じゃテレシャ・ケルクに急ごう」

深田がショピエルに声をかけて乗り込んだ。二つの尖塔を持つカトリックの教会堂前で、ほかの宿舎からあつまる四台のオートと落ち合う手はずになっていた。五台の隊列の先頭車は、老練なショピエルが乗る秋作たちの車と打ち合せできまっていた。

ドアをあけて乗ろうとして、秋作はもしやという心で見返った。玄関のポーチの陰からジョンゴスやバブたちが見送っていた。列のはずれに、アユムが立っていた。

ああ、やはりアユムは姿を見せた、おれを見送ってくれると、秋作は胸のしこりを解いてアユムの目に見入った。数歩、歩み寄ってアユムの手を取りたかった。せめて別れの言葉を交わしたかった。しかし、それができなかった。アユムは面のような、凝結した表情で、秋作を凝視していた。身辺に鋭い気魄をただよわせていた。秋作は、アユムの姿を、心にきざむように目に力をこめてただ見つづけた。

アユムは濃褐色の大柄な斜め縞のサロンをきりりと巻き、手編みの木綿レースのバジュで胸をつつみ、肩には金糸が入った紋織のスレンダンをゆるやかにはおり、銀革のサンダルをはいていた。左右の耳には赤く光る耳飾りが垂れ、片鬢には一輪の白い花を挿していた。おそらく金の首飾り、腕輪もつけておろう。それは、洗濯女の風姿ではなかった。身にまとまっているのは、コロンチョンの歌姫の舞台衣装にちがいなかった。秋作がはじめて見るアユムの華麗な盛装であった。

アユムはおれの零落の旅立ちをなぐさめようと晴れ姿に着飾っている、と秋作は思ったが、すぐにアユムの実意はそんなところにあるのではないと気づいた。主人の最後の門出をあらたまったいでたちで見送るというのなら、深田や福岡のバブやジョンゴスたちもそうしてもよさそうだが、彼らはふだん着のままでいる。アユムだけが盛装するのは朋輩の思惑があってむつかしかろうものを、アユムがそれをしているのは、きょうはアユムはバブではなく、コロンチョンの歌姫の心意気で秋作を見送ろうとしているのであり、朋輩たちもそれを許していると秋作は知った。

——そうか、アユムはおれに、コロンチョンの歌姫として心に残してほしいといっているのだ、アユムは一度もおれに歌姫だと明かしたことはなかったが、バブになっておれと出あってからも、ずっと歌姫の気位を持ち通していたのだ。

秋作はアユムの目に強いまなざしで見入っていたが、未練を断つように、ついと身体をかがめるとシートに腰を沈めた。

オートがエンジンをふかした。ジョンゴスたちは無表情に秋作たちを見ていた。オートが動き出したとき、秋作はアユムの声をきいたように思った。

「ジャンガン・ルーパ・サマ・サヤ」とアユムは叫んだにちがいなかった。声になったか、それともアユムの心のうちだけの叫びにおわったかはわからぬが、秋作の耳にはアユムの叫びはたしかにとどいた。

秋作は「忘れるものか、お前を忘れはしない」と答えかえす心で、窓越しにアユムを振り返った。アユムは両手でスレンダンを胸のあたりに握りしめて、塑像のように凝然と立っていた。

オートは織り出したように黄色い花を綴りつけているブンガ・スパツウの生垣の角を、タイヤに砂利を噛ませてまがると、秋作の視野からあっけなくアユムの姿を消してスピードをあげた。

切手譚

昨年の八月であった。学校の夏休みがあと数日で終ろうとするころ、隣市の娘の家から帰ってきた貴子から完治は相談を持ちかけられた。

「都賀子が由美子の夏休みの宿題の工作で困っている様子で、貝殻の採集に日帰りできるところはなかろうかといっていました。津屋崎はどうでしょう」

完治は貴子がいれた茶を飲みかけていて「津屋崎か、さあ、どうかな。もう北九州の海はどこもかしこも汚れてだめだろうよ」とそっけなく答えた。完治は都賀子が一年生か二年生のこと、やはり夏休み作品の貝の標本作りのために、津屋崎に一晩泊りで貝殻拾いにつれていったときのことを思い出していた。その時の貝の標本は学年の最優秀になり、受持ちの先生から学習の参考にするから学校にゆずってくれといわれた。その記憶が都賀子にあって、津屋崎の貝殻拾いをいいだしたのだろうと完治は推察した。

「じゃ、ほかに何かいい知恵はありませんかねえ」

完治があっさり貝殻拾いをしりぞけたので、貴子は困惑を言葉じりににじましていた。

「切手帳はどうだ。切手のコレクションだ」

助け舟を出すつもりで、ほんのその場の思いつきを完治はいってみた。

「あら、あなたが中学生のときに集めた、あのコレクションをやりますの」

貴子が機嫌のいい声でいった。

「じょうだん、いうな」

完治は気色ばんだ語気で貴子の言葉をさえぎった。

「あれをやれるものか。あれはおれの宝ものだ。あれじゃない。ほれ、ブリキ箱に貯めてある切手があるだろ。あれをいつかは整理しようと思ってたんだが、いい機会だから、あれで切手帳を作ると面白いかも知れん。もう長いこと貯めてるんだから、結構見ごたえのあるものができるぞ」

自分で自分のかりそめの着想に気乗りしたふうの完治の口調であった。貴子は完治の話にあっさり調子をあわした。

「それはいいかも知れませんわね。もう新学期まで日がありませんから手軽に作れるものじゃないと間に合いませんからね。都賀子にきいてみましょ」

切手帳作りをいいだしたとき、完治の頭のなかにはどんな形に仕立てるかの構想が浮かんでいたので、手軽なところがいいという貴子の言葉が気に食わなかったが、そんなことをつべこべいってもしようがないと、黙ってききながした。

都賀子の意向をききに電話に立った貴子がもどって来ると「切手帳でいいっていってましたよ」といった。

「そらそうだろ。自分はちっとも手間ひまかけずにすむんだから、そういうにきまってるさ」

完治がにくてい口をきいたが、貴子は耳をかしもせずに「あれ、出してみてくださいな」とせかした。

完治が取り出したブリキ箱は、使用ずみの切手がぎっしりつまっていた。ちゃぶ台にあけると、ちょっとした分量であった。

昭和三十一年以来、完治はそのブリキ箱にとどいた郵便物から切り取った切手を貯めていた。

その年、完治は本社から地方勤務に出た。出先の事務所には毎日たくさんの郵便物が送られて来たが、それに貼ってある切手を切り取った。なかには記念切手もあったが、たとえ平凡な普通切手でも、完治は捨てるにしのびなかった。切手に、完治は中学生のころからずっと愛着を持ちつづけていたのであった。

完治は昭和初年に中学生になったが、ふとしたことでアメリカ少女からアメリカ切手をもらったのがきっかけで、切手に興味を持ちはじめた。上級生にすぐれたスタンプ・コレクターがいて、その手ほどきで急速に切手集めに熱中し、一年足らずの短い期間であったが、切手切手で夢中になった時期があった。そのころ、切手に打ち込んだ情熱は、切手集めから遠ざかったあとでも、余燼のように心の片隅に生きていて、完治にどうしても用ずみの切手を、無造作に紙屑籠に投げ捨てさせぬのであった。

地方勤めのあいだ、事務机の上にブリキ製の箱をおいておき、不要の郵便物から丹念に切手を切り取って入れた。残しておいてどうするという心当てがあるわけではなかった。ただ、反古にするのが哀れでならぬ、とそれだけのことであった。

地方から本社にもどるとき、完治はブリキ箱を持ち帰って、自宅でも古切手集めをつづけた。

三十一年以来、根気よく続けているので、たまった切手の量も馬鹿にはならなかったが、そのあいだに出た普通切手や年賀切手はたいていそろっており、記念切手もまざっている。沖縄から一度だけ航空郵便を受け取っているので、そのおりの琉球切手も残っているはずであった。

ちゃぶ台の切手の山を、完治は注意深く仕分けにかかった。貴子が手出ししようとすると「まあ、見とけ」と加勢を拒んだ。切手をいじりはじめると、たちまち自分で気のすむように片づけねばおさまらぬ意気込みになっていた。

切手は完治が真夜中までかかって、人物・動物・植物・建造物・風景・交通といった工合に図柄で仕分けた。たった一枚の沖縄の切手が予期したとおり見つかったので、琉球切手という項目も立てることにした。

沖縄から航空郵便が来て、それに貼ってあった切手をブリキ箱におさめた記憶を完治は鮮明に残していた。

その切手は天女を描く琉球政府発行の航空切手で、日本円で表示してある料金額を抹消して、アメリカのセントに改訂加刷してあった。沖縄を占領するアメリカ軍が、日本通貨の流通を禁止してドル支配下においたことを如実に示す切手で、アメリカ軍政下に苦しむ沖縄同胞の呻吟の声を伝える切手であった。その切手に完治は衝撃を受け、切り取るさいに、手のふるえる思いをした。忘れようにも忘れられぬ切手であった。

その切手を見つけたとき、完治は思わず「あった、あった」と声をあげ、台所で夕食の仕度をしていた貴子を呼びつけた。

「この切手をおれはおぼえていたんだ。やっぱり出てきた。見てごらん。日本郵便じゃないよ。これは琉球郵便となっている。そのうえ料金の円を消してセントにしてあるだろ。これは歴史の生き証人なんだ。この切手が出たのは戦争が終って十何年もたってからだ。それだけの年月がたってから、こんな日本の国土という事実を抹殺する切手が発行されたのだから、沖縄の人たちの長かった苦しみが察せられるというものだ。ちいさくともこの切手は、いつまでも世界中のスタンプ・コレクターのアルバムに残るから、全世界にむかって沖縄のアメリカ占領を証言しつづけるし、日本本土の人間に向っては沖縄を犠牲にした無情の仕打ちを告発しつづけることになる。われわれの良心に刺さったまま永久に抜けないトゲだよ、この切手は」

完治は貴子を相手に弁じたてずにはおれぬ気持のたかぶりをその切手に感じた。そんな完治の気持は貴子にも通じたようであった。

「そうね」

ひとことだけ貴子は相槌を打って、掌にのせた切手にしばらく見入った。

「由美子の切手帳にはもったいない切手かも知れんが、これがあるとないとじゃ切手帳の値打ちが大ちがいになる。由美子が大きくなったら、この一枚が、大事なことをいろいろ教えてくれるだろうからな」

完治は思いをこめた声音で貴子にいった。

翌日、貴子が由美子をつれにいった。完治は、切手帳に書き込む説明文は由美子に書かせ、切手の貼り付けもやらせて、できるだけ由美子に手を多くかけさせるが、ひとつひとつの指図は、自分がそばにつききっきりで抜かりなくするつもりでいた。

由美子が来ると、完治は大判の特上ノートの表紙に由美子の手で「日本の切手いろいろ」と書きつけさせた。それも完治が鉛筆でうすく下書きしておいて、その上を由美子に色鉛筆でなぞらせたのだが、完治は由美子の指の動きから目を離せなかった。

貼り付け作業にかかってからが大変だった。完治がいくら気をつけていても、由美子のおさない指は完治の思いどおりに動かない。切手を糊でよごし、完治が指さす貼り場所からずれて、横に、たてに、勝手放題にゆがむのであった。時間がかかって作業は一向にはかどらず、由美子は倦んでやめるといいだし、とうとう完治は「じゃあ、おじいちゃんが貼ってあげよう」と引き受けてしまった。

由美子を一晩とめて手伝わせ、二日がかりで完治が仕上げた「日本の切手いろいろ」は、レイアウトや貼り付けの手ぎわなど、だれが見ても大人の手になったと一目でわかる出来栄えだったが、完治は頓着しなかった。

由美子が「日本の切手いろいろ」を学校に出したあと、完治はどんな評点がつけられるかと、それが気がかりであった。

二学期がはじまって二週間ほどたって、都賀子から貴子に電話で「切手帳が返って来ました。桜の花印を五つもらっていますよ。先生の評語は、たくさんあつめましたね、よくどりょくしましたね、と書いてありますよ」といってきた。完治は貴子からまた聞きして「ふーん、桜の花印五つか。どりょくしましたねっていわれると、ちょっと面はゆいな」と照れながら、結構、報われた気分になっていた。

四、五日して貴子が都賀子の家にいくというので完治は「日本の切手いろいろ」を持って帰ってくれと頼んだ。「桜の花印五つをたしかめたいのね」と貴子がいった。「からかうな。切手の説明をくわしく書き込むのだ。そうしとけば社会科の勉強の手助けになる」ともっともらしく完治はいいかえした。

夕方、貴子は帰宅したが、切手帳は持ち帰らなかった。それでも「たしかに桜のハンコが五つ押してあるのを見て来ましたよ」と完治に真顔で報告した。「そうか」と完治は平静に答えたが、その後につづけた貴子の言葉をきくと表情をゆがめた。貴子は「切手がだいぶ剝がされていましたよ。お友達がきれいな切手を欲しがるので由美子があげたそうよ。あの琉球切手もなくなっていました」といったのである。

「あれ、やっちゃったのか。惜しいことをしたなあ」

完治は思わず口に出して残念がった。せっかくせっせと心をこめて励んだ切手帳作りが、むなしい努力だったような気落ちをおぼえたが、それは貴子に告げなかった。

完治が由美子の夏休みの宿題で貴子から相談を受けて切手帳はどうだといったとき、貴子に、中学生のときに集めた切手帳をやるのかといわれ、あれはおれの宝ものだとはねつけた、そのアルバムには、完治が切手集めをはじめるきっかけになったアメリカ切手十二枚が巻頭に貼ってある。アメリカ人の少女マーガレット・ヘップバーンからもらったものだが、そのおりのいきさつを、完治は半世紀に余る歳月がたっているのに、あざやかに記憶に刻んでいる。

昭和二年の秋、完治は中国山東省青島市の青島日本中学校の一年生であった。青島中学では土曜日の第四時限は全校生が学校背後の山を一周する駆足訓練になっていたが、ある日の駆足中に、完治はマーガレットと出あった。

コースの砂利道に沿って、南向きの平坦地には、庭の広い住宅があった。住んでいるのは日本人か西洋人で、庭の芝生は手入れが行きとどき、花壇には四季おりおりの花が咲き、レースのカーテンの揺れる窓からはピアノの音がきこえるといった、閑静な高級邸宅であった。

その日、完治が前後の走者と大きく離れて走っていると、右手の家の庭からテニス・ボールが飛んで来て、完治の目のまえで道路の水たまりにころがりこんだ。ボールのあとを追って、クライミング・ローズがからんだフェンスまで、ラケットを持った、純白のキュロット・スカートの金髪少女が走って来た。

完治は少女を見ると、ボールを拾ってズボンのポケットからハンカチを出して手早く汚れをふいて投げ返した。少女はラケットをあげてボールをたくみに受けると、よくとおる声で「サンキュー・ベリマッチ」と完治に叫んでラケットを振った。晴れた秋の日の、正午近い明るい陽ざしに、金髪が燃えるようにかがやくのを完治は視野のはずれに入れながら、少女にこたえて手を振り、また駆足にもどった。

つぎの土曜日、完治は少女の家にさしかかったとき、ひくい石の門柱に少女が寄りかかっているのを見た。少女もすぐに完治に気づいたとみえて、門柱を離れると砂利道に足早に出て完治を待ち受ける様子であった。

完治が少女のまえに走りかかると、少女は近づいて三、四歩ならんで走り、ふたこと、三こと、話しかけて二つ折りにした、ノートほどの大きさの厚地の紙を完治の手に持たした。完治は受け取って、走りながら開いて見ると、見開きの両面に色とりどりの切手が貼ってあった。

完治は寄宿舎生であったが、その日の午後は同室の上級生に外出をさそわれたのを断り、一人だけ部屋に居残って、少女からもらった切手を自習机にひろげてながめた。

切手は見開き両面に、片面六枚ずつ、肖像切手ばかりがヒンジ[注1]を使って配置よく貼ってあった。ワシントン、リンカーン、フランクリン、ルーズベルト、グラント、ハーディング、マッキンレイなどの名が肖像の下にあった。ワシントンの髪を襟もとに長く垂らした左向きの横顔や、リンカーンのあごひげを貯え、わずかに左を向いた顔は、すでに少年雑誌で見知っていた。十二枚とも使用ずみの切手で、ニューヨーク、シカゴ、ヒラデルヒヤ、セントルイスなどという消印の字を読み取れるのが完治にはうれしかった。

切手の色は一枚ごとにことなり、濃い桃色、淡い桃色、樺色、緑色、水色、紫色と単色刷りではあったが明快な色調であった。見なれた日本切手の、何となくくすんだ色合いの、菊の紋章だけはよく目立つが、全体の図柄はなにを表現しているのかわかりかねる野暮ったさにくらべて、見覚えのある偉人の肖像を描いている切手に完治は親しみさえ感じた。右側ページの下隅に、先の鋭いGペンで書いたと思える、細い線の字がていねいな書体で書きつけてあって、マーガレット・ヘップバーンと読めた。

——あの娘はマーガレットという名か。

完治は少女のことをもっと知りたい心になって、英和辞典でマーガレットという言葉がどんな意味なのかと引いてみた。女子の名、略称マッグ、マギー、ペッグ、ペギイと、ただそれだけの簡単な説明があるばかりだったが、ヘップバーンという字には「米国の宣教師、医師、語学者で安政年間に来朝、わが国の文化に貢献する所が多かった。ヘボン式ローマ字の創始者（一八一五―一九一一）」とあった。それを読むと、完治は少女が日本とゆかりを持つ人のような気がした。

完治があきずにマーガレットからもらった切手を見ていると、隣室の室長で四年生の田島義男が完治の部屋の室長をたずねてふらりとはいって来た。

田島は完治しかいないのを見ると、完治の机のそばに寄って、マーガレットの切手に目をとめ「切手を集めているのか」ときいた。

「アメリカ切手だな」

田島がいった。完治は、田島がちょっと見ただけでアメリカ切手といいあてたのにすこしばかりおどろいた。

「僕の部屋にこいよ。切手を見せてやろう」

田島は親しみのある口調でいった。完治はそれまで田島と打ちとけた口をきいたことはなかった。すごい秀才で、平均点は毎学期九十点以上、柔道は黒帯という噂はきいており、まぶしい存在として敬意をこめてながめていた上級生であった。その田島に心安くさそわれて完治はどきまぎした。

「いえ、僕は――」

完治は返事を口ごもったが、田島が部屋を出ていきかけると、引かれるようにふらふらと立ちあがってあとにしたがった。

田島が最初に見せたのは、ずしりと分厚い、大型本であった。

「これはスコットのカタログだ。おとなしの本だが、たいていの切手の調べはこれでまにあう。ほれ、このアメリカ切手のところを見ろよ。君が持ってたのはみな出てる」

田島がカタログをひらいた。完治は、原寸大の切手図版がぎっしりと埋めているページをのぞいて、切手とはこんなにもたくさんあるものかとふしぎな気がした。

「ずいぶんたくさんあるなあ」

完治は幼稚な感想を告げた。

「そらそうさ、世界中の国や植民地で発行するんだから当然さ。いまでもどこかでつぎつぎと新しいのが出てるが、それはこれで知るんだ」

田島はこんどは英文雑誌のつづり込みを取り出した。ギボンス・スタンプ・マンスリーと、雑誌の名を完治は読めた。

「これは東京の切手商から毎月取り寄せているんだ。読むと英語の力もつく」

田島はそういって微笑した。完治は手に取って、腰の強いアート紙のページを四、五枚めくったが、どのページも切手の写真と英文記事で埋っていて、目についた大きな活字の見出しを読もうとしたが、見たこともない単語がならんでいて、どれもこれも意味を読み取ることができなかった。

——この人はこれを自由に読むのだろうか。

完治は圧倒されるような畏怖感で、目のまえの田島の眉のふとい、意志の強そうな顔をぬすみ見た。

田島はルーズリーフ式のアルバムも五、六冊、出して見せた。

「これは日本切手のコレクションだ。なんてたって日本切手をまずマスターしなければだめだ」

田島は一枚一枚の切手についてひとことふたことずつ説明したが、完治にははじめて見る切手ばかりで、ずいぶんと古そうな切手もあり、田島の話をきいても予備知識がないので理解できない部分が多かった。

「これはシナの切手だ。僕たちはシナの国土にいるんだから、シナ切手には特別に関心を持つ必要がある。このコレクションには清朝からのをほぼ完全にそろえてある。蒙古や満洲の切手もある。ドイツがこの青島で発行したやつはぜひ欲しいと思って苦心して手に入れた。フランスが広東で出したやつもある。上海や雲南で地方政府が出したのもある。英領の香港やポルトガル領のマカオ切手は別に整理してあるが、調べればシナの現代史がちいさな切手に圧縮されていて実に面白い」

「ヨーロッパやアメリカの切手を調べていると勉強になる。切手に書いてある字を片っぱしから辞書で引いておぼえるだけでもいい。君もやってみろ」

君もやれといわれて完治は身ぶるいするような新鮮な感銘を受けた。田島みたいな秀才が、そんなに熱心に興味を寄せるほど切手集めは有益で楽しいものなら真似してやってみよう、という心を完治は起こした。やる気になれば田島はきっと親身になって教えてくれ、まったく未知の切手の世界にみちびいてくれるに違いないと、完治はそのおりの田島の態度に感じた。

「山東路にソコロフというユダヤ人の切手商がある。いい切手を持ってるんだ。僕がドイツの膠州湾切手を買ったのもソコロフなんだ。あした、つれてってやろう」

田島は完治を同好の友人あつかいしていった。完治は田島の上級生ぶったところのない、親愛感のこもった勧誘の言葉に、身体がほてるような歓喜をおぼえ「お願いします」といきごんで答えた。

翌日の日曜日、完治は田島につれられてソコロフの店にいった。道みち田島はソコロフの話をした。

「主人はロシアからのエミグラントだ。[注2]なかなかの学者だ。東洋学、という部類の学問の専門家だったらしいな。漢字が読めるし、日本語も話す。いまはシナの骨董を外国に売るのが商売で、アメリカやヨーロッパの博物館から註文が来るそうだ。夏に上海、香港、マニラから避暑に来る富豪連中も顧客だ。切手はほんの片手間仕事でやってるんだが、ほうぼうのユダヤ商人仲間と取引があるので、ずいぶんめずらしいものを商っている。西洋人やシナ人の金持ちのコレクターが相手で、僕など客の数にはいりはしないが、買っても買わなくても親切にしてくれるんで気持がいい」

田島はソコロフの人柄をそんなふうに語った。

店は山東路の表道路に面していた。ドイツ建築の頑丈な赤煉瓦造りで、奥行きのふかいショウ・ウィンドウがあって、奇怪な姿をした大きな銅器が一つ、中央に広い場所を占めており、その左右に丈高の磁器の壺と、くすんだ三彩釉が剥げかけた大ぶりの人形とがおいてあった。

重たいドアを押してはいると、明るい秋の陽ざしのなかをあるいて来た完治の目には、店内はうすぐらかった。高い漆喰の天井にシャンデリヤがあったが、灯ははいっていなかった。

一方の壁近くに大型のショウ・ケースがあって、銅器や陶磁器、玉器、仏像、古銭、古書籍が間遠く按配して陳列してあったが、完治が瞠目したのは、店の中央の大きな木製の台上に立つ日本の甲冑であった。絵で見たことはあったが、実物を見るのは完治ははじめてであった。大鎧をだんだらにいろどる緋や青の、歳月に光沢を消された、沈潜した色合いが物さびて床しかったが、完治が見とれたのはかぶとの前立の見事な金色の鍬型であった。店内にただよう仄かな薄明りに照り映え、見あげる高さに、すっくと立ちあがっていて、雄雄しい雰囲気をあたりにただよわしていた。

「ミスター・タジマ、ようこそ」

いつあらわれたのか、細い金ぶちの鼻眼鏡をかけ、灰色の短いあごひげをつけた、半白頭の西洋人の老人が田島と握手しているのを見て、完治は夢からさめるように鎧かぶとから視線をはずした。田島が完治の名を告げて老人に紹介した。

「よくいらっしゃいました。ヨロイ、気に入りましたか。立派ですね」

老人の日本語は、アクセントがすこし耳ざわりであったが、なめらかな東京弁であった。

老人はレンズのかげの目でやさしく完治を見つめて手を差し伸べた。完治はどうしていいかわからぬほど五体を硬くしていたが、ようやく右手をおそるおそる伸ばして老人の手を握りかえした。手の甲にも指にも煙のように金色の繊毛が密生した、厚くあたたかな手であった。

「ニッポンのヨロイ、カブト、まことにすばらしい。世界一です」

老人は完治の手を離すと鎧に視線を向けたが、すぐに「さあ、どうぞ」と二人を店の奥にいざなう身ぶりで先に立った。田島はなれた様子で、完治についてこいと目配せした。完治は両手の握りこぶしに力をこめながら田島にしたがった。

招じ入れられたドロウイング・ルーム[注3]の中央には大理石の板を張った紫檀の長方型の大卓が据えられてあり、まわりにシナの衙門《がもん》[注4]で大官が用いていそうな紫檀のひじかけ椅子がおいてあって、老人と田島は向いあって腰かけ、完治は田島の隣の椅子に、おずおずと浅く腰をおろした。その部屋のシャンデリヤは明るく点っていて、大理石に卓板がつめたく光っていた。

田島と老人は英語で話しあっていた。完治は田島が流暢に話す英語をきいて、うまいなあ、と心そこから感嘆した。

田島と老人の様子はひどく親密そうであった。なにを話しているのか完治にはききわけられなかったが、二人は楽しげに笑ったり身振りをまじえたりしていて、とても切手の売り買いの話をしているとは見えぬ、仲むつまじさであった。

二人の会話にムッソリーニという言葉がまじるのを完治が奇異な思いできいていると、老人が椅子から立って、背後の飾り戸棚から大型のレザー表紙のアルバムを取り出して来た。

老人はアルバムをひろげると、パラフィン紙の小袋から切手を出し、田島のまえにならべた。

並みの切手の二倍はある縦長の切手で、中央で上下二段に区分されていた。奇妙な切手だなと完治が横手からながめていると、田島はその一枚を完治のまえにずらして「これがムッソリーニの広告切手だ。変ってるだろ」といった。

完治は手をふれずに切手を見た。たしかにイタリアという字があった。紫と赤の二色刷りで、上半分の区画には男の横顔があり、下半分にミシンをふむ女を取りかこんで大きくSという字がデザインしてあった。シンガーミシンの広告で見なれた絵であった。

「この広告切手はムッソリーニの発明だ。ソコロフさんの話では一九二二年にムッソリーニが政権を取ったあと財政窮乏の切り抜け策に出したんだが、切手に広告をつけるのは万国郵便条約に違反するからほかの国の非難を浴び、自国民からは長すぎて不便だと悪評を買ってとうとう発行をやめたのだそうだ。ムッソリーニの独善主義も切手では通用しなかったわけだ」

田島の話で、完治は二人の会話にムッソリーニの名が出たわけがわかって、二人がムッソリーニの愚かさを笑っていたのを知った。

田島は老人からムッソリーニの広告切手を四枚買った。シンガーミシンのほかに、コロムビア蓄音機と、イタリア産の酒の広告の二種類であった。大理石の卓板に田島が大洋銀貨四枚をならべるのを見て完治は一枚が一円もするのかとおどろいた。

老人に送られて店を通り抜けるとき、ショウ・ケースをはさんで西洋人の夫婦連れの客に応対していた若い女が、田島を見て会釈した。ほんのかすかな笑みをふくよかな頬に浮かべただけであったが、完治の目にさえ、あたりの空気が香るような優雅な美しい顔の女であった。髪は黒く、瞳も黒かったが、端正な顔を透き通るように冴えて白く、唇の紅の色があでやかであった。田島は落ち着いた態度で学帽をぬいで会釈を返していた。

ソコロフ老人はドアのそとまで完治たちを送って出て、別れしなに「またおいでください」と実意のこもったあいさつをいった。通りに出ると田島が「いまの女のひとはソコロフさんのお嬢さんだ。すごいシャンだ」と完治がたずねもせぬのに、感情を抑えたひくい声でいった。

田島は完治に内地の切手商も二軒教えてくれた。東京の日本郵券倶楽部と大阪の林勇スタンプ商会で「どちらも信用できる。五円ほど送って日本切手の袋入を取り寄せるといい。アルバムやカタログも頼めば店で適当な品をえらんで送ってくれる」と鷹揚なことをいった。

完治はムッソリーニの広告切手四枚を四円で気前よく買う田島の真似はできなかった。田島の家は済南の商埠地で手広く貿易商をしているとの話であったが、完治の父親は滄口にある富士紗廠の技術職員で、学資は月謝五円に寄宿舎費をふくめて月に三十円ときめられていたので、裕福な田島に追随できっこなかった。

「五円はいっぺんに出せません」

完治が正直にいうと「だったら三円でも二円でもいいさ。ためしに送って、君の口座を作っておくとさきざき便利だ。交換用だったら日本切手の一千枚の袋入が一円ぐらいであるはずだから初歩の研究にはそれで十分だ」と田島はあっさりいいなおした。

完治は東京へ二円送った。すると折り返して日本切手の袋入と「スタンプコレクター」という月刊雑誌の半年分のバックナンバーや小型カタログが送られて来た。

一千枚の日本切手は全部が使用ずみで、重複が多かったが、明治初年の小判切手や菊切手、震災切手に記念切手もまじっていて、完治には内地から来る郵便に使われている三銭と一銭五厘の切手のほかは、田島のコレクションで一瞥しただけの切手か、見たことのない切手ばかりで、一枚一枚がめずらしくてならなかった。「消印の変遷を調べるのも楽しいし、大切な着眼点だ」と田島に教えられていたので、完治は重複した切手も消印の形や地名をていねいに見て分類したが、田島の言葉どおり、たしかに消印に年代と地域の変化があって興味がわいた。

完治は三、四日を夢中で切手いじりですごしていて、ふと、重複切手をマーガレットに送ろうと思いついた。マーガレットがくれたのは人物切手ばかりだったが、完治の切手には人物切手は一枚もなくて、見栄えのしない紋切型の図柄が多かったが、名古屋城や東照宮や富士山などの風景切手があったので、それを××路ミス・マーガレット・ヘップバーンあてに送った。自分の住所は滄口の富士紗廠の社宅にしておいた。もしもマーガレットが返事をくれて、それが寄宿舎にとどいたら事だと用心したのである。滄口の家には学資をもらいに月に一回は土、日曜にかけて一夜泊りでかならず帰省した。

つぎの土曜日、滄口の家に帰るとマーガレットから返書がとどいていた。期待してはいたが、現実に英字の上書きの封筒を母から渡されたとき、完治の心臓は破裂しそうに高鳴った。

上質の書簡箋に、きれいな字で書きつらねられている数行の文章は、完治にも完全に読むことができた。

「美しい日本の切手を有難う。わたしのテニスボールをハンカチでふいて投げ返してくれた、心のやさしいあなたの思い出になります。わたしは両親や姉とともに、週末にはマニラに帰ります。仕合せがあなたの前途にありますように神に祈ります」

思いがけぬマーガレットの別離を告げる文章が完治には信じられなかったが、読み返し読み返ししているうちに、目のまえに見えているものが次第に遠ざかって掻き消えていくような、頼りなく、はかない気持に落ちていった。日付を見ると、マーガレットはすでにマニラに向けて青島を去ったあとにちがいなかった。

完治はマーガレットの手紙をポケットに入れて、母には行き先を告げずに海岸に出て、枯れた浜昼顔のつるが一面にはびこっている砂浜に座って、なにを思うともなく茫然と海をながめた。おだやかな晩秋の膠州湾の海面は鏡をみがいたように滑かに光っていて、本土に魚を売りに来た陰島の漁民のジャンクが二艘、褐色の帆いっぱいに風をはらんで帰っていくのが見えた。晴れた青い空に陰島の山なみはくっきりと険しい稜線をきわだたせていた。完治が、海と空の明るさがまぶしくて目を閉じると、金髪を風になびかせたキュロット姿のマーガレットが瞼に浮かんで、涙がひとすじ頬をぬらした。

翌昭和三年に完治は二年に進級したが、そのころには東京の切手商から取り寄せた英国製の大型ルーズリーフ式アルバムには、日本切手は竜切手をのぞいてたいていのものはそろい、外国切手もアメリカと東洋諸地域を中心に、まとまったコレクションに成長していた。

田島に指導されて、完治は日本切手は東京に一枚買いの註文を出してそろえ、外国切手は袋買いの安物を基礎にして、ソコロフの店で清朝時代のシナ切手や香港、フィリピン、ボルネオ、蘭領東印度、英領海峡植民地など、東洋の切手に主力をおいて買い求め、少しずつ充実させていった。

マーガレットからもらったアメリカ切手が、切手に興味を持つきっかけになったからか、完治はアメリカ切手には心がひかれて、母にねだって金を出してもらい、二百種十円という袋入を買って、まとまった一冊のアルバムを作って愛蔵していた。完治がアメリカ切手に寄せる親愛感は、マーガレットへの思慕から生れたものであったかも知れぬ。

この年の五月、完治は田島から彼のコレクションのヨーロッパ、南アメリカ、北アメリカ、アラビア、アフリカのアルバムをもらった。イタリア切手のなかには、完治がはじめてソコロフの店につれていかれたときに田島が四枚を四円で買うのを見たムッソリーニの広告切手もふくまれていた。

「僕は切手集めができる境遇ではなくなった。切手に対する興味は放擲する。日本と東洋の切手は妹にやるが、この五冊のアルバムは君にプレゼントする。君はいつまでも切手の研究をつづけてくれ給え。途中で投げ出すなよ」

田島はそういって、どさりと五冊のアルバムを完治の自習机においた。切手を断念する理由はいわなかった。

完治は、田島が切手への愛着を断つ理由をいわなくても知っていたので、彼の厚意を受けるのが心苦しかった。答えかねていると、田島は「だまって受け取ってくれればいいんだ」と押しつけるようにいった。完治は田島の顔をまともに見ることができず、目から涙がポタポタと落ちて、机のうえのアルバムの黒い表紙をぬらした。

完治は田島の母が五月三日に突発した済南《さいなん》事件[注5]で殺され、父は銃創を負ったことを知っていたのである。

田島の家は済南の商埠地にあったが、そこには兵舎があり、張作霖配下の山東軍がはいっていたが、国民革命軍総司令の蒋介石が三月に北伐を発号、四月七日に進軍を開始して済南に近づくと戦わずして退却、そのあとへ南軍がはいった。五月一日のことであった。そのとき商埠地には居留民保護のため日本軍第六師団の部隊が進出していたが、蒋介石の談判を受けて撤収したところ、抗日意識の強烈な南軍兵士にはそれが日本軍の弱腰に見えたのか、三日午前十時すぎ、突如として兵営近辺の日本人を襲撃した。銃声をきいて異変を察知した日本軍が商埠地に突入したとき、居留民にはすでに多数の死傷者、行方不明者が出ていた。田島の両親はそのなかにあった。

急報を受けて田島は済南に帰ったが、二週間ほどしてやつれた姿で寄宿舎にもどった。彼は、済南病院に入院中の父が数日後に居留民団の団員に付きそわれて青島に来るので、それを待って青島高女二年生の妹と、父を守って内地に引き揚げることにきめていた。彼ら一家は母を殺され、商埠地の商権を失って無産の状態に転落し、内地に引き揚げるよりほかにどうしようもなくなっていたのである。

完治が耳にした上級生たちの噂では、田島は内地の中学に転校したあと、それまでの一高志望を捨てて陸士をめざすことにしたという話であった。田島なら陸士は間違いない、田島が陸士志望を決意したのは無理からぬと、上級生たちは田島に同情していた。

田島の身上に起った変事を完治は知っていたので、彼がくれた五冊のアルバムは涙なしには受け取ることはできなかった。

完治の切手コレクションは、田島のコレクションを加えて一挙に質量ともに充実したが、それにひきかえて切手熱は急速に冷却した。田島が五冊のアルバムをくれるとき「途中で投げ出すな」といい添えたのを完治は忘れはしなかった。それにもかかわらず完治は切手をいじるのに心がはずまなくなり、むしろ憂鬱を感ずることが多くなった。田島みたいに切手が好きで、豊富な知識を持っていたものですら、一朝、人生の激変にあって切手から離れるのを見て、完治は切手集めなど、所詮は遊戯にすぎず、むきになって取り組むに足りぬものではないか、と失望と懐疑の心を芽生えさせたのであった。いったん醒めると、明けても暮れても切手とのぼせていた自分が別人のようにうとうとしく思われてならぬのであった。胸をときめかして通ったソコロフの店にもぷっつりと足踏みしなくなった。

日華両軍が各地で衝突して険悪な情勢がつづいた山東省一円も、日がたつにつれて次第に平穏となって、内地からの出征軍がだんだんと引き揚げはじめると、完治たちは学校の命令で帰還船を青島大港の埠頭に歓送した。田島を同じ埠頭で見送ってひと月ほどたつころ、後備兵三千が北京丸など三隻で帰国するのを見送っての帰りであった。北京路のフランス料理店プランタンの近くでソコロフの娘がアメリカの海軍士官と腕を組んで来るのにすれちがった。真夏の日暮れまえの斜め陽がさしていて、娘はかたむけたパラソルのかげで美しい顔をほんのりと上気させており、思わず見返らずにはおれぬ艶冶《えんや》な風情であった。店ではいつも優しい微笑を見せるのに、このときは完治には目もくれずに、アメリカ士官とむつまじそうに語らいながらプランタンにはいっていった。ソコロフの店に用のなくなった完治は、それっきり娘を見ることがなかった。

完治は翌春、田島の消息をきいた。トップで陸士に合格したという噂であった。


さらに十二年たって、完治は新聞で田島の戦死を知った。十六年九月はじめ、完治は二度目の召集を久留米部隊で解かれて帰郷するとき、駅で新聞を買ってひろげると「田島機蘭州城に自爆、悲壮極まる訣別の無電」という四段見出しの記事が載っていた。咄嗟に完治は「田島義男だ」と直感した。新聞を持つ手が興奮でぶるぶるとふるえた。歯を食いしばってあわただしく記事を目で追った。

「北京〇〇基地にて××特派員一日発、陸鷲〇〇部隊は三十一日午後三時密雲と霙まじりの雨を衝き蘭州上空に突入、甘粛大学、兵工廠、飛行場を爆撃し多大の戦果を収めたが、この爆撃行において敵高射砲弾のため田島義男大尉機は壮烈極まる自爆を遂げ――」

記事の冒頭に田島義男の名があった。完治の視線はその名に釘づけになった。読み進もうとしてはその名に引きもどされるのであった。その名に目をすえていると、完治の胸に、しこりのように痛憤の思いが凝結した。自分が戎衣を脱いだ日に、田島の死を新聞で知ろうとは、なんというめぐりあわせであろうかと、完治は運命の手の操る人生の交錯に目のまえが真っくらになった。

記事には銅貨ほどの大きさの顔写真が添えられていた。その写真を完治は凝視したが、軍帽をかぶった正面向きの顔は鮮明さを欠いていて、どこにも昔の田島の面影を見ることはできなかったが、きっと口もとのしまったその軍人の顔は、あの田島義男に間違いないと完治を納得させる凛凛しさであった。

「地上の各目標を壊滅、機首を基地に転じたとき、無念にも敵高射砲弾は田島機の機関部に命中、いまはこれまでと田島機は、蘭州上空にて全員従容自爆せんとす、万歳、との悲壮な無電をたたきつつ城内目がけて矢のごとく突込み、壮烈な自爆を遂げたのであった」

三度読み返し、四度読み返して新聞を膝におき、完治は粛然とした心で田島の齢をかぞえてみた。まだ三十にはなっておらぬはずであった。兵乱に母を殺された田島は、彼自身、若くして戦火のなかに散華しなければならぬ宿命を背負わされていたのかと思うと、完治は田島が哀れで、暗涙をもよおさずにはおれなかった。

完治は帰郷の列車のなかでずっと田島をしのびつづけた。田島にまつわる思い出は、すべて切手につながっていった。田島に指導されて完治は切手の世界に踏み込んでいった。田島から五冊のアルバムを贈られてコレクションが充実したとき、完治は切手から離れはじめた。田島は切手に造詣ふかく、完治は仰ぎ見る気持で尊敬し信頼したものであったが、秀才ぶらず、上級生風を吹かさず、鷹揚で闊達な性格の田島は、それだけで十分に慕わしい人柄であった。母の死を契機に決然と軍人を志したところを見ると、熱血の気性もはげしいものをひそめていたのかも知れぬ。その田島が切手と絶縁すると知って、完治は切手の世界にたちまちうとましさ、むなしさを感じて、くるりと背を向けてしまった。完治は切手を仲立ちにして得た田島との友情を追想し、三等車の固い座席に田島戦死の悲しみをかみしめていた。

田島と別れて以来、完治は憑き物が落ちでもしたように切手への執着を断ってしまったが、田島からゆずられたアルバムは、完治自身のアルバムとともに、郷里の家の土蔵に、大切に油紙につつんで寄宿舎生活で使った青島製の牛革の頑丈なトランクにおさめて保存している。もうながいこと取り出したこともないが田島からもらうとき、アルバムの表紙に思わず落とした涙の痕も消えておろうと、いまは在りし日の田島をしのぶ唯一の形見となったアルバムを思い、完治は車窓を流れる野の果ての淡い雲の影に、紅顔の日の田島の俊爽の面差しをかさねていた。田島に教わりながら、切手に夢中になっていたころが、自分の人生でもっとも楽しい時代であったのかも知れぬと、身体中に戎衣の匂いをしみつかせている完治は思うのであった。

十八年の秋、完治は勤め先の新聞社から陸軍の報道員としてジャワへ派遣された。十月十二日に社機で東京羽田を立ち上海で一泊、十三日の日暮れどきにマニラのクラークフィルド飛行場に着いた。空いっぱいにひろがる夕焼雲が、日本で見る景色とはまるでちがって、水絵具を溶いて流したように豊かな色彩に輝いていた。

マニラの街はひどくにぎわっていた。街じゅうに明るく灯がともり、街路には人人があふれ、さんざめいていた。独立前夜のにぎわいだったのである。

日本政府は占領下のフィリピンに独立を与えることにし、翌十四日にホセ・ペー・ラウレルがフィリピン共和国の独立を宣言して大統領に就任、日比同盟条約を調印する手はずがととのっていた。そのせいでマニラには日本から高官がたくさん乗り込んで来ているので、マニラ湾を見おろす一流のマニラホテルなどは満員だからと、完治はルネタ公園に近いデルビラ通の二流ホテルに案内された。

ホテルまでの自動車の窓からながめた街は、華やかな装飾でよそおいたてていた。公園に天を刺してそびえる石塔を背にするホセ・リサールの銅像のあたりにも、広い芝生の中央にある巨大な議事堂やファナンス・ビル、マグリカルチラル・ビルのあたりにも、人影が多かった。市民たちがほんとに、独立をよろこんでそぞろ歩きを楽しんでいるのか、与えられる独立を腹の底ではさげすみながら、それに便乗してつかのまの愉楽に浮かれているのか、行きずりの旅人にすぎぬ完治にはわかろうはずはなかった。

完治が宿泊したホテルでも夕食のあと、ホールで舞踏会がもよおされた。独立の前夜を景気づけるための、経営者の機転の催し物だったのであろう。完治もさそわれて出ていき、蜻蛉の羽のように薄い服の両肩をぴんと張り立てた民族衣裳の若い女とおどった。

　完治は女が耳もとでささやく、語尾のRを強く発音するフィリピン訛の英語をきいていて、ふっとマーガレット・ヘップバーンの名を思い起こした。マーガレットがよもや戦争を避けずにマニラにいるとは思えなかった。とっくに本国に引き揚げているであろうが、少年の日に淡い縁を結んだ少女が住んでいた街と思うと、ゆくりなくマニラに一夜をすごすめぐりあわせを、完治はしみじみとなつかしむ心になった。

　その夜の引き明けに、身動きのたびに音をたてできしむベッドの寝心地の悪さに眠りをさまされると、遠くで澄んだ鐘の音がゆるやかにカランカランと鳴っていた。夜前、ホテルの玄関で街の様子を見まわしたとき、家並のうえにスペイン寺の尖塔があったから、その寺で鳴らす夜明けの鐘の音と見当がついた。枕から耳を離してきくと、またマーガレットのことが心に浮かんだ。マーガレットが青島からマニラに去った年のクリスマスに完治は色刷りのクリスマス・カードをもらった。カードにはアドレスが書いてあったが、その街の名は記憶にない。だが、いま自分がきいているスペイン寺の鐘声は、マーガレットもきいたであろうと完治は夢と現の不分明な、朦朧とした意識のうちに思った。

　マーガレットがくれたクリスマス・カードに、完治は新年祝賀のカードで返礼したが、それがマーガレットにとどいたかどうかはわからない。翌年はマーガレットのクリスマス・カードは来なかったし、完治も送らなかったが、完治の心に、あわあわとマーガレットの記憶は残り、十数年を経て、マニラの一夜によみがえったのであった。

ジャカルタに着任して、町の様子になれ、ひとり歩きができるようになったころ、完治は華僑街のパンチョランで夜店をひやかしていて、ドイツのシュワネベルガー会社製の豪華な切手アルバムを見つけた。

　意外なものが出ている、とおどろきながら取りあげてまずインデックスを見ると、蘭領東印度をトップに東洋の諸国、諸地域がまんべんなく集められており、満洲国の名もあった。ドイツ領膠州湾という名もあった。長い年月にわたって、入念に蒐集された様子は、内容にも、アルバムの手ずれにもうかがうことができた。

　ドイツ領膠州湾切手には、完治は忘れられぬ思い出を持っていた。ドイツが青島占領中に切手を発行したことは田島から教えられ、彼のアルバムにあるその切手を見せてもらったこともある。

「ぜひ欲しいとソコロフに頼んで手に入れたんだ。だって僕は現在この青島で生活しているのだ。青島で発行された切手を僕のコレクションに逸するわけにはいかないからな」と田島は語った。汽船の絵柄の二種で、完治は田島の言葉をきいて、まったくそのとおりだと同感し、強く心を揺すぶられた。自分も東洋切手に重点をおいてコレクションを意図するからには、ドイツ領膠州湾切手はアルバムになくてはならぬ切手だと知った。値が張るのを覚悟してソコロフ老人に頼んだが、入手できずにいるうちに完治の切手熱がさめた。

　そんな思い出がまつわるドイツ領膠州湾切手をシュワネベルガーのアルバムはおさめていた。インデックスにしたがって、そのページを繰った。そこには青島で発行された五種五枚の切手が完全にそろっており、完治は見事な集めぶりに息をのんだ。もちろん田島のアルバムで見た二種もあったが、二分の一マルクの一枚は赤色あざやかな、大型横長の汽船図切手で、完治ははじめて見るすばらしいものであった。当時のドイツは、占領地の青島で、このように優秀な切手を発行するゆとりを持っていたのかと感心して見入った。

完治が値をきくと、夜店のおやじの華僑は、完治のアルバムのあらためぶりに脈があると見てとったのか「安いものです。三十ルピアです」といって完治の反応を上眼づかいにうかがった。

三十ルピアは安いと完治は思った。これほどのコレクションを、一枚一枚公正に評価を積みあげたら五百ルピア、千ルピアにもなろうと思った。戦争で生活できなくなった市民の手から流出した品であろうが、平和な時世であったら、夜店で捨値をつけられるような非情な仕打ちを受ける素性の代物ではなかった。

しかし完治は買うとはいわなかった。買ったところで、そのアルバムを長く身辺にとどめておくことができぬのは明白だったからである。戦局は日に日に不利となり、敗色は濃くなっていた。完治は生きて故国に帰れるかどうか、それすら心もとなく思っていた。そのアルバムを買ったとしても、アルバムに遠からずしてふたたび流浪の運命が待ち受けているのは確実であった。

完治が黙ってアルバムを店台に返すと、おやじは「まけましょう。二十五ルピアでいい」とアルバムを完治の胸元に差し出した。それを完治は手を振って拒んだ。インドネシアの家庭使用人の月給が七、八ルピアであるから、二十五ルピアは安直な買物ではなかったが、完治には値が高いか安いかではなくて、その豪華なコレクションを不安定な環境にある自分の手許におくわけにはいかぬのであった。そこにあれば、裕福な華僑あたりが目をつけぬとはかぎらなかった。完治は店台を離れた。

「二十ルピアでいい」

完治の背におやじは追っかけて叫び、店台のアルバムを音たかく掌でたたいた。完治は振りかえっておやじの顔を見たあとで、視線をゆっくりとアルバムに落とした。古びた手提鞄やバイオリンや、ライターやせっけんや安香水のがらくたにかこまれて、モロッコ革の濃紺のアルバムは、表紙の金箔文字は色あせていたが、場違いの気品をたたえて二十燭光の裸電球のわびしい光を浴びていた。

——いつまでこの島で安穏な生活が許されるかわからぬが、最後の日が来るまでの慰めとしようか。

完治はたたずんだまま、おやじの「煮えきらぬ日本人だ」とでもいいたげな不信の目にさらされて、アルバムをじっと見た。

ジャカルタで暮らして半年ほどがすぎていたが、日日の生活の索漠さに完治は耐えきれぬ思いをなめていた。そんな自分に、そのアルバムがどれほどの慰藉《いしゃ》となるかを考えたとき、完治は決断した。

つかつかと完治は店先にもどると、財布から十ルピア軍票三枚を抜いておやじに渡した。おやじは短い言葉をいって一枚を返そうとしたが、完治が身振りで拒むと、しなびた褐色の頬をゆるめて追従笑いをした。

——おれが買い取ったのも因縁であろう。

完治はパンチョランの夜店で手に入れたシュワネベルガーのアルバムとの出合いに、運命的なめぐりあわせを感ぜずにはおれなかった。アルバムには、東洋の全地域にわたって、十九世紀後半からの切手およそ三千枚が集められている。日本の竜切手も三枚おさめられてある。東洋切手コレクションとして逸してはならぬ切手はすべてそろっている。完璧といっていい、すばらしいコレクションであった。

完治は、少年時代に東洋切手に興味を持って蒐集した自分が、戦列の一員として派遣されたジャカルタで、かほどの東洋切手コレクションにめぐりあい、一度はためらったものの、見すごせなかったのは、偶然とは思えなかった。

——運命の手が働いている。

そんなことを完治は思った。アルバムは宿舎の居間のテーブルにおいて、ひまがあると繰ってながめた。アルバムを手にするたびに、作成者はどんな人物だろうかと思った。蘭印に住むことで、東洋切手の蒐集を思い立ったのであろうが、オランダ本国切手をまじえずに、東洋に限定してコレクションを構成している点に、完治は親近感をおぼえた。あるいは作成者はハーフカストではなかろうか、と推測したりした。本国の切手を潔癖に排除する感覚は、オランダ人にはむつかしかろう、と考えるのであった。いずれにしても、多年心を労してまとめあげた努力と愛着の結晶のコレクションを、戦争のために失う羽目となったその人物の無念が思いやられた。

アルバムには完治がはじめて見る切手が多く、どのページを気ままに繰っても見ごたえがあって、あきることがなかった。その限りでは、夜店の店先で買う決心をしたときの、味けない生活の慰安としようとの思いは、はずれはしなかったが、完治はしばしばこのアルバムを見ていて胸の疼くような痛切な悲哀を知ることがあった。

季節は雨季から乾季へ移りかわるころであったが、そのころジャカルタでは、夜はげしい雨が降った。屋根をたたき、庭の樹木の葉茂みを鳴らす雨音につつまれて、壁に来てけたたましく鳴くトッケイのとぼけ声をききながら、孤独の部屋で、わずかな金でわがものとした、どこのだれとも知れぬ好事の人士が作り、その人がいまも生きておるなら執心を断ち得ぬであろうアルバムを繰るそのことが第一にうしろめたく悔いのまつわる行為ではあったが、少年のころ自分のアルバムにおさめた切手とおなじ切手を目にすると、なつかしいというより、きりきりと胸に錐をもみこむような切ない悲しみがわくのであった。

中国切手のセクションに「陸海軍大元帥就職記念」とした一角《ジャオ》、四分《フェン》、一分[注6]の三種の切手があった。中央の楕円形におさまっている、口ひげをはやした、頭髪のうすい人物は張作霖だ。彼が北京に軍政府を組織してみずから大元帥と称号したのは昭和二年六月で、この記念切手が出たのは、完治がマーガレットのプレゼントに刺激されて切手集めをはじめるほんのわずか前であったが、田島がストックを持っていて、気前よく分けてくれた。初期の完治の貧弱なコレクションのなかでは花形的な存在であった切手である。田島の思い出の濃厚な切手であった。

完治が田島を見たのは、彼が母の遺骨を抱いて青島を去るとき、大港の埠頭で原田丸の舷側に立つ姿を岸壁から仰いだのが最後であった。彼のそばには位牌を捧げた青島高女生の妹が寄り添っていたが、船が喧しくドラを打ち鳴らしたあとで、悲しげに別れの汽笛の長い余韻をひいて静かに岸壁を離れ、見送りの女学生の群れから「さようなら、さようなら」と声をしぼって叫ぶ訣別のどよめきが起こると、くずおれるようにデッキにひざまずいた。その姿が完治の瞼に焼きついている。そのとき田島は、青島中学の白線帽のまびさしのかげに、きっと目をあげて遠くを見やるまなざしであったが、船と岸壁のあいだの油に汚れた水面が見る見るうちにひろがると、ふっと視線を見送りの人人の頭上に移したが、完治は田島が自分をさがしたのではなかったかと、のちのちまでも思われてならなかった。

それ以来、完治は田島にあう機会がなかった。その田島が蘭州爆撃行で自爆したのは新聞で知った。田島に妻子があったろうかと完治は思う。母の位牌を捧げるゼーラー服姿をただ一度、遠目にしただけの彼の妹はどこでどうしているのか、とも思う。降りしきる夜の驟雨の寂寥のなかに孤座して、完治はシュワネベルガーのアルバムをひろげたまま、遠い少年の日を胸搔きむしる愁悶のうちにしのぶのであった。

清朝が発行した中国最初の竜切手は中国切手のセクションの先頭を飾っている。井桁格子の中央に一頭の竜が蟠踞する、赤い一分銀切手である。完治はそれをソコロフの店で買った。未使用の美しい切手で、一枚で四円という高額に、買おうか買うまいかとずいぶんなやんだが「シナの切手のコレクションにこれがなくては画竜点睛を欠くというものです。いまこれをのがしてはもう手にはいりません」と図柄の竜にひっかけ、シナの故事まで持ち出してソコロフ老人に説得されると、思い切って買い求めた。完治の切手熱の最高潮のことを思い出させる切手であった。三日も四日も店に通ってソコロフ老人に飾り戸棚から出させてながめながめて思案をかさねたすえに、老人の真実のこもった推奨の言葉に決断して「買います」と宣言すると、老人は「よく決心しました。将来あなたはこの一枚を自慢するときが来ます」といい、美しい娘に命じてコーヒーをふるまってくれた。娘はなにもいわなかったが、完治が中学生の身分にしては高価な買物をしたことを知っていて、決断をいたわるやさしい微笑を見せた。

鼻眼鏡を光らしていた、灰色のあごひげのあの老人はまだ生きていてどこかで流浪の人生を送っているであろうか、視線を合わすさえまぶしかった美貌の娘は、アメリカ巡洋艦ピッツバーグの士官と腕を組んで幸福に頰を染めていたが、その恋を成就させたろうか、と完治は一枚の井桁竜切手から過去を回想する。「買ったか、買ってよかった」と完治の思い切りをほめてくれたのは田島であった。完治は追憶のまつわる切手に感傷を掻きたてられて、目頭をうるますのであった。

シュワネベルガーのアルバムを、完治は初手から不憫に思っていた。自分の所有としてはならぬものを占有するこだわりもあった。買い求めた値段は、コレクションの正当な評価額にくらべれば不当な安さであったが、それを気に病んでいるのではなかった。戦争に巻きこまれて、流転を余儀なくされるアルバムの運命があわれでならなかった。一人のコレクターが手塩にかけて作りあげたアルバムには、生命はないかも知れぬが、宿命は定まっていたのであろう。その暗澹がいたわしかった。

完治はシュワネベルガーのアルバムを身辺にいつまでも置けるとはさらさら思わなかった。いずれはまた自分の傍を離れて末知らぬ世路をたどらせねばならぬかと思うと、それが情けなかった。

せめて、ふたたび夜店の店台に姿をさらすような不遇な目にはあわせたくないと思うのであった。

昭和二十年という年になると、戦争の結末はだれの目にも見えた。五月一日、米英蘭の三国聯合軍が北ボルネオのタラカン油田地区に上陸、所在の日本守備軍を壊滅させた。七月一日、米軍が単独で南ボルネオのバリックパパンに上陸した。ジャワが戦場となる機は切迫した。在ジャワ日本軍は在留邦人を根こそぎ動員して敵の上陸が確実な北海岸に配置することとなり、完治にも召集令状が来た。

その夜、完治はシュワネベルガーのアルバムをたずさえてサルトノ氏の家をたずねた。

サルトノ氏は完治より七つ、八つ年上であったろう。小学校の校長で、日本語が堪能だったので、完治はジャカルタに着任すると、先任者に紹介されてマレー語の個人教授を乞うた。毎週一回、サルトノ氏宅に出向いて、二、三時間教えてもらった。

完治は語学だけでなく、インドネシアの歴史や文化から風習、伝説、イスラム教の教養などにわたって教わっているうちに、サルトノ氏の篤実な人柄を知ることができた。サルトノ氏にも完治の気心がわかったようであった。インドネシアの民族意識を日本軍政は抑圧しすぎるとか、米の強制供出に対する農民の不満とか、他聞をはばかるきわどい話をすることもあった。

サルトノ氏宅に通い出して半年あまりたったころであった。完治はサルトノ氏から「インドネシア義勇軍に入団を勧誘されているが、あなたはどう思うか」とたずねられた。

インドネシア義勇軍は日本軍がジャワ防衛の協力部隊として建設した軍隊で、完治がジャワに渡った十八年の秋に設置がきまり、全島各地に三十三個大団[注7]が配置されたが、訓練の結果、十分に役立つと判断した日本軍は十九年の夏に第二次二十二個大団の編成を計画した。完治がサルトノ氏から意見を求められたのは、そのころであった。サルトノ氏は中団長候補として入団を要請されていたのである。

完治はサルトノ氏に相談されると、言下に「ぜひ入団なさい」とすすめた。「与えられる独立は真の独立ではありません。真の独立は民族が尊い血を流してかちとらねばなりません。インドネシア独立のため義勇軍は必ず大きな役割を担うときが来ます。あなたのような知識人が入団することは義勇軍にとって、インドネシア全体にとって重要な意義を持ちます」と完治は強い口調で説いた。サルトノ氏は「ありがとう」といって完治の手を握りしめた。

サルトノ氏が義勇軍に入団したのち、完治は一度だけあった。ボゴルの幹部学校での将校教育を終えて、ジャカルタ近傍の部隊に配属がきまったあいさつに、軍服姿で完治を宿舎にたずねてきた。自信に満ちた、きびきびした態度で「入団して満足している」と告げたが、それにつづけて「日本軍参謀部は義勇軍に補助部隊としての役割のみを与えて、民族独立軍としての成長を望んでおらぬが、いまの方針をつづけるなら遠からぬうちに軋轢が起こりましょう」と語った。完治は義勇軍の内部に独立の願望が鬱積していることをサルトノ氏がいっていると気づいたが、黙ってうなずくほかに答える言葉はなかった。それから一年、ついぞあうことはなかったが、完治は赤紙を受けると、シュワネベルガーのアルバムはサルトノ氏に托そうと思いついた。サルトノ氏が心おきなくつきあった、たった一人のインドネシアの友人だったからである。軍人に転身したが、もともと知性の人であるから、アルバムの貴重さをわかってくれると信じたからである。

サルトノ氏の宅には夫人がいて「夫はこのひと月ほどは兵舎暮らしで、日曜も家に帰らない」と不安そうな表情を見せた。戦局の急迫は夫人も知っていたのである。

完治は夫人に「自分は近くソルダドウにならねばならぬ」と率直に告げた。在留邦人の根こそぎ動員を義勇軍幹部のサルトノ氏が知らぬはずはあるまいから、伏せる必要はないとの判断であった。そしてたずさえたシュワネベルガーのアルバムを夫人に差し出した。

「これは貴重な切手のコレクションで、インドネシアの切手の変遷を知るのに重要な資料となります。たまたまわたしがパンチョランで見つけて買い求めましたが、ソルダドウになったあと、不住の宿舎に放置してはなりませんので、ご主人におあずけしようと思いつきました。戦争が終ったあとで、もし正当な持ち主が知れましたらお返しいただければ有難いのです」

「正当な持ち主がわかりましょうか」

サルトノ夫人はちらっと困惑の気味を言葉じりににじまして反問した。

「アルバムにはどこにも作成者、所有者の手がかりはありませんが、これほどの優れたコレクションをつくった人物ですから、判明する機会があるかも知れません。もしわからぬ場合は、一人の日本人が残した品としてお手許に留めてください」

完治はそう夫人に告げて、アルバムの蘭印切手のセクションの末尾を開いて示した。そこには日本政府が発行したジャワ切手十三種を完治が手製のヒンジで貼り加えてあった。八種の普通切手は日本軍政のもとで日常に用いられており、夫人も見ているはずで、郵便局で買えるものであったが、占領記念の四種と、郵便貯金五百万ギルダー突破記念の一種は郵便局の窓口にはもうない切手であった。完治は軍政監部の郵政担当官に頼み込んで、ジャカルタ中央郵便局の保存用を一枚ずつ特別に分けてもらった。

「ここにわたしの手が加わっています。このアルバムに、わたしは無縁ではありません」

完治は夫人に告げ足した。夫人は無言で完治が指さした個所に目をやった。滅びた国蘭印が発行した切手の群れにつづいて、新しい支配者として攻めて来た日本が発行した切手が日本人の手で貼り加えられているのを、夫人はどんな気持で見ているのであろうか、と思いながら完治は夫人の感情の翳りをうかがわせぬ無表情な顔を見ていた。

一週間ほどすると、戦争は日本の全面降伏で終った。完治が応召を命令されていた日の五日前であった。あぶないところで完治は兵隊になる運命をまぬがれた。一兵卒となって、米軍の戦車に踏み潰されねばならぬのか、とあきらめていたので、敗戦で命拾いしたのを素直に喜んだ。これから先は何年か抑留されるであろうが、生きてさえおれば、いつかは必ず内地の妻子のもとに帰れるとの希望を確実に持つことができた。

敗戦のあと一カ月半ほど日本語新聞をつくりつづけたあとで、完治は英印軍が進駐する日に同僚とともにボゴル南方の山ふところの小さな村テガルパンジャンに設営された邦人集結地へ入った。リュックサック一つが完治の携行品で、日用の品と身のまわりの衣類のほかに入れるものを持たなかった。完治はリュックサックの詰め込みの手を休めて、ふとシュワネベルガーのアルバムの、ずしりと手重りする感触を心によみがえらしたが、すぐ「あれはサルトノ氏に托すが一番よい処置だった。あれはこの島から持ち出してはならぬ品だ」と妄執を振り切るように自分で自分にいいきかせた。

——あのアルバムを惜しむことはない。おれの携行品には、この島に住んだがゆえに得たすばらしい品があるではないか。貴子がよこした手紙だ。これは内地まで持ち帰らねばならぬ。その日までの抑留生活で、この手紙が心の支えになってくれる。

完治は妻の手紙の束をリュックサックの底にしまったが、そのおり一枚の封筒を束に加えた。それには、シュワネベルガーのアルバムに貼るために、ジャカルタ中央郵便局で買ったジャワ切手の余分を入れてあった。

完治の復員は思ったよりも早く実現した。テガルパンジャンからジャカルタ市内に移って聯合軍の労役に服して半年たつと、内地直航の復員第一船に乗ることになった。二十一年の五月であった。

タンジョンプリオク港でリバティシップに乗船する前日、通過キャンプで英軍将校の携帯品検査があった。完治たちは一列横隊にならんで、地面に敷いたアンペラにリュックサックの中身をあけて検査将校を待った。貴金属、美術品、学術資料、書籍、文書は持ち帰りは許さぬと前もって厳重な通達があったが、完治は抵触する品を持たなかったので気楽に構えていた。

完治の前に立った英軍将校は、目ざとく貴子の手紙の束を見つけて随従の下士官に取れと、銀の握りのついた黒塗りのしなやかな指揮棒で指示した。下士官が将校に渡すと、完治は「それはワイフからの手紙だ」ときかれるより先に説明した。将校は束ねた封筒から手ずれしておらぬ一枚を引き出した。その封筒には通信に用いた形跡はない。

将校は封筒のなかを見た。なかには未使用のジャワ切手が入っている。「それは使い残した切手だ」と完治はいった。すこしばかりうしろめたい気がした。実際は、完治が内地の妻に手紙を送るときは社機に托したので、切手を使うことはなかったからである。

英軍将校は「これは日本軍が発行したスタンプか」と完治の顔をまともに見てきいた。「そうだ。切手に表現されている日本文字がそれを証明する」と完治は答えた。将校は掌に切手を載せて見入っていたが、ふたたび視線を完治に向けると「これをわたしがもらっていいか」といった。完治が「切手は禁制品か」と問い返すと、将校はそれには答えずに切手を封筒にもどし、アンペラのうえに落とした。それを完治は拾いあげた。

「あなたがお望みなら進呈しよう。どうぞ」

完治が封筒を差し出すと、大尉の肩章をつけた中年の将校は「君の好意に感謝する」といって受け取った。

——ロンメル将軍みたいに、この大尉も軍人のなかのスタンプ・コレクターだろうか。それともジャワ進駐のみやげ品になるとでも思ったのだろうか。

完治は隣人のまえに立つ将校の横顔に、そんなことを思いながら、ゆっくりとしゃがんで貴子の手紙を束ねなおした。

ジャワ切手を持ち帰っていたら、完治はあるいは古トランクにおさめておいた二十年前の切手帳の末尾に、シュワネベルガーのアルバムにしたように貼り増すことを思いついたかも知れなかったが、その機会がなかったので、戦後のあわただしく苦しい生活のなかで、古い切手帳の存在は忘れっぱなしになっていた。

ところが昭和二十七年に完治は東京本社の寮で単身生活をしなければならなくなって、古トランクが急に入用となり、昔の切手帳を手に取るめぐりあわせになった。

完治自身のアルバムも、田島からゆずられた五冊のアルバムも、自然の歳月の古びは帯びていたが、油紙にきっちりと包んでおいたので紙魚に食われもせずに、無事な姿をトランクからあらわした。なつかしかった。生きるか死ぬかの場を幾度もくぐって戦争を生き永らえたおかげで、二十数年も昔の少年の日の営みを伝える品をまた手にすることができたのである。鼻腔を熱いものがつんと突きあげた。

かたわらで東京に持っていく下着をそろえていた貴子に、完治は「おい、これを見てくれ。これはおれが――」と追懐談をきかさずにはおれなかった。マーガレット、田島、田島の妹、ソコロフ老人、老人の美貌の娘と、アルバムに思い浮かぶ人の名も、なつかしさとともに口にした。

「美少女の思い出があるからなつかしいのね、そのアルバム――」

マーガレットの回想から完治が語りはじめると、貴子は揶揄の言葉で完治の感傷をちゃかしたが、田島の母が済南事件で殺害されたこと、田島が爆撃機の機長をしていて自爆したことを語り進むと、下着をたたむ手をとめて、いたましげな面持ちで目を伏せてきいていた。

「ずいぶん悲しい思い出もあるのね」

完治が語りおわると貴子がいった。

「無邪気な少年時代のなごりで、いまになれば楽しいも悲しいもない、ただなつかしいだけだ。よくも無事な姿で残っていてくれたとうれしくてならぬ。おれにとっては何よりの宝ものだよ」

完治は油紙にくるむと、手近な書棚においた。そののち地方勤務に出たときも、郷里の家の土蔵に残すのは気がかりで持ちまわった。

いつとはなしに完治は田島の祥月命日がめぐってくると、形見のアルバムを取り出してながめる習わしになっていた。二度目の召集が久留米で解除となった日に、駅で買った新聞で田島の戦死を知ったので、彼の祥月命日は忘れることはなかった。追憶のアルバムを繰って田島をしのぶとき、ありありと瞼に浮かぶのは原田丸船上の彼の姿であった。劇的な情景におかれた粛然たる姿であるだけに、あざやかに記憶にきざんでいるのであった。彼のかたわらにあって、別離の声に泣きくずれた妹の姿も、こま落としの絵のひとこまを見るように思い出す。

身辺に切手帳をおいていたが、完治はふたたび切手集めをする気は起こさなかった。いまさら集めようと思い立っても、二、三十年もの蒐集の空白を埋めるのは難儀だったが、完治が手を出さぬのはそればかりが理由ではなかった。日本切手の乱発がうとましかったからである。

完治は田島からきいた言葉をおぼえている。田島はヨーロッパ大陸の国の切手は興味が持てぬといっていた。

「戦争に負けた国はやたらと切手を出す。切手を売って国の財政をまかなおうとの魂胆だ。取っかえ引っかえ出て来る乱造切手が面白かろうはずはない」

田島は明快にヨーロッパ切手の興ざめな理由を断言した。

完治が読んでいた切手雑誌やカタログにも「ヨーロッパ洲の切手を一枚も入れない高級千種袋入」

とか「ドイツ、オーストリー、ハンガリーの切手を一枚も入れない特別千種袋入」といううたい文句の広告をよく見かけた。田島の影響を受けて、完治はヨーロッパ切手に積極的に興味を持とうとはしなかった。

――あのころ田島は大人のように老成して見えたが、ほんとは十五、六の少年だったはずだ。それにしてはなかなかの見識を持っていたものだ。外国の切手雑誌の受け売りだったかも知れぬが、彼の語り口は、いかにも秀才らしい洞察的なひびきがあった。

完治は田島の歯切れのいい、説得力のある話しっぷりをなつかしく回想した。

わが国も敗戦後はつづけざまに記念切手を出している。普通切手もインフレにつれて額面表示をどしどし切り上げては新手を出したが、それが完治にはいかにもあさましく思えてならなかった。そんな気持であったから完治は華美な記念切手や美術切手、風景切手が売り出されようが、ダブつき切手が評判をとろうが、いこじに買おうとはしなかったが、地方勤務に出て、毎日たくさんの郵便物を受け取るようになったとき、貼ってある切手を無下に紙屑籠に捨てるにしのびなかった。切手という限定された小世界のなかで、過ぎ去った時代や遠い外国をかいま見る喜び楽しさを味わった少年時代の憧憬が、中年男の心のすみに息づいていて、古切手といえ粗末にできなかったのであった。ブリキの菓子箱に、旧年の落葉が木の根かたに積もるように、使用ずみの切手がたまった。それが由美子の夏休み作品となった。

「日本の切手いろいろ」が由美子の先生から桜の花印五つをもらったのが完治には思い出すたびにこころよかった。貴子との茶飲み話のなかで、つい「あの由美子の切手帳は気のきいた思いつきだったろう」と自慢したくなる。「そうね、都賀子がよろこんでいたわ」と貴子が答える。子供の学校成績の良し悪しは、当の子供ではなくて親の喜びや口惜しさなのである。

だが完治は「日本の切手いろいろ」を思うたびに、琉球の天女切手が剥がされていたというのがどうにも心外でならなかった。

「あれがあの切手帳の目玉だったのになあ」

完治が思わず残念さをつぶやくと、貴子がききつけて「なにをくやんでいますの」ときいた。

「あの琉球切手だよ。あれを由美子がお友達にあげたっていうのが惜しいのさ」

完治が正直に告白すると、貴子は事もなげにいい返した。

「いいじゃありませんか。切手は代りがあるけど、いいお友達はなかなかできません。そんなにあの切手にみれんがあるのなら、買って穴埋めすればいいかがですか。デパートで売ってましょう」

貴子にいわれて完治は虚を衝かれた気がしたが、反射的に口から出たのは負け惜しみのせりふだった。

「さあて。あの切手はあるまいて。あれは米軍が日本円の流通を禁止してドルに切り替えた過渡期の、めずらしい改訂加刷切手だったんだ」

完治が剥がされた切手にもったいをつけると、貴子がすぐに切り返した。

「あれが無くったって、ほかの琉球切手がありましょうよ。あなたがおっしゃってたように、沖縄の人たちの心の痛みを伝えるのは、あの切手だけではありますまい。琉球切手はことごとくがそうでしょ」

貴子にたしなめられると、完治は「お前のいうとおりだ。アメリカの通貨単位で発行された琉球切手はすべて米軍占領時代の痛苦の証言者だ。あれがなくても、ほかの琉球切手で事足りる」と素直になった。

「よし、買いにいこう。お前さんもいくか」

完治がさそった。

「まあ、いそがしいこと」

貴子は完治を見て目でわらったが、同伴を拒む口ぶりではなかった。

貴子とつれだって家を出るとき、完治は「切手を買いにいくのはソコロフの店以来のことだ。五十何年ぶりだ」と思った。そう思うと、完治は自分が生きた歳月のはるけさがなまなましく実感されて、足がすくむような心のふるえを感じた。

田島につれられてソコロフの店に幾度となくいったが、あのころからいつのまにか半世紀以上がたっているのであった。寄宿舎を出て、校門前の松林の坂道を下り、ドイツ教会の横を通り抜け、海岸通の太平路に出てソコロフの店にいったのだが、いつも人影のすくない、アスファルトの舗路を語らいながら歩いたのを、ついきのうかおとといのことのように鮮明に思い起こす。ソコロフの店の中央に飾ってあった日本の鎧かぶとも、ソコロフ老人の金ぶちの鼻眼鏡のかげの憂愁をたたえたまなざしや灰色のあごひげも、その娘の、かすかに笑みをただよわした白磁のように清婉、端麗な美貌も眼前に浮かぶ。

それだのに、思えばそれは確実に半世紀に余る歳月のかなたのことなのだ。目まいにも似た感懐が完治の胸にわく。田島は戦没した。ソコロフ老人も、もう生きている齢ではない。マーガレットやソコロフ老人の娘や田島の妹も、どこでどんな人生をたどっておろうか。シュワネベルガーのアルバムを托したサルトノ氏は、新生インドネシア共和国できっと重要な地位にのぼったにちがいないが、その消息は伝わってこない。自分は戦争を生き抜きはしたが、ただそれだけのこと、戦後は惰性で無為無益に生きつづけたというにすぎぬ、と完治の想念は悔恨にまでただよいついたが、そんな心の変転はかたわらの貴子に通わすすべはなかった。

貴子は「いいお天気ね」と、まぶしげに遠い空を見やると、音を立ててパラソルを開いた。

あとがき

この作品集は、以前「九州人」に掲載した五篇、「火山地帯」に掲載した二篇を選んだものである。「グロドック監獄」は昭和二十三年、四年ごろに書いたが、ある雑誌の編集者から占領軍の検閲通過がむつかしいといわれたもので、三十年あまりたって初稿を見つけたので書き改めた作品である。どの作品も戦争とかかわりあっているが、少年のころ中国山東省にあって山東事変の動乱を見て以来、陸軍に兵士として三回召集され、最後は陸軍報道員としてジャワで太平洋戦争の敗戦にあって翌年復員するまで、青春の二十年を戦争のなかで送ったわたしが、自分の人生を投影した作品を書けば戦争にかかわるのは必然であろう。それがゆえこの作品集に、わたしは強い執着をおぼえる。

今回、文芸社でこの作品を出版するに当り、当時の事情を知らない若い方のために、巻末へ若干の注を補うことにした。同じ日本人として生れながら、わずか五十年ほどの歳月が考え方や生き方に大きな違いを生んでいる。現代の若い世代にも当時の若者の状況とその思いを理解していただけたなら幸いである。

注

○ドスキンの服

1　ネップヤーン　節糸

2　ドスキン　鹿皮に似せた光沢のある厚地の毛織物

3　酒保　軍隊内にあった日用品・飲食物の売店

4　ベチャ　二人乗りの人力自転車。太平洋戦争中わが国でも使われたリンタクに似ている簡便な乗物

5　ハーフカスト　オランダ人との混血

6　マンディ　水浴

7　ジョンゴス　男性使用人のことを一般にこう呼んだ

○喜多方の町で

1　蘇満国境　ソビエト・ロシアと満州（現在の中国東北地方）の国境

2　偕行社　旧日本陸軍の将校間の親睦と軍事研究を目的とした団体

3　陸士　陸軍士官学校の略称

4　海兵　海軍兵学校の略称

5　印緬国境　インド・ビルマの国境

6　戎衣　軍服など戦争に出る時の衣服のこと

○村木さんの狐

1　おこり　現在のマラリアと思われる

2　メルトン　ラシャの一種で起毛した織物

3　丸山薫　大分県生れの詩人。三好達治らと共に昭和十年代の四季派抒情詩人の一人

○グロドック監獄

1　ドンゴロス　麻などでできた粗い布

2　トピ　インドネシア民族の鍔のない帽子

3　サロン　インドネシアなどで着用する筒型の腰布

4　スレンダン　薄い肩掛け

5　スマラン・バティック　ジャワ島北部にあるスマランのジャワ更紗のこと

6　太太　中国語で「奥様」のこと

7　ピサン　バナナ

8　トミイガン　小型軽機関銃

9　繻珍　シュチン、シッチンともいう。女性の帯や羽織裏地などに用いた。繻子の地合に数種の緯糸を用い文様を織り出したもの

○歌姫アユム

1　スダラ　マレーシア語で「親戚」のこと

2　ハジ　インドネシアのイスラム教徒でアラビアの聖地メッカ参詣をした者。白いトピをかぶる

3　クリス　マレー人の短剣で、刀身が波形をしている

○切手譚

1　ヒンジ　糊引きされた薄い紙片で、切手の裏に貼ってから台紙に貼るもの。直接台紙に貼って切手を傷めないようにするもの

2　エミグラント　出稼ぎ人や移民のこと

3　ドロウイング・ルーム　客間、応接間のこと

4　衙門　役所のこと。発音はヤーメン

5　済南事件　昭和三年(一九二八)国民革命軍の北伐再開にあたり、田中義一内閣は第二次山東出兵を断行、五月三日中国山東省の済南で日中両軍間に市街戦が起こった

6　中国の通貨単位　一元＝十角＝百分。袁世凱の肖像を浮彫にした壱圓銀貨が有名である。中国の通過単位「元」は銀貨に「圓」と刻印され、日本の一円に相当する

7　大団　日本の大隊に相当するインドネシア義勇軍の編制

著者プロフィール

安田　満（やすだ みつる）

1915年（大正4）大分市に生れる。

幼少年期を中国山東省ですごし1930年（昭和5）以来郷里に住む。

1942年（同17）朝日新聞入社、翌年陸軍報道員としてジャワ新聞に派遣され、1946年（同21）年復員、1970年（同45）に退社、客員となる。

「九州文学」同人。

著書『ドスキンの服』（1982年近代文藝社）
　　『玄耳と猫と漱石と』（1993年邑書林）
　　詩集『遅暮』他

多佳子幻影

2003年2月15日　初版第1刷発行

著　者　安田　満
発行者　瓜谷　綱延
発行所　株式会社文芸社
〒160-0022　東京都新宿区新宿1－10－1
電話　03-5369-3060（編集）
　　　03-5369-2299（販売）
振替　00190-8-728265

印刷所　図書印刷株式会社

ISBN4-8355-5119-2 C0093